我的妈妈是杀手
ママの狙撃銃

【日】荻原浩·著 王蕴洁·译

重庆出版集团
重庆出版社

MAMA NO SOGEKIJU
Copyright © Hiroshi Ogiwara 2005
All rights reserved.
Original Japanese edition published in Japan in 2005 by Futabasha Publishers Ltd., Tokyo
This Simplified Chinese language edition is published by arrangement with Futabasha Publishers Ltd., Tokyo in care of Tuttle-Mori Agency, Inc., Tokyo
through Bardon-Chinese Media Agency, Taipei
本作品之译稿由台湾大田出版有限公司授权使用

版贸核渝字（2011）第237号
图书在版编目（CIP）数据

我的妈妈是杀手 /（日）荻原浩 著；王蕴洁 译. —重庆：重庆出版社，2012.6
ISBN 978-7-229-05242-3

Ⅰ.①我… Ⅱ.①荻… ②王… Ⅲ.①长篇小说—日本—现代 Ⅳ.①I313.45

中国版本图书馆CIP数据核字（2012）第109805号

我的妈妈是杀手
WODE MAMA SHI SHASHOU

［日］荻原浩　著
王蕴洁　译

出 版 人：罗小卫
策　　划：华章同人
出版统筹：陈建军
责任编辑：刘学琴
责任印制：杨　宁
营销编辑：魏依云
封面设计：尚世视觉

重庆出版集团
重庆出版社　出版

（重庆长江二路205号）

投稿邮箱：bjhztr@vip.163.com
北京中印联印务有限公司　印刷
重庆出版集团图书发行有限公司　发行
邮购电话：010-85869375/76/77转810
重庆出版社天猫旗舰店
cqcbs.tmall.com
全国新华书店经销

开本：880mm×1230mm　1/32　印张：10.75　字数：200千
2012年10月第1版　2012年10月第1次印刷
定价：29.80元

如有印装质量问题，请致电023-68706683

版权所有，侵权必究

1

　　时序一旦进入上午的阳光可以照射晾晒衣物的阳台上的季节，曜子就开始雀跃不已。

　　那是春天造访的征兆。

　　再过一两个星期，庭院里的香雪球、红菊就会绽放。在冬季期间拼命长叶子的三色堇花朵数量也增加了不少。最令人欣喜的是，洗好的衣服很快就干了。曜子家的东侧有一幢四层楼的欧式公寓，在太阳位置比较低的冬季，不到中午，太阳就无法照到阳台上。

　　庭院也一样。庭院原本就已经够狭小了，面向马路的南侧做成了停车场，只剩下光线很差的东侧。去年秋天在花圃种下的三色堇拼命长高，好像豆芽菜一样。

　　房子要住了以后才知道好坏。前年购买这幢房子时，只注意到建筑商建造的这幢房子厨房很宽敞，还有一个小庭院，根本没有想到冬天的日照问题。等到入住之后，才发现秀太把跳跳球放在小孩房的地上时，会一直滚到用折叠帘隔开的珠纪的房间；一楼的厕所门如果不锁好，就会自动慢慢打开。

签完约后，翻脸像翻书一样快的建筑商服务人员解释说："这不是房子的问题，而是土地的问题。从地质学的观点来看，这一带属于泥沙质的地质。"他竟然可以把厕所门的质量不佳扯到地质学的问题，实在令人哑口无言。

丈夫孝平气定神闲地说："习惯就好。"他常常上厕所不锁门，每次都吓得珠纪哇哇大叫。当初孝平曾经为距离车站很远，附近又没有公车站的问题半开玩笑地说："靠两只脚走路很辛苦耶，哇哈哈。"结果，是曜子说服了他，决定购买这幢房子，事到如今，曜子当然没法子抱怨。

算了，这也是无可奈何的事。曜子用双手拍了秀太幼儿园用的围兜兜、珠纪的运动服和孝平的四角裤后，"嘿哟"一声，用力拿起垫被挂在阳台的栏杆上，再用棉被夹子夹住。

人生就像是硬币的正反面。纵有好事时，有时也又像蛋糕下方的垫纸，沾到一些不好的事。正因为曾经经历过坏事，才能体会到好事。无论如何，这是在结婚第十四个年头买下的第一幢房子。有这个可以同时晒四床被子的阳台，就足以令人满意了。以前住的欧式公寓最多只能挤下三床被子，而且，楼上大风强劲时，如果不用夹子把被子夹紧，就会从十一楼吹到地面。

晒完被子，曜子披上一件开襟衫，来到庭院。虽然阳光很灿烂，风仍然冷飕飕的，但她还是选了一件带有春天气息的粉色薄型开襟衫。

上午的园艺工作是曜子的幸福时光。美其名为园艺，其实家里并没有可以称为花园的足够空间，只有一个日照很差的花圃，以及几个木制的花盆、培植箱和吊篮。家中三坪大的庭院是曜子的乐园，她的乌托邦。

以前住公寓的时候，曜子就向往那种鲜花和绿意点缀的家，希望可以品尝用自己种植的花草泡的花草茶，自制的香氛干燥花，以及用家庭菜园种植的西红柿、茄子烹调的菜肴。以前，即使在十一楼的阳台上用吊篮装饰，也只有乌鸦看到而已。

在目前的季节，曜子乐园里的花卉还没有很丰富，只有花圃绽放着少许淡色的三色堇，雏菊在两个经过移植的盆花角落，绽放出像鹌鹑蛋煎出来的小荷包蛋般的花朵。

曜子用移植铲在雏菊根部附近挖了一个洞，加入少许含有丰富磷酸的肥料。这些从家居用品中心买花苗回来，而不是从种子开始培植的雏菊长得很好，在冬天的时候就已经开花了。

园艺必须遵守一个原则——必须趁早修剪即将凋谢的花，可以使之后的花开得更漂亮。然而，曜子每次都觉得下不了手。虽然是根本不需要使用花剪的细茎，但对一个四十一岁的女人来说，实在不忍心如此翻脸无情地扼杀刚结束鼎盛时期的花朵。每次想用手指摘，就觉得花茎意外地强韧，似乎在进行虚无的抵抗，于是，越发感到于心不忍。

她手指用力，阴郁的修剪声。对不起，曜子在心里说了声道歉，剪下了几朵花。

曜子在第二盆花前停下了手。花盆的侧面有一条银色的线，沿着这条细细的轨迹看去——那里也出现了春天的迹象。

是蛞蝓。整个冬天，都不曾见过蛞蝓的踪影。去年秋天，曜子曾经将它们彻底消灭。如今，蛞蝓的黏液在阳光下发着光，缓慢地蠕动着丑陋的身体。

曜子差一点大叫起来，赶紧奔向厨房，从调味架的盐罐里抓了一把盐，跑回庭院。她慌慌张张的，连拖鞋穿反了也没有发现。

她用刚才剪下的雏菊花茎小心翼翼地将蛞蝓拨了下来，刚好掉在她穿在右脚上的左脚拖鞋的鞋面上。这次，她忍不住叫了起来。

一眨眼的工夫她就脱下拖鞋，单腿跳着，把蛞蝓敲到地上。这个低等动物可能察觉到危在眉睫，开始爬向花盆底下，只是它的动作依然缓慢。

虽然还有其他会吃花苗和叶子的害虫，但蛞蝓最令人感到厌恶。丑陋的蛞蝓总是躲在阴暗处，是曜子的头号大敌。这种动物的存在本身就令人浑身不舒服。

首先，她在蛞蝓的前进方向筑起了一道盐墙，阻挡它的去路。蛞蝓的身体前端，应该是头的部分一碰到盐巴，立刻从超慢速切换成标准慢速的速度，同时，改变了行进方向。

接着，再断绝它的退路。它好像有先见之明般的试图逃向侧面。

曜子在四周筑起盐墙加以包围后，仿佛轰炸恐怖组织据点的美军飞机般，百密无疏地慢慢地，一点一点地将盐巴撒在蛞蝓的身上。

这种恶心的动物也会感到痛苦吗？蛞蝓遭到了突如其来的盐巴攻击，扭曲着分不清哪里是头，哪里是尾巴的身体，痛苦地挣扎着。令人联想到短小阴茎的外形，实在是越看越讨厌。当然，不能放过它。一旦逮到了猎物，就绝不手软。

曜子从置物柜里拿出杀虫剂。她知道杀虫剂对蛞蝓并没有什么效果，但还是把杀虫剂喷在宛如盐辛鱿鱼般拼命挣扎的丑陋害虫身上。一次又一次，直到它完全停止蠕动。

它不动了。曜子用移植铲将蛞蝓连同周围的泥土一起铲起，装进放在厨房门外的可燃垃圾袋里，用力绑紧。她很想把那双拖鞋也一起丢掉，但她很喜欢这双一千两百圆买来的拖鞋，毕竟还是舍不得丢掉。

修剪完雏菊花后，正在为含苞待放的香雪球和红菊喷液肥时，听到家里的电话响了。

这个时间，谁会打电话来？在秀太的幼儿园和游泳学校结识的那些家庭主妇上午都忙着打工或是做家事，不可能这么早打电话来。可能是针对珠纪的补习班招生电话或是推销墓地，也可能是婆婆。曜子本身几乎没有什么亲戚朋友，至少在日本没有。

孝平的父母在北海道务农，经常把收成的蔬菜寄给他们。如果曜子没有及时打电话道谢，婆婆就会打来，详细地传授烹任方法。过一阵子，又会打电话来确认："做得成不成功？味道怎么样？"

想起婆婆和孝平十分相像的粗眉、嘴唇和不拘小节的个性，曜子的心情不由得沉重起来，这次一定是为上次寄来的马铃薯的事。婆婆还费心地教她如何制作石狩火锅和福田家传统的洋芋炖肉的方法，她当然不好意思说："实在太多了，根本吃不完，只好拿去送邻居，剩下的都拿来炸薯条了。"

曜子慢条斯理地走进厨房，走向饭厅，很希望对方挂掉电话。

十次。十一次。十二次。电话铃声执拗地响着。

她慢吞吞地拿起放在饭厅小茶几上的电话。前不久换了一台附有传真的机型，电话下面铺的那块她亲手制作的拼布垫，尺寸显得有点太小了。

电话上贴了一张卡通图案的贴纸，又是秀太的杰作。

这一阵子，秀太最热衷的游戏就是到处贴贴纸。对他来说，这似乎不是纯粹的游戏，他投注了工作般的热情，这是五岁幼儿园儿童的志业。几天前，他在珠纪的泰迪熊眼睛上贴了两张丸少爷的贴纸，气得珠纪尖声惊叫。

"喂，这里是福田家。"

接电话的时候，曜子总是情不自禁地微微提高对女人来说显得稍微低沉的声音。少女时代，住在美国时，她并没有这种习惯。

电话彼端传来了声音。

——好久不见。

对方用英语说道。时间顿时静止了，曜子拿着电话，呆立在原地。

——是我，如果你还记得我，是我莫大的荣幸。

怎么可能忘记？对方的语气充满自信。静止的时间开始倒转，当然不可能忘记。虽然很想忘记，但这个声音就像曜子耳朵上的那颗痣一样，一辈子都无法离开曜子的耳朵。

——二十五年了。小女孩，你还好吗？

沙哑的南部口音好像唱针放在古老唱片上所发出的声音，和秀太贴着哈姆太郎贴纸的听筒格格不入。

曜子勉强掀开卡在喉咙的沉重盖子，也用英语问道："你怎么会知道我的电话？"

曜子的声音原本就属于女低音，说英语的时候，又降低了四分之一的音阶。她好不容易挤出这句话，对方却无视曜子的问题，自顾自地说道：——要不要再接一次任务？

任务。这个声音所说的"任务"内容只有一个。

曜子用求助的眼神凝视着戴着毛线帽的黄金鼠，她用和打开井盖相同的力气，再度开了口："Leave me out！（别来烦我！）"

原本打算再加一句四个字母组成的单词，最后还是作罢。这么做，反而中了对方的计。没错，这个男人喜欢被女人骂。

虽然曜子既没有说Fuck，也没有说Shit，对方却发出了愉快的笑声——宛如被枯叶堵塞的老旧雨水管发出的笑声。对，这个男人在二十五年前，就是这种像老人般的笑声。

——你对我还是这么冷淡。不过，小女孩，俗话不是说，系上铃铛的母牛就永远不可能离开牧场吗？

我是母牛？开什么玩笑。曜子很想挂电话，但她的手却无法离开听筒。

——三天后，我会在相同的时间再和你联络。我期待听到令我满意的回答。

他还是和二十五年前一样，完全不听别人说话。曜子正打算重复刚才的话，随着一声沉闷的声音，电话已经挂了。

曜子一屁股坐在不是摆设利口酒和鸡尾酒摇混器，而是用来放置记账簿、电器用品说明书和工具箱的小茶几前，呆呆地看着上面贴着的哈姆太郎贴纸好久好久。

她的脑浆好像被丢进了果汁机里。

那个男人怎么会知道这里的电话？

他是从哪里打来的？

他在日本吗？

他到底想叫我干什么？

当出窍的思绪再度回到脑海中时，时钟的时针已经从上午移到了下午的位置。

惨了，要去接秀太。曜子下意识地跳了起来，站在盥洗室的化妆台前。自己的脸色好难看,白的脸比平时更加惨白。

她的五官被幼儿园的其他太太公认为"美女",其实,她们的话并不能信以为真。在她们眼中,只要是五官端正,身材没有发胖的女人,每个人都是"美女"。

曜子的外公是爱尔兰裔美国人,曜子继承了他四分之一血统,是个混血儿,但或许是受到了长相很有日本特色的父亲血统影响,别人完全看不出她是混血儿。她从外公身上继承的就是必须为雀斑和黑斑烦恼的白肌肤,和一对颜色偏淡的眼眸。

曜子机械地为符合四十一岁这个年纪,渐渐失去弹性的肌肤擦上粉底,又擦了口红。她拿着口红的手微微颤抖着。

2

接小孩子的母亲们在驹鸟幼儿园正门前大排长龙。曜子的个子不算矮，但也不是特别高，必须踮起脚才能看到里面的情况。

幼儿园的庭院内，几个正在等待母亲的小孩子聚在游乐器材前打闹着，也有的在狭小的庭院内跑来跑去。

曜子寻找着秀太的身影，她可以猜到秀太在哪里，绝对是沙坑。

果然不出所料，秀太就在沙坑里。有几个女生把沙子装在树叶上，正在扮家家酒，他就趴在她们旁边的沙子上，手脚前后活动着，丝毫不在意会把围兜兜弄脏。飞溅的沙子令女孩子们皱着眉头，秀太并不是在调皮，他是在练习自由式的动作。

八个月前，秀太开始去游泳学校学游泳。他和曜子年幼时一样，有一点哮喘的迹象，游泳是为了改善哮喘问题。之前，连洗脸都不敢张开眼睛的秀太在刚开始学游泳的时候相当排斥，如今却完全相反。自从他看了奥运的游泳比赛后，突然变得十分投入。

我要参加北京奥运！我要战胜伊昂·索普！这是秀太眼前的目标，只不过三年后，他才八岁而已。而且，那名选手并不叫伊昂·索普，而是叫伊恩·索普。如今，秀太的脑子完全被贴纸、游泳和食物占领了。

"妈妈，我可以在便当盒上贴贴纸吗？"

秀太用力甩着曜子牵着他的手，抬头说道。每次都是曜子亲手修剪的刘海已经长长了，压在幼稚园的帽子下盖住了眉毛。差不多该帮他剪头发了。

"不行。而且，即使贴了，洗的时候也会掉下来。"

"那帆布鞋呢？"

"也不行。帆布鞋洗了以后也会掉啊。对了，秀太，你最好不要在沙坑练自由式，会造成其他小朋友的困扰，妈妈洗衣服也……"

据曜子所知，整个幼儿园只有秀太一个人准备了两个围兜。但如果遇到阴雨的天气，还是只能让秀太穿着半干的围兜去上课。

"困扰是什么？"

"就是让人家觉得伤脑筋，感到不舒服。你看，当你的手和脚在动的时候，沙子就会飞到其他小朋友身上。每个人都要努力避免造成别人的困扰，你知道吗？"

"嗯，我知道。姐姐在电视前啪嗒啪嗒地练舞，转来转去很吵，又有很多灰尘，我也觉得很讨厌。下次我练仰泳好了，就不会有沙子跑出来了。"

秀太双眼发亮，好像发现了什么旷世真理般，紧握着曜子的手。虽然他大放厥词地说什么仰泳，其实他才刚学会用浮板游二十五公尺而已。

"我可以把贴纸贴在爸爸的手机上吗？"

"那要问爸爸。妈妈的手机可以让你贴。"

"妈妈的手机是银色的……"

原本以为秀太只是随便乱贴，没想到他也有他的规则。如果外公艾德听到了，一定会说："太好了。规则很重要，不愧是我的曾外孙。"

曜子被送去外公所在的俄克拉荷马的农场时才六岁。

在机场告别继父，坐在小货车的副驾驶座上时，她完全不记得窗外的风景。因为她始终注视着前方，只要稍微低下头，泪水就会夺眶而出；只要一转头，就会忍不住大叫。平时无法碰到地面而不停晃动的双脚伸得特别直，双手握紧了不停颤抖的膝盖。

唯一记得的，就是在好像永远没有尽头的路上，突然出现信号灯的时候。那应该是出城后，看到的第一个信号灯。信号灯是红色的，但外公的小货车呼啸而过，丝毫没有放慢速度。

曜子将原本已经僵硬的身体绷得更紧了，只有眼睛瞪得大大的。因为，她在日本的时候学过，无论行人还是车辆，都要"红灯停"。

难道是自己记错了？车辆是不是绿灯停？曜子的小脑袋陷入了混乱。

红灯停，绿灯行。她记得自己曾经不断重复这个口诀，仿佛是解开什么秘密的咒语。难道因为这里是不同的国家，所以红灯和绿灯相反吗？而且，这里的信号灯是纵向的灯，和日本看到的不一样。还是说，这个白胡子的老爷爷是不遵守规定的坏人？红灯停，绿灯行。红灯停，绿灯行。

外公可能一直在观察曜子吧，看到她原本身体中唯一活动的眼皮也不动了，便用当初为了追求日裔的外祖母时所学会的不圆转日语说："曜子，听好了，规定不是别人定的，而是由自己决定。"

之后，至少曜子坐在车上时，只要遇到街上偶尔会出现的信号灯时——外公的家位于俄克拉荷马州偏僻角落，附近根本没有信号灯——艾德会稍稍放慢速度。

曜子在斑马线前重新握好秀太的手，停下了脚步。二十五年前，刚从美国回来的那一阵子，她根本没有这种习惯。直到珠纪出生后，带着她一起上街，才养成看信号灯的颜色，而不是看路上行走的车辆来决定前进还是停下的习惯。即使现在，如果不在脑海中复诵口诀，双脚就不会停下来。红灯停，绿灯行。

曜子第一次开外公的小货车，遇到红灯停下时，外公笑着说："曜子，你应该知道，在日本，即使路上没有车子，也乖乖遵守交通规则的人被视为好人，但在这个国家，大家都会骂这种人傻瓜。"

那时候,曜子才十三岁,姑且不提无视信号灯的问题,她根本违反了更大的交通规则。

"妈妈的手机要贴新的贴纸才行,小叮当的或是蓝贝贝都不错。"

秀太仍然喃喃自语着。所以,他的真正目的是想要曜子帮他买新的贴纸,曜子假装没有听到。

曜子把手机放在家里。她担心电话会突然响起,再度听到那个声音。

我会在三天后再打。他当时的确是这么说的。

要不要改电话号码?

不,这根本是徒劳。那个男人绝对已经掌握了曜子的住处,然而,曜子却连他到底是不是在日本都不得而知。

曜子对那个男人几乎一无所知。只知道他是外公"工作"上的伙伴,以及会发出阴险的笑声而已。他的年纪应该不轻了,却不知道他的真名,只知道别人用一个英文字母称呼他的方式——K。

曜子从来没有见过K,只有通电话而已。听他的口音,像是美国南部的白人,但曜子甚至不知道他头发和眼睛是什么颜色。即使在路上擦身而过,恐怕也不会发现。曜子感到不寒而栗,仿佛有一只巨大的蛞蝓闯入了家里。

要搬家吗?

这根本不可能。房子还剩下二十三年的房贷。况且,要怎么向孝平开口?

当然,即使他再打电话来,曜子也准备重复和今天相同的回答,同时,还要加一个四个字母的单词。

但曜子仍然深感不安,很怕自己一不小心,就会说"Yes"。二十五年前也一样,原本已经拒绝了……

"妈妈?"

秀太用小小的右手握着曜子的左手,注视着她的脸。

"妈妈,你怎么了?"

"对不起,妈妈在想事情。"

"你的眉毛在抖。"

"没事,别担心。"

曜子看着秀太继承了自己基因的淡棕色眼眸,用力回握他的手。

3

咚咚咚咚咚咚咚。楼梯上传来一阵如同重型武器般的声音，饭厅的门打开了，珠纪冲了进来。二楼闹钟一分钟之前才刚响，向来喜欢赖床的珠纪今天起得特别早。

珠纪拼命摇头，晃着一头正在留长的头发，双眼充满怒气地瞪得大大的。坐在餐桌旁时，只能露出胸部以上部位的秀太刚好和珠纪视线交会，秀太正在吃的小香肠卡到了喉咙。

"秀太，你又乱贴了。"

珠纪手上拿着卷成一团的纸。她的态度，就像在法庭前宣布判决结果一样。

那是珠纪贴在房间内的偶像艺人海报。

其中一侧的鼻孔上出现了史努比的脸，原本的帅气男孩变成了鼻屎小弟。

"你怎么赔我？你说，你要怎么办？"

因为紧张的关系，秀太薄薄的脑门下的血管正在微微抽动。

"……因为，鼻孔的大小……刚刚好……"

珠纪的嘴唇里吐出的话就像机关枪的子弹，秀太含着小香肠躲到桌子底下。珠纪太激动了，一时说不出话，像金鱼一样张着嘴巴。曜子代替她训斥了秀太。

"秀太，我之前不是说过，不能随便贴在别人的东西上吗？"

"困扰？"

桌子下传来颤抖的声音。对秀太来说，这个世界上最可怕的不是父母、老师，也不是妖魔鬼怪，而是这个比他大七岁的姊姊。

珠纪踢着椅子，秀太发出一声惨叫。他明知道会有这种结果，一开始就不应该乱贴，但用秀太的话来说："是手自动贴上去的。"

"珠纪，不可以这样，不能动粗。"

"我要杀了他。"

"你在说什么，小心我打烂你的嘴巴。"

曜子警告道。珠纪露出一脸"为什么挨骂的是我？"的表情瞪着她。

"Fucking！"

珠纪在去年开始就读的英语会话教室中，学到了一些不该学的话。那是一间以外国老师亲自授课为卖点的教室，那个老师似乎是澳洲人，说的英语很不正统。曜子很想纠正她的发音，但还是忍住了。因为，曜子告诉小孩子，自己只在美国住了"很短暂的时间"。其实，她住了整整十年。

珠纪转身离开餐桌，走向冰箱，开始喝她自己用零用钱买的零卡路里健康饮料。

"珠纪，怎么不吃早餐？"

没有回答。她似乎打算不吃早餐，节省时间"打扮"。虽说是打扮，但她读的那所学校校规很严格，最多只能在绑头发的橡皮圈上变一些花样，或是擦一点护唇膏，让嘴唇油油亮亮而已。

客厅内没有人在看的电视上正在播放遥远的国外街道，和用黑纱蒙着脸的女人的新闻，画面上出现"自杀恐怖攻击，造成超过一百人死亡"的字幕，睡眼惺忪的名嘴大声叫着："战争还没有结束！"曜子拿起遥控器，降低了音量，叫住了正准备离开客厅的珠纪。

"珠纪，先来吃早餐！"

珠纪和曜子很像，属于偏瘦的体型，但她前一阵子体重突然增加，在学校遭到同学的调侃后，她一直耿耿于怀。她的体重之所以增加，应该是胸部发育的关系。你也说说她嘛——曜子向正隔着报纸了解战况的孝平使了一个眼色。

"喂，珠纪，如果不正常吃三餐，反而容易发胖喔。"

珠纪没有回答，却大声地关上了门。孝平嘀咕了一句："啊哟，好可怕。"再度低头看着摊开的体育版新闻。他既然知道这么说，根本是在火上浇油，一开始就不应该说嘛，真是一点都派不上用场。

餐桌下也传来一个声音，"啊哟，好可怕。"

孝平和秀太在某些地方出奇的相像。

"珠纪，先来吃早餐。"

曜子的声音被吹风机淹没了。珠纪目前读国中一年级，就读的是一所所谓的贵族私立女子学校。无论入学金还是学费都很昂贵，对刚买了新房子的福田家来说，实在有点超出了能力范围。当初，孝平坚持让珠纪就读这所学校。孝平比曜子小一岁半，下个月满四十岁，目前仍然没有升迁上课长的迹象，他经常对曜子说："到头来，还是学历最重要。我们公司至今完全讲究学阀至上，即使工作能力再差，能不能出人头地，完全看读的是哪一所大学。"

他说这种话的时候，通常都是在公司遇到了不愉快的事。孝平属于大而化之的人，但日本男人遇到在公司中的地位问题，每个人都会变得神经质。最近，孝平经常抱怨，喝着已经从啤酒降格的气泡酒，唠叨着："真希望经理赶快走人。"或是"那家伙怎么还赖着不走？"如果不理会他，他会一直碎碎念下去。

用他的话来说，"错就错在明明读的是二流半的大学，不应该挤进一流半的公司"。对在美国高中读到一半就回到日本，还没有融入日本的高中就毕业的曜子来说，根本不知道学阀是怎么一回事，但她认为，孝平至今无法在任职的制药公司升上课长的职位，不是他读了哪一所大学的问题，而是这种偏激的性格使然。希望他不会像秀太一样，在公司的墙壁上乱贴贴纸。

秀太战战兢兢地从餐桌下探出头，仿佛士兵从战壕中侦察敌情。

"……姊姊走了吗？"

孝平放了一个屁，秀太赶紧爬了出来。

曜子拿掉秀太沾在脸上的饭粒，故意大嗓门地又训斥了秀太一顿，好让珠纪听到，然后又对孝平说："珠纪的西红柿蛋包饭留着也可惜，你拿去吃掉吧。"

吹风机的声音停了，重型武器的声音又从盥洗室传了回来。珠纪最爱吃加了西红柿的意式蛋包饭。看到孝平信以为真地准备吃第二盘蛋包饭时，曜子慌忙把盘子抢过来。

真受不了，怎么家里每个人都这副德性。

这个家庭虽然并不是没有问题，但曜子很喜欢这份平凡的生活。

住在外公位于俄克拉荷马的农场，可以站在家里看到太阳升起、下沉，如果不使用望远镜，就无法看到隔壁人家。和外公的农场相比，目前这幢必须烦恼晒被子的问题，在像手帕大的地方种植发育不良花卉的房子简直就像是在开玩笑。相同的价格在俄克拉荷马的住宅区，可以买到附游泳池、占地半英亩的房子。用日本人惯用的说法来说，就是占地六百坪的房子。

回到日本后，有很长一段时间，曜子曾经对贵得吓人，却没有咬劲的牛肉、完全没有甜味的甜点、加了大量洋葱的汉堡、饮料的分量像验尿般少得可怜，以及像排列了许多娃娃屋般房子的街景感到不屑。最重要的是，身边没有她喜欢的外公陪伴，日子变得了无生趣。然而，她也不想回到没有了外公的俄克拉荷马。

在美国的生活随时充满紧张。

农场周围有郊狼、毒蛇、花豹和家畜窃贼出没；马路上有劫车者，还有在日本的飙车族眼中，觉得像是幼儿园小孩子般的疯狂驾驶，会有心血来潮的举枪从车窗扫射进来；走在街上，又会遇到暴力分子、毒虫和强暴犯；学校又有老师和同学歧视非白人的曜子。

外公随身带着枪，如同时下的日本人手机不离身。无论是早晨去拿报纸，或是去巡视基本上都交给他人管理、只是作为兴趣经营的农田和牧场，或是带曜子去杂货店买冰淇淋圣代，或是去酒吧喝波本酒时，他都随时带着枪。

只有他们祖孙两人用餐的餐桌旁，也随时放着一把步枪；浴室的墙上挂着短枪；小货车的驾驶座下放着左轮手枪，手套箱里放着备用枪。早晨，曜子起床去叫外公起床时，他的闹钟旁也放着一把自动手枪。

艾德不喜欢常常发生故障的自动手枪，却说："没睡醒的时候，最适合用这种枪。"珠纪爱睡懒觉或许是源自外公的隔代遗传。

孝平把电视的音量调大了，刚才还在播爆炸恐怖攻击画面的晨间谈话节目已经变成了来日本访问的韩国男明星的特写镜头。前一刻还满脸悲痛地计算着死伤人数的主播，好像变了一张脸，挤出满脸的笑容，刚才大肆挞伐政府对战争态度的名嘴开着酸溜溜的玩笑，博取观众的一笑。日本真的是一个祥和的国家。

外公艾德拥有枪支的数量可以和沃尔玛超市枪支卖场媲美。他在保养这些枪支时，经常对曜子说："美国是一个特别的国家。这里有被祖国赶出来的人，有抛弃祖国的人，也有因为各种因素被带来这里的人，总之，是一个各路人马聚集的地方。无论经过多少代，父母都会告诉孩子，要斗争，要胜利，除了家人以外，谁都不能相信。俄克拉荷马本来就是国家把从印第安人手上抢来的土地强行开放，一夜之间，就挤进了一万人的人口。大家都争夺土地，先抢先赢。在这种地方，怎么可能相信邻居？即使我忘了穿裤子出门，手上也绝对不会没有枪。"

珠纪拿起遥控器切换了频道，血型算命的时间到了。由于电视节目已经从韩国男星的话题变成讨论韩国女星，孝平抱怨了几句，但看到自己的血型时，还是忍不住探出身体紧盯着画面。看到电视上说，今天O型人的运势最佳时，珠纪立刻心情大好，就连还不知道自己的血型，也不认得英文字母的秀太也紧盯着画面上的卡通图案。

当家人看电视的时候，曜子看着附有传真功能的无线电话。那已经不再只是会传来国中或是幼稚园的同学妈妈、推销墓地的人，以及北海道的婆婆，人畜无害的声音机器了。那是曜子的"潘多拉盒子"，不知道什么时候会蹦出尘封多年的妖魔。

4

才刚进入春天，游泳学校的室内游泳池简直就像夏天的温室。像今天这种鉴定考试，家长要在池畔参观时，陪孩子上课的母亲们纷纷换上了薄材质的衣服。

曜子也脱下了外套，只穿一件薄质长袖衬衫。她很少穿无袖或短袖的衣服，因为，她不想让别人看到她过度结实的手臂。

身材是她从外公身上继承的另一个特色。

艾德身高五英尺八英寸，生病前的体重一百七十磅。以美国白人男子的标准来说，并不算特别魁梧的身材，但他的身体结实得就像起重机的钢筋。曜子投靠他时，他才五十多岁，虽然头发和胡子都白了，在幼小的曜子眼中，只是一个老爷爷，但他可以轻轻松松地扛起就连大力士牧童杰斯也无能为力的三百磅小牛。在酒吧内，当身高有六英尺半的高大男人向他挑战比腕力时，才眨了两次眼睛的工夫，艾德就已经获胜了。

"预备。"

穿着比基尼游泳裤，似乎在刻意讨好妈妈们的游泳教练手拿扩音器发号施令。

哨子吹响后,小孩子们一齐跳进了游泳池。母亲们比小孩子更卖力地为他们加油。所有人几乎同时游了回来,从蝶泳的姿势变成了仰泳。这是一级的小孩子,其中也不乏和秀太年龄相仿的孩子,这些孩子真厉害。才学了八个月的秀太目前是倒数第三级的十八级。之前才好不容易结束"潜水"、"捡硬币"的入门阶段,现在已经开始用浮板学习游泳了。今天,为了晋级到十七级,必须不靠浮板游二十五公尺。

戴着红色泳帽,抱着双腿坐在游泳池对面的秀太紧张得忘了眨眼。曜子肩膀上下起伏,示意他"放松,放松",但秀太注视着水面,两眼几乎快变成斗鸡眼了,根本没有看曜子一眼。秀太眉毛旁应该在抽动,和曜子极度紧张时一模一样。

没问题吗?曜子在犹如夏天般的闷热中叹了一口气。

"紧张是必要的,但是曜子,不能过度紧张。"

每次教曜子射击时,外公艾德就会这么说。这个声音已经确实录制在耳朵深处的录音机里。

"重要的是如何妥善地控制紧张和放松,尤其要努力和紧张成为好朋友。"

曜子举着Smith & Wesson的Air Weight型枪支,在三十码之外,堆起了相当于男人肩膀高度的稻草,上面放着坎贝尔西红柿汤的罐头。

曜子在六岁的夏天第一次拿枪。日本的夏天就像温水游泳池般闷热,俄克拉荷马却不同,夏日的阳光虽然炽烈,但空气很干燥。但即便如此,还是会不停地流汗。

Smith & Wesson的Air Weight型枪是外公所有枪支中最小型的,但在六岁的曜子手上,简直就是铅制的哑铃。

沉重的枪支令曜子觉得双手好像被吸向了地面,这是她第一次握枪时的唯一感想。曜子无法像大人一样,在握住枪托的时候,就可以扣到扳机,她必须用右手抓住枪托的上方,用左手的手指扣住扳机。艾德又在她耳边小声说道:"God bless you,在心里不出声地说这句话。在说God的时候吸气,bless的时候吐气,然后停止,在说you的时候,要让身体放松。"

从小同时在英语和日语环境中长大的曜子,在当时还听不懂复杂的字眼,只能勉强理解外公的话,但她拼命竖起耳朵,遵从外公的指示,她觉得这好像在测试她有没有资格在这里生活。God bless you——上帝保佑你。

"然后,再默念一遍。God bless you。这一次说God的时候,要瞄准目标,说bless的时候,把力量放在扳机上,直到手指再移动百分之一英寸,就可以扣下扳机的程度。然后,在you的时候扣下扳机,对着你瞄准的you击发。"

God——曜子凝视着罐头,注视得眼睛都痛了。bless——食指用力。她的手指好不容易可以勾到扳机,根本无法在百分之一英寸的位置停下来,还没有等到you,就已经击发了子弹。

巨大的冲击令曜子以为自己的手腕骨头快断了。在击发的那一瞬间，Smith & Wesson在手上弹了一下，子弹飞向空中。她一屁股坐在地上，好像雏鸟般张大嘴巴，瞪大眼睛。艾德看到她的样子，哈哈大笑起来。

"曜子，你第一次开枪，这样算很棒了。只是很可惜，我们不是要打太阳，而是前面的西红柿汤的罐头。"

艾德笑的时候，眼尾出现了许多像涟漪般的皱纹。不久之后，曜子就爱上了当时认为是自己射击成绩表的这些皱纹。因为，她觉得艾德很像她从日本带来的绘本上那个人偶师泽培德爷爷。

"曜子，你知道刚才子弹为什么没有击中标靶吗？"

看到曜子仍然瞪大眼睛，拼命摇头的样子，艾德眼尾的皱纹更多了。

"这把左轮手枪差不多一磅，也就是一块牛排的重量，而且，枪身只有两英寸。越是轻巧的短枪，越不容易打中目标。这是简单的数学问题，不过，你要很久以后，才会在学校读到。"

那是一片被像大人那么高的玉米田包围的休耕地。艾德说，在上学之前曜子要学会射击，便带她来这里。秋天之后，曜子就要去读当地的公立学校。

半年前，邻州曾经发生过校车遇袭的事件，艾德为此感到担心。"每个人都要拥枪自卫，即使校车司机带着短枪，但很可能错把座椅的扳手当成扳机了。"艾德打算让曜子带枪去上学。

"你回想一下上个星期，我们和多丽丝一起去打保龄球的事。多丽丝不是说,想要试试我丢的重磅球吗?你还记得结果怎么样吗?"

在曜子出生之前,外祖母就已经过世了,多丽丝是艾德的女朋友。曜子小声地回答后,艾德温柔地抚摸着她的头发。

"没错,洗沟[1]了,她的姿势也完全走样了。因为,多丽丝并没有她自己想象的那么胖,我的体重比她重多了。子弹和保龄球一样,也分成许多等级。这颗子弹和我使用的Ruger Black Hawk相比,轻得就像小汤匙一样,但都是用点三八口径的枪击发。击发相同的子弹时,枪越重,反弹力越小。"

曜子仍然双手拿着枪,紧张的手指黏着扳机。就连手心的汗水也无法溶化肉眼看不到的黏胶,好像她从出生的那一刻,手上就握着这把枪。

艾德用手握住曜子颤抖不已的手。他的手很大,和曜子的继父那双温温的、连手背上都长满赘肉的手完全不一样。艾德的手硬硬的,凉冰冰的。

外公的手握上来时,原本看起来像吹风机那么大的Smith & Wesson一下子好像变成了打火机。

艾德用下巴指着枪前端五公分的位置、像烟蒂般的枪身说道:"这把枪的枪身只有两英寸而已。这也是问题。枪身越长,弹道越稳定。你再回想一下保龄球的事。曜子,你第一次打保龄球,所以,一开始站在线的前面丢球,结果怎么样?"

---

[1] 保龄球术语,指球偏离轨道掉进旁边的沟里。

曜子再度小声地回答。艾德用另一只手抚摸曜子的头发。

"没错,也洗沟了。当你学会丢球的方法,再加上助跑后,是不是就把球瓶击倒了?道理是一样的。枪管越长,命中率就越高。你想想看,如果用十码长的枪身对准十码以外的对方的额头,是不是一定会命中?你先不必了解其中的原理,反正就是这么一回事。"

然后,艾德把胡子贴在曜子的脸上。外公的斜纹布衬衫散发出干草的味道。曜子的耳畔响起了小声地啜嚅:"God bless you。"

曜子也重复了相同的话:"格德、布来丝、油。"

吸气。吐气。放松身体。

艾德继续像念咒语般的说:"God。"

"格德。"瞄准目标。

"bless。"

"布来丝。"把手放在扳机上,只剩下百分之一英寸的力气。

"you。"

"油。"

在子弹击发的那一刹那,双手因为承受了冲击而感到发麻。然而,感觉并不坏。三十码外的坎贝尔罐头被打飞了,鲜红的西红柿汤飞向俄克拉荷马的苍穹,宛如美丽的红色烟火。

但外公并不满意。因为,曜子并没有打中红金两色罐头正中央那个像一美分硬币般大小的金色商标。他叫曜子瞄准的目标并不是罐头,而是这个小小的商标。

"曜子,都是我的错,我搞砸了。"

曜子能够勉强击中罐头,全拜外公握着她的手,但外公说话的语气好像是他破坏了曜子的功劳。

"不过,太棒了。曜子,你果然射得很神准。大人第一次拿枪时,也可能不小心打到自己的手指。真不愧是我的外孙女,我的小公主。"

他用大手揉着曜子的黑发。"曜子,听好了,想要打中目标并不难,首先必须学会正确的用枪方法,之后,只要反复练习就没问题了,这是基本中的基本。曜子,你拿筷子比我拿得好,就是因为你从很小的时候就开始用筷子,射击的道理也一样。你可以试试各种姿势、目标和距离,才能应对各种状况。"

他用并不肥胖,但很结实的手臂把曜子抱了起来。

"锻炼身体也很重要,不过,不需要练成像达拉斯牛仔那样的体格和肌肉,只要有力气扣扳机就够了。有一点很明确,就是比较长、比较重的枪打得比较准,必须培养足够的体力,才能控制所有的枪支。只要能够持续练习,曜子也能够在转眼之间撂倒牛仔的左绊锋(left tackle)。"

艾德把曜子举到和他视线相同高的位置对她说道。曜子觉得自己好像比外公更高。

"当然,短枪也有短枪的用途。当敌人靠近时,这种短小精悍的枪反而有利。像你继父这种家伙就像矮小的相扑选手,在他掏出六英寸的枪之前,就已经被打五枪了。"

外公说"你继父"时的语气咬牙切齿,如果不是在曜子面前,绝对会加上那四个字母组成的单词。那是曜子母亲的第二任丈夫,是日本的上班族,在艾德眼中,是把单亲妈妈的女儿和刚出生的外孙女带回日本的家伙。如果直接翻译外公的话,就是"没有发现华莲的疾病,坐视她送死的王八蛋"。

曜子也不喜欢继父。因为他的腕力只有艾德的一半,却会殴打母亲。正如外公所说的,当母亲说身体不适时,他丝毫不放在心上,结果让母亲疾病身亡。他抱起曜子身体时那双纠缠的手,有着不同于对小孩子的爱的另一种感情,令曜子感到很恶心。

然后,艾德将和标靶之间的距离拉长到五十码,示范给曜子看。五发子弹都正确地击中五个汤罐头的商标正中央。

"刚才的鉴定结果,全体成员都顺利晋级十六级。恭喜大家。"露出股沟的教练叫了起来。

接下来轮到秀太了。秀太站起来走路的样子,就像是机器人Asimo[1]。看到前一级的全体成员都及格了,他似乎越发紧张起来,甚至忘记头上还戴着泳镜。

"秀太,泳镜!"秀太没有听到曜子的叫声,当曜子叫第三次时,他才终于转过头。

---

1 日本研发的新型电池驱动机器人,可以行走、走楼梯和爬坡。

"紧张和放松。"曜子忍不住这么叫了起来,但秀太应该不了解其中的意思。晋级到十七级的鉴定考试不需要跳水,既没有时间的限制,也不限制游泳的方法,只要能够游完二十五公尺就大功告成了,和平时的练习没什么两样,唯一的不同,就是不能用浮板。

小孩子们排列在游泳池的一端,开始的哨子吹响了。

秀太突然用蝶式游了起来。其他的孩子都用和使用浮板时相同的自由式。

真是的。那孩子为什么每次都这样?他明明最不会游蝶式。秀太的处世之道似乎和世间的标准不太一样,就连和他很相像的孝平,也忍不住对他摇头。身为母亲,的确很为此担心。唯一会感到高兴的,应该就是在二十五年前去世的外公。

在脑门血管不断抽搐的曜子守护下,和已经完成晋级的小孩子们的喧闹声中,秀太用像狗爬般的蝶式悠然地朝向终点游去。一开始大声喊着加油的教练看到他游了一分钟,仍然没有游到二十公尺的地方,忍不住用脚尖敲打着池畔的地面。

"刚才的鉴定结果,全体成员都顺利晋级十七级。"

在其他小朋友早就离开的游泳池内,秀太好像独占鳌头的奥运金牌选手般高高举起双手。

"妈妈!"秀太从池畔蹦蹦跳跳地跑了过来。冲到曜子面前时,做了一个他每次戴泳镜时,都忍不住要做一次的咸蛋超人的动作。"哇噻!"

有时候,曜子很希望自己也能够有像秀太和珠纪一样的孩提时代,她不希望这两个孩子经历和自己相同的童年。在和他们相同年纪的时候,曜子没有父母,也没有朋友,外公艾德是她唯一的亲人,手枪是她唯一的朋友。

就读公立学校的前一天,艾德送给曜子一件礼物。

那把Remington的德林格双枪管手枪放在系着红色缎带的化妆盒里。在美国,有各种不同款式的枪支,这是最小的枪,好像精灵使用的。即使是曜子的小手,也可以扣到扳机。

"曜子,这是你的玩具。制造这把枪的人一定不了解命中率这个字眼,如果对方距离你超过十码,或许丢过去比较容易命中。而且,这把枪只有两发子弹。所以,必须等到对方十分靠近时才能击发,要对准对方的脖子。这样的话,即使稍微往上偏,也可以打到他的头。"

外公用食指指着自己的喉咙,然后竖起手指,闭上单侧的眼睛。"听我说,以后,绝对不能把枪拿给别人看。只有你想让他吃子弹的人,才能看到你的枪。"

"老师也不行吗?"

"当然不行。"

曜子相信了艾德说那是玩具的话,把德林格双枪管手枪悄悄放在书包里带去学校。她按照艾德的吩咐,放在侧袋里,以便随时可以拔枪。当班上的同学笑她是"日本人"时,她好几次都把手伸进侧袋,但最后还是忍住了。

她都在回家之后才用德林格枪练习射击。她每天都练习，完全不复习发音遭到同学耻笑的蹩脚英语。艾德不仅没有训斥她，还为她准备了即使练到手指长满血泡，也无法用完的点二二子弹。到了俄克拉荷马后，曾经让曜子饱受折磨的哮喘也奇迹般地消失了。

七岁的时候，曜子开始拿步枪。不同于只要握住枪托，手指就无法碰到扳机的左轮手枪，只要能够克服令人眼花的重量，步枪射击起来方便多了。

九岁的时候，曜子的手指终于可以扣到Smith & Wesson的Air Weight型和Walther PPK的扳机。虽然她的个子在班上倒数的时候名列前茅，但她的手指修长，连音乐老师都建议她学钢琴。当然，她并没有学钢琴。因为，无论怎么用力敲键盘，也不可能射出子弹。

十岁时，她可以有百分之九十的几率，命中三十码以外的坎贝尔西红柿汤罐头的金色商标。

十一岁时，四十码的命中几率为百分之九十五。

在珠纪的这个年纪，她已经可以单手使用重量有两磅半的Ruger Black Hawk。她个头依然很瘦小，但比赛伏地挺身时，她可以赢过班上所有的男生。因为，她一直用这种方式锻炼身体。体育老师曾经挖角她参加国中器械体操队，当然也遭到她的拒绝。因为，她要拿的不是单杠，而是外公在十三岁生日时送她的M1卡宾长枪。

艾德不仅教曜子射击方法，还教她各种不同枪支的构造和保养方法。在她就读国中时，爷孙两人经常比赛可以在几分钟内将分解的枪支重新组装好。只有在一开始的时候，艾德允许她可以有加倍的时间。不到一年的时间，几次中就有一次可以赢艾德。事后回想起来，那并不是曜子进步了，而是外公的疾病恶化的关系。

除了枪支的事以外，艾德在教她万一对方夺走她的枪，或是子弹用尽，如何击倒对方时，比传授外祖母的私房菜时更巨细靡遗。

艾德无所不知。他告诉曜子很多事。比方说，他身为狙击兵，在德国士兵埋伏的诺曼底登陆，在欧洲战场打仗的事。

"狙击兵是陆军的王牌，只要在战场上，就可以了解这一点。只要不是机关枪在眼前扫射，通常不会被打到。但狙击枪就不一样了，一旦瞄准目标，就会打中对方的头。这可以令敌人产生恐惧和混乱，重挫对方的士气。有时候，可以凭一发子弹改变战局。然而，却无法受到任何人的尊敬。万一成为俘虏时，狙击兵无法适用国际条约，会当场被杀死。因为，狙击兵是令敌人痛恨到极点的死神。不光是敌人，在盟友中也会遭到大家的讨厌。大家都说狙击兵总是偷偷摸摸地躲在阴暗处，对着完全没有发现他们存在的人开枪，根本就是生命的小偷，谁都不想和这种人做朋友。"

他在珍珠港事件的那一年，认识了身为日裔二代的外祖母。

"我从来没有看过这么漂亮的女孩子。"

听艾德说话时,曜子就像不停喝水的鸟一样拼命点头。每当她听到这句话时,就会忍不住偏着头。从外公挂在墙壁上和柜子上的许多照片来看,外祖母松子即使在那些认为只要身材苗条、五官端正的女人都是美女的幼儿园同学妈妈的口中,也只能含糊其辞地恭维说"看起来很温柔"、"她的脖子很漂亮"而已。美国男人对东方女人的审美观至今仍然是一个不解之谜。在高中时代,很少有人约曜子这件事或许很值得骄傲。

外公和她谈起在朝鲜战争中失去许多战友,他自己的右腿也中弹,以及从军中退役后,在故乡俄克拉荷马买了农场,和外祖母、曜子的母亲三个人共同生活的幸福时代的往事时,总是充满痛苦,然而,他又好像不得不说这些事。

"曜子,听好了,人生就像是硬币的正反面。没有松子和华莲的日子会令我这么痛苦,就意味着当我遇到松子,和她相爱,生下华莲——这些日子是多么幸福。"

然后,他聊了以前的工作。外公唯一的缺点,就是每次回忆起外祖母和母亲的夜晚,就会无法控制喝波本酒的量。当他开第二瓶酒的时候,就开始谈论他的"工作"。

"那绝对不是快乐的工作,也从来没有获得他人的称赞。我并不是因为喜欢而做这份工作,只是因为我比任何人都适合这份工作。这是上帝给我的唯一的礼物,每个人都必须珍惜礼物。"

"我出生在俄克拉荷马,或许也是上帝的安排。因为,这一带的孩子从小就会拿枪打猎，就好像参加了射击的小联盟。英国人之所以没有好的狙击兵，应该是他们没有从小拿枪的习惯。"

他偶尔也会告诉曜子他工作时的情况。"我的工作基本上和打猎差不多。最重要的是具备耐心等待猎物的忍耐力，和控制情绪激动的冷静。只要注意猎物的聪明程度并不输给你，而且，对方也有枪这两点就够了。"

曜子一直以为外公偶尔聊起的这些事，是他在军队时发生的。直到很久以后，才发现并不是这么一回事。

艾德在提到自己的工作时，也只是笼统地说是"任务"而已。那是绝对无法写在职业栏上的工作——外公的职业是杀手。

5

每次客厅的电话响起，曜子的心脏就一阵紧张。所以，明明没什么事情，她也拼命往外跑。

今天，她随便洗完衣服后，上午就去了超市，从一楼的食品卖场一直逛到二楼角落的DIY专区，最后，只买了一瓶味精和一瓶清洗排气扇的清洁喷雾。她自己都不知道为什么要买排气扇的清洁喷雾。

如今的福田家严禁奢侈，因此，她基本上已经很久没有在外面吃午餐了。这天，她在麦当劳打发时间，等待晚一点去幼儿园接秀太。虽然她在超市用比原价便宜三十圆的价格买到了"今日广告品"的味精，却点了两个麦香堡、苹果派、薯条和大杯可乐，花掉了每天必须控制在二千五百圆以内的全家伙食费的一半。

曜子喝了一口可乐吞下薯条时思考着，思考着无论怎么想，都无法找到答案的问题。

K到底在哪里？为什么事到如今，还会联络我？

如果K身上有可以称之为优点的地方，就是他信守承诺。无论是任何承诺，他都会遵守，即使是对方不喜欢的承诺也不例外。

所以，曜子心里很清楚，既然K之前约定在三天后的上午会再度联络，在此之前，就不可能联络。虽然心里很清楚，但还是害怕独自在家的时候，听到电话铃声，她害怕和电话同处一室。

接完秀太后，他们再度去超市买了晚餐的食材，并在一楼的轻食区给秀太买了冰淇淋。而且她买的是平时经常告诉秀太"吃了会拉肚子"的双份冰淇淋。秀太很舍不得吃，用汤匙一小口一小口地挖来吃，又成功地拖延了二十分钟。

K向来严格遵守约定，绝对会在约定的日期、时间打电话，也就是明天。曜子决定先斩后奏，先去改电话号码，再来思考向孝平解释的借口，但打电话去电话公司一问，才知道需要两三个星期才能完成变更。如此一来，根本已经为时太晚了。

即使现在人站在厨房，她的整个背脊也仿佛变成了一个大耳朵。珠纪托着下巴，在和客厅连在一起的饭厅看电视。平时，秀太都会在这个时段看卡通，但珠纪每星期三的七点要去上补习班，所以都会一个人提前吃晚餐。被姊姊抢走电视的秀太只能嘟着嘴，双手做着自由式的动作，走去二楼了。

白天，曜子独自在家时，即使电话铃声响起，她也不接电话，直到铃声自动停止。但家人在的时候，就无法对电话铃声充耳不闻。万一计划改变，K等不到明天就打电话来——比起听到

K的声音，曜子更害怕自己以外的人接到电话。

她不想让K接触到自己的家人，即使只是从电话中听到声音。

曜子把炒菜锅放在瓦斯炉上，不禁在心里想道，明天也要像今天一样，在上午就出门。反正自己并不希望接到他的电话，只要无视他的约定就好。

不，事情没这么简单。在没有旁人的厨房内，曜子对自己的想法摇了摇头，这反而会让事情变得夜长梦多。K在听到曜子的回答之前，一定会穷追猛打地打电话来。自己要做的事情只有一件，就是明天在电话中斩钉截铁地拒绝他提到的工作。同时，还要告诉他，不要再打电话来。

但是——那个男人会轻言放弃吗？

在电话中拒绝，或是干脆无视他的存在，根本不接电话。曜子持续烦恼着。

接电话。不接电话。接电话。不接电话。接电话。不接电话。

炒菜锅冒烟了。先让炒菜锅空烧片刻，是为了激发新家厨房还不够充分的火力。烹饪中式菜肴要用大火炒，这是俄克拉荷马的中国餐厅"古老龙"的厨师关先生教她的。

妻子早逝的外公艾德自己也会下厨，但他的厨艺远远不如他的射击。他最擅长的是罐头料理，所以，他们从来不缺作为标靶使用的坎贝尔空罐。曜子八岁左右就开始下厨，十岁左右，就和艾德用掷硬币决定谁煮晚餐。

"太棒了,简直就像是松子死而复活了,不,你已经超越了松子。我不妨告诉你,我实在无法适应她在德州料理中使用酱油。"

接电话。不接电话。接电话。不接电话。接电话。不接电话。

炒菜锅冒着大量的烟,坐在饭厅的珠纪尖叫起来。

"妈妈,好多烟。"

"……啊,对不起。"

暂时忘记K的事。无论如何,这里是日本,不是俄克拉荷马。虽然不知道他到底有多少能耐,但他应该不敢轻举妄动。

今天晚上要吃炒饭。她在锅里倒了油,快速炒了半个鸡蛋。家庭主妇无法像男厨师那样轻松拿起炒菜锅,将鸡蛋稍微炒一下后起锅,这样炒出来的饭比较好吃。料理节目都是这样说的,但曜子才不会做这么麻烦的事。她用锅铲把鸡蛋推到锅的边缘,用单手控制着锅子,以免太熟了,用另一只手拿起装了一公升色拉油的瓶子。炒菜锅的粗大锅柄和手腕感受到的重量和握手枪时的感觉很相似,但和单手拿着枪身六英寸,重量有两磅半的Ruger Black Hawk装子弹时比,就觉得炒菜锅根本是小巫见大巫。

接着,她把葱花丢进锅子爆香后,放入炒饭的材料。珠纪不喜欢吃叉烧,比较喜欢吃火腿,秀太则喜欢小香肠,孝平喜欢吃鱼板。如果配合每个人的口味,会把自己累死。但只有珠纪上补习班的今天例外,曜子使用的是切成小块的无骨火腿。

回到日本后，她才学会将剩下的蛋汁混入白饭中的技巧。她把饭倒进炒菜锅，挥动锅子，使材料飞到半空中。然后，再加盐巴、胡椒，用酱油调味。

曜子伸手拿起酱油瓶，只滴出几滴而已。惨了，酱油用完了。曜子摇着炒菜锅，对饭厅的方向叫道："珠纪，帮我拿一下酱油。"

饭厅里没有响应，珠纪也没有挪动的迹象。即使不用回头也知道。

"曜子，背后要长眼睛。"

艾德经常这么告诉她。第一次听到时，曜子无法理解其中的意思，把头拼命往后转到快要抽筋了，逗得艾德哈哈大笑。

"脖子后方就是背后的眼睛。当背后有人靠近时，要靠脖子后方的头发感受到空气的震动。当然，也不要忘记随时竖起耳朵。"

如今，只有做家事的时候会运用这个本领，在美国的时候，她就是记住了艾德的这句话，才会整天绑马尾。

"珠纪，拜托，快一点。"

只要锅子稍微离火，炒饭就不好吃了。

"你安静啦。"

饭厅传来珠纪好像猫被踩到尾巴时的不悦声音。曜子单手操控着锅子回头一看，发现珠纪两眼直直地看着电视。电视正在播放娱乐新闻。昨天，被秀太用贴纸弄成鼻屎小弟的偶像明星正在电视上露出灿烂的笑容。真受不了！曜子拿着锅子，伸出左腿踢开收纳柜，用脚尖拉出放调味料瓶的棚架，确认了酱油的位置。基于言传身教的立场，她并不希望小孩子看到这一幕，但背后只传来娱乐主播的声音，她的注意力集中在后脖颈上，成为天线的头发也毫无反应。目前没有问题。

曜子的右手用力把锅子一甩，将正在炒的饭在瓦斯炉上高高抛起。就在同时，伸出半个身体，左手拿起了酱油瓶。她在短短的几分之一秒内重新站直身体，用锅子接到了纷纷下落的炒饭。

当说话速度很快的主播才说完一个单词，曜子已经完成了所有的动作。

艾德的教导以及曜子十年的刻苦训练，如今只能在这种事上派上用场。然而，曜子深切体会到，这是多么幸福的一件事。当然，她从来没有实际运用过艾德的教导，至少在回到日本以后，从来没有过。

后脖颈的头发"当"的竖了起来，她察觉到珠纪正在厨房吧台旁的食品柜中翻找。她平时从来不帮忙做事，结果根本找错了地方。

"谢谢，已经不用了。"

曜子头也不回地说完，随即听到一个不悦的声音。

"什么？什么已经不用了？"

"因为来不及了，所以我自己拿了。"

"既然你自己可以拿，干吗还叫别人。"珠纪用力地关上了食品柜的门。

珠纪正值叛逆期。进入国中前,她是个纯真、幼稚的女孩,连父母都忍不住为她担心。她在十二岁之前,还曾经写信给圣诞老公公,如果不抱着泰迪熊,就无法入睡。如今,虽然她的胸部越来越丰满,头发也越来越长,话却越来越少,往日的坦诚也不见了。偶尔开口,总是咄咄逼人,只要遇到不顺心的事,就随手拿东西丢秀太。

曜子竭力克制自己避免做出在美国时习惯的夸张动作,很节制地耸了耸肩后,回头一看,珠纪已经回到电视前,把声音调得特别大声。曜子在美式耸肩后,摇了摇头。

当酱油入味,正准备拿麻油瓶滴入几滴麻油增加香味时,电话铃声响了,曜子差点把炒菜锅丢在地上。

两声,三声。后脖颈的头发捕捉到微微的震动。向来怕麻烦的珠纪正准备去接电话,可能她以为是她补习班的同学。曜子冲进了饭厅。

"等一下,我来接。"声音出卖了她。或许是她的声音太紧张了,珠纪愣在原地,露出惊恐的眼神。曜子背对着她,不愿看到她的视线,把手伸向电话。

没什么好怕的,一定是孝平打来的。昨天也是在她准备了四人份的晚餐后,在这个时间接到他的电话,说"我今天不回家吃饭"。

曜子用力深呼吸,把气吐了出来,使紧张离开身体,拿起了电话。

　　电话里突然传来的声音让她整个身体差点瘫软下来。

　　——喂？曜子吗？是我，你最近好吗？

　　是婆婆昌枝。

　　——今天这里又下雪了。你那里怎么样？

　　婆婆即将迈入七十大关，但她的声音年轻得令人心烦。

　　"是，已经暖和多了。"

　　——是吗？

　　婆婆的回答似乎有点受伤的感觉，曜子赶紧补充了一句："托您的福。"

　　为什么自己要为东京的气候向婆婆道谢？曜子觉得日语的用法太不可思议了，但回日本二十五年，说话已经完全没有美语腔调的现在，她知道这么说比较好。

　　——洋芋炖肉怎么样？

　　"嗯，很好吃。"有些谎言是情非得已。曜子也知道这句话。

　　——煮洋芋炖肉时，还是梅克因马铃薯比男爵马铃薯好吃，你有没有用圆花鲣鱼片熬高汤？

　　曜子只能含糊地应了一声。其实，她根本不知道圆花鲣鱼片是什么东西。当初她刚回日本时，还以为鲣鱼片是碎木屑呢。

　　——孝平有没有很高兴？他最喜欢吃我煮的洋芋炖肉。孝平、忠志和信也这三个孩子，从小几乎是吃洋芋炖肉和玉米长大的。

"是吗？他们真幸福。"要记得去封孝平的口。

——下次我再寄南瓜给你们。放在仓库追熟的南瓜差不多可以吃了。现在这个季节，只有北海道还有国产的南瓜。

南瓜就不必了。曜子对南瓜敬谢不敏。她可以吃南瓜浓汤、南瓜派，但无法自己下厨煮南瓜。

——想要把南瓜煮出甜点，关键在于火候。一开始要用大火，再用中火，最后要用小火慢慢炖。火候很重要啊，说到火，上次里村先生家里差一点失火。取暖器的火烧到正在晒干的玉米上。他们家里真是流年不利，去年秋天，还有熊跑进他们家的田里……

婆婆昌枝很健谈，之前在聊炖南瓜的话题，不知道什么时候发展成她以前在山上遇到熊的事。

孝平之所以是一个多话的男人，应该是遗传吧。曜子向来觉得婆婆很啰唆，今天却觉得她的声音听起来像是疗伤音乐。无论如何，到目前为止，一切平安无事。

——所以，就是这样。记得一开始要用大火煮。

挂上电话后，突然闻到房间内一股焦臭味。珠纪惊叫了起来。

"妈妈，锅子烧焦了。"

曜子轻轻惨叫一声，冲进了厨房。

炒菜锅里冒着烟。曜子像游击手般单手出击，伸手关掉瓦斯，但已经太晚了。炒饭已经焦了。

珠纪用鼻子哼了一声。"饭还没煮好吗？我上补习班要迟到了。"

真是够了。曜子双手叉腰，转头看着饭厅。或许是因为紧张获得放松的关系，她的情绪很激动，忍不住大声起来。

"有焦掉的炒饭可以吃！既然你闻到了焦味，就应该过来把火关掉。你已经是国中生了，这点小事应该可以帮忙。"

珠纪顿时嘟起了嘴。

"为什么都要我做家事？偶尔也可以叫秀太帮忙嘛。"

"秀太拿得动炒菜锅吗？"

虽然秀太应该很乐意拿，但曜子无法想象会是怎样的后果。

"算了，我不吃了。我去便利商店买面包。"

珠纪故意用力甩门，走出饭厅。曜子将握拳放在腰间的双手张开，拍着自己的额头。她不是生气，而是感到难过。不久之前，珠纪还两手分别抱着泰迪熊和枕头走进曜子和孝平的卧室，诉说一个人睡觉很害怕，执意要睡在两个人之间。

那只泰迪熊是当珠纪在秀太这个年纪的时候，曜子在庙会射靶时射中的。孝平连仿冒的Milky都打不中，曜子把剩下的最后一颗软木子弹拿来用。珠纪当时惊讶得瞪大眼睛和嘴巴弯成月牙形的笑容仍然令曜子记忆犹新。想到珠纪当时的表情，曜子的心情也平静了下来，把焦黑的饭丢进厨余垃圾袋，准备重新炒饭。

虽说珠纪正值叛逆期，但曜子认为，其实真正的原因在于她的学校，因为珠纪和其他同学相处得并不融洽。

刚入学时，她比现在开朗，常常兴致勃勃地谈论班上同学的事，以及体验社团活动的情况。在第一学期快结束时，曜子才发现即使问珠纪有关学校的事，或是有关上课和老师的情况，她都不再回答。最后，珠纪也无法进入她一心向往的网球社。

班上有一大半的学生是从女子小学直升进入这所女子国中的，她可能需要一段时间适应。虽然曜子曾经乐观地这么告诉孝平，但第二个学期开始，珠纪开始只字不提学校的事。每天放学回到家，就冲上楼梯，关在自己的房间，无论问她什么，她都闭口不语。

希望她没有遭到同学的欺侮。珠纪比实际年龄更幼稚，更不懂事，很容易成为从小在周遭都是女生环境下长大的那些少女的攻击目标。就好像整个花圃栽种了一整片根部结实，看起来根本不像是花卉的大理花，却又同时播下了一年生的矮波斯菊种子。

当初，当孝平误以为只有弟弟的珠纪在周围都是女生的学校中，应该可以成为一个个性温柔的孩子时，应该更强烈地表示反对。如今，曜子不禁为此感到后悔懊恼。

决定去上补习班的不是曜子，也不是孝平，而是珠纪自己，每星期一上课的英语会话教室也一样。可能是因为在那里可以见到以前的同学吧。如今，只有国小的同学偶尔会打电话给珠纪。

但珠纪毕竟是六年级才转学来这里，并没有结交太多好朋友，所以，打电话来找她的人寥寥无几。

曜子回想起自己的国中时代。或许是因为俄克拉荷马很少有东方人的关系，曜子很快成为班上那些坏孩子欺侮的目标。美国国中生的欺侮行为不会像日本的孩子那么阴险，但很直接、很暴力。

曜子的书包里会突然蹦出一只青蛙，也会有人突然从窗户内用水泼她。上体育课玩球时，同学会莫名其妙地用球丢她，当她准备走向黑板答题时，有人会伸出腿绊倒她。

曜子亲手解决了这些问题，没错，她用自己的右手解决。

二年级的时候，她一拳打倒了向来以上健身房练拳击为傲的男同学。之后，就不再有人敢惹曜子。当然，好不容易和她亲近的几个同学也开始疏远她。

曜子使用的是"black jack"。她把一块拳头大的石头装进袜子，直接打中对方的脸。对方摆出刚学会的拳击防卫姿势，但"black jack"轻而易举地突破了他的防卫，打断了他的两颗门牙。

任何国家的父母都对儿女打架表现出过度的反应。虽然警方没有干预国中学生之间的打架，但对方家长带着律师上门要求赔偿医药费，艾德用短枪把他们赶走了。

当初，是艾德教曜子制作"black jack"的方法。除了用枪射击的方法以外，艾德还传授给她面对敌人时的各种防御方法。如今曜子才发现，那并不是防御方法，而是攻击方法。

那是曜子十岁时所发生的事，至今仍然历历在目。

那天晚上，艾德掷硬币输了，正在准备晚餐时，不知道想到了什么，突然拿着南瓜走到饭厅，对正在桌前做功课的曜子说："曜子，如果现在突然有敌人出现，你会怎么办？"

这个问题比她正埋头写的作业上的四则运算简单多了。曜子把手伸进裙子，抽出了德林格手枪，代替了她的回答。因为上学用的书包经常不会放在身边，那时候，她已经在大腿上绑了袜带，悄悄地把手枪夹在里面。

艾德把南瓜放在餐桌上，做出"hold up"的姿势笑了起来。

"不愧是我的小公主。曜子，你太棒了。"

艾德总是不吝于称赞曜子。他总是先加以称赞，再指出她的问题。即使很清楚他的这种习惯，曜子仍然感到很高兴。因为，艾德是唯一会称赞她的人。

"但如果同时有三个敌人呢？"

艾德面带笑容地看着偏着头思考的曜子，看了一眼餐桌上的算术教科书。

"这比你刚才做的功课简单多了。曜子，你是优秀的狙击手，即使是点二二口径的枪，也可以送他们一人一发子弹。但是，你想一下。德林格手枪里只有两颗子弹，还有一个敌人要用什么方法解决？"

"用德林格手枪丢他。"

49

听到曜子的回答，艾德出声地笑了起来。

"的确，这也是德林格手枪的有效使用方法之一，但不是一百分的方法。因为，人的投掷力比火绳枪（musket）更加无法信赖，就连德州游骑兵队的投手在投三次球时，也会有两个坏球。况且，当你在这里开枪时，对方不是会躲起来吗？"

艾德的声音低沉而响亮，比星期天在教堂滔滔不绝说教的神父更有磁性。艾德好像在对曜子阐述《圣经》的某个章节般小声说道："现在，第三个敌人躲在附近，观察你的动静，了解你是否有德林格枪的备用子弹？有没有备用的手枪？如果你不采取行动，对方就会扑过来。"

曜子好像中了催眠术般地环顾室内。

"没错。曜子，你太厉害了，就是要像这样张大眼睛，观察周围到底有什么。你再仔细观察一下房间。"

曜子按照艾德的吩咐观察着。外公的农场和牧场占地一千五百英亩，房舍本身却很简朴。客厅兼饭厅内，放着一张橡木桌子、壁炉和最小限度的生活必需品。放在墙角的强化玻璃制枪柜十分漂亮，但可以称为装饰品的东西并不多。只有祖母松子和母亲华莲的照片，和外公在军队时的纪念品，以及感觉有点老式的纸笔。

"比方说——"艾德走向壁炉旁，拿起了拨火棒。

"当敌人在近距离时，这个东西或许比枪更有利。在对方扣下扳机之前——"

他挥动搅火棒，立刻发出空气撕裂的尖锐声音。

"还有这个。"

他拿起柜子上的铜制摆设。那是一个马造型的古董，听说是外公在参加朝鲜战争时买的。艾德握着马的脖子，在和自己脸部高度相同的空间，挥舞古董摆设的身体。这次发出了沉闷的声音。

"对了，还有这个。"

艾德将烛台放在脸的前方，然后，往外一推，随即笑着挤出了一堆鱼尾纹。

"曜子，听好了，要把这个烛台当成既是点蜡烛用的日常生活用品，还是和敌人作战时的武器，关键就在于这里。如果缺乏任何自觉，这里只是普通的农家，但只要稍微改变一下角度，就会发现这里到处都是具有杀伤能力的武器。不光是在房间内，在学校、沃尔玛超市和关先生的店，以及教堂时，无论在任何时候，都要先观察一下周围的情况。"

那一年，一个有变童癖的变态在俄克拉荷马强暴了幼童，引起了轩然大波。之前，当曜子在农场内玩的时候，曾经充当她保镖的牧童领班杰斯在那一年去了越南。也许，外公认为为了以防万一，有必要教她这些经验。也可能只是想把自己学到的技术传授给他人，就像瑞士钟表匠会把调整像芝麻般大小的齿轮的方法传授给后人一样。即使是从事无法在职业栏公开工作的人，也应该有权利这么做。不，正因为是这种人，更应该有这样的权利。

现在回想起来,艾德很孤独。即使在和女朋友多丽丝相处时,他也未必能够彻底坦诚。如同艾德是曜子唯一的寄托一样,曜子也是艾德唯一的心灵支柱。也许,艾德在那个时候已经意识到自己的死期不远了,虽然如今已经无法确认,但曜子这么认为。

然后,艾德把镇纸放在算术教科书上。那是一个树叶形状的镇纸。

"曜子,你把袜子脱下来,把镇纸装进去。"

曜子顺从地照做了。虽然她很喜欢多丽丝帮她买的这双袜子,不希望袜子变得松松的。

"这是black jack。你看,这样就变成了武器。你甩甩看。"

曜子甩了一下。虽然无法像艾德那么有力,但还是听到了空气撕裂的声音。

站在厨房的曜子下意识地甩着重新倒了色拉油的炒菜锅,听到一声比当年更有力的声音。

艾德的话至今仍然支配着曜子。

即使走进超市的食品卖场,她最先看的不是价格,也不是食品的新鲜度,而是可以作为钝器的冷冻鱼或是肉;走进公共厕所时,她一定会最先确认放拖把的工具室的位置;和陌生男子单独搭同一部电梯时,她会把手链拉到拳头的位置,可以充当"手指虎"[1]。即使是女人的拳头,也可以打断大男人的鼻梁骨。

---

1 又称铁拳头,套在手指上使用,为具有杀伤力的攻击武器。

曜子很少戴饰品，但无论去哪里，她都会戴着手链。而且，通常都是金属材质的粗型手链，她并没有刻意这么做，而是大脑深处的某种装置操控着曜子。

如今，这种习惯令她感到厌烦，却不知道如何才能停止。搬来新家后，在布置生活用品时，她也在不知不觉中，在重要的地方配置了在关键时刻可以当做武器使用的东西。

饭厅里放了一个和艾德家的摆设很相像的硬材质摆设，不是马，而是熊。客厅电视后方放着树枝剪。在夫妻卧室伸手可及的地方，放着孝平的高尔夫球杆。厨房更不用说，更是各类武器的宝库。如果此时此刻有暴徒闯入这个家，曜子可以在任何可能的状况下，知道自己该采取什么行动。

如果歹徒从右侧的后门闯进来，手上的炒菜锅就是武器。可以用已经烧热的油泼在他身上，用锅子敲歹徒的脸。至于下手的力道，则要视对方的体格和手上的武器而定。曜子很了解多重的打击力道可以使对方丧失攻击能力，或是丧失人类的功能。

当时，艾德拿起桌上的南瓜，向曜子眨了一下眼睛。

"现在轮到这个南瓜登场了。人类的头盖骨不像我们以为的那么牢固，其实和南瓜的硬度差不多。来，你试试看。"

曜子按照艾德的指示，用black jack敲向南瓜。美国的南瓜比日本的南瓜外皮更软，却只发出一声沉闷的声音，装了镇纸的袜子一下子就弹开了。

"嗯，很不错。曜子，你不仅枪法好，还富有各种才华，只要再稍微学习一下诀窍就好。"

他将曜子手上的black jack拿到自己手上，继续说道："你看，挥动手臂的速度和角度最重要。以前，在玩棒球的时候，我不是教过你怎么投快速球吗？基本上，和投快速球的要领相同。"

艾德降低重心，将手臂挥至斜向四十五度的角度。呼——随着一声轻轻的呼气声，顿时伸直了右手，仿佛一条响尾蛇从背后窜了出来。

由于动作太快了，曜子一开始没有意识到发生了什么事。一秒钟前，南瓜还是圆的，如今却已经粉身碎骨。曜子忘了眨眼，忘了呼吸，也忘了南瓜碎屑溅到了自己的脸上，她目不转睛地看着桌上果肉四溅的南瓜。人的脑浆是黄色的，一直以来，曜子都这么以为，直到自己亲眼见识之后。

看到飞溅到地上的南瓜屑，曜子突如其来地想起来美国之前，和继父一起在葬礼上捡起的母亲骨灰。她一阵恶心，拼命克制着自己想吐的感觉。

在重新炒完炒饭的同时，换好衣服的珠纪刚好从二楼走下来。

"珠纪，先吃几口再走吧。"曜子知道，珠纪不可能去便利商店买面包吃。最近，她有厌食的倾向。

"这是为了你的身体，来吧，吃一口就好。"

珠纪正准备摇头，还是拿起了汤匙，但立刻把汤匙丢开了。

她真的只吃了一口。

"再吃一口。"

"我没时间了，快迟到了。"

曜子拿着汤匙，放到珠纪的嘴边。珠纪像十几年前吃断奶食的时候一样，乖乖张开了嘴巴。

曜子站在家门口为她送行。

"再穿一件外套，晚上会比较冷。"

曜子从玄关的大衣架上拿下珠纪的上衣说道。曜子并没有责备的意思，但对穿着已经有主见的珠纪以为自己的打扮受到了指责，掉转头，闷不吭声。虽然曜子有点在意她的裙子太短了，但决定不再多说什么。

如今，珠纪就像刚离开温室，在强风中的波斯菊般摇摆着。曜子知道，多加干涉可能反而会影响她的成长，但还是希望她可以了解，曜子、孝平，即使是整天和她吵架的秀太，都会支持她，永远陪伴着她。

珠纪穿着一双实在不像是国中一年级学生穿的长马靴，曜子用手把她拨转身，帮她拉好衬衫的领子。

当珠纪走到门口，推着脚踏车准备离开时，曜子说："如果觉得很累，可以不要去读了。"

珠纪皱着眉头，偏着头，意思在说："你在胡说什么？"

"不会累啊，我觉得很快乐。"

"我不是说补习班。学校的情况怎么样？"

55

"嗯，马马虎虎。"

"改天要不要找爸爸一起，三个人聊一聊？"

只有晚上回家的孝平，对珠纪的不寻常改变比曜子更迟钝。即使曜子和他聊起这个话题，他也是一句老话："习惯就好。"但这是有关小孩子一辈子的事，和厕所门关不起来的问题不一样，改天应该找时间好好和他谈一谈了。曜子在心里想道。

"如果你实在不喜欢——"

珠纪又露出"你又在胡说了"的表情。她终于转头看着曜子，斩钉截铁地说：

"我不会退学。"

她的脸和三十年前的曜子一模一样。脆弱，却又逞强。

"路上小心。"曜子向她道别，珠纪头也不回地开始踩着脚踏车。虽说珠纪长大了，但看着她骑着刻意将坐垫拉高的二十六英寸脚踏车的背影，就觉得她仍然还是个孩子。目送着她像波斯菊花茎般的背影，曜子在心里再度叮咛了一句：真的要小心。因为，你既没有德林格，也没有Smith & Wesson的Air Weight。

回到家里，发现秀太不知道什么时候已经下楼来到客厅，正在地毯上练习蝶泳。

"爸爸今天好像也会晚回来，我们要不要先吃晚餐？"

"等一下，我再游一千公尺。"

连一千公尺到底是多少也搞不懂——对秀太来说，只要是比温室游泳池这一端到那一端的二十五公尺远的距离，全部都是一千公尺——却专心一致地摆动着双手和双脚。在曜子的眼中,觉得他和在玩具卖场任性吵闹的样子没什么两样,但秀太却很认真。在秀太的眼中,一旁的沙发应该就是伊昂·索普吧。

"今天晚上要吃炒饭。"

秀太的手脚顿时停了下来。炒饭是秀太最爱吃的食物之一。

"那我游一百公尺就好。记得要加小香肠。"

冰箱里还有小香肠吗?曜子在冰箱里翻找着的同时,用力紧咬嘴唇。虽然自己住在像娃娃屋般的房子里,过着微不足道的生活,但绝对不容许任何人破坏这份生活。我必须保护两个孩子。

拿出袋子中仅存的两根小香肠,和葱花一起切成小块。

明天,自己要说的话只有一句,就是"No"。或者,也可以说"Fucking"!

自己只要做一件事,就是用力挂上电话。

曜子在嘴里重复了几次"No",转眼之间,已经把一根葱切完了。

曜子是在刚满十六岁的时候,第一次接到K的电话。

那一年,祖父已经躺在医院的病床上,医生说,他最多只能活半年。

K突然打电话来,用浓浓的南部口音,说自己是"艾德的老朋友",即使问他叫什么名字,他也一直重复"只要说是K,艾德就知道了"。

当曜子告诉他,外公已经住院时,他既没有惊讶,也没有询问病情,好像之前就猜到般,随便说了一句问候的话,就挂上了电话。

过了一阵子,当他第二次打电话来时,仍然只说自己叫K。即使曜子告诉他,外公的病情依旧时,他也无意挂上电话,只是轻轻叹了一口气,如此说道:

——真伤脑筋。

现在回想起来,这句话一定是他事先就设计好的。

——我想拜托艾德工作,真是伤脑筋。

曜子没有回答,K发出像蜘蛛网般纠缠的笑声。

——你是曜子吧?艾德经常向我提起你。听艾德说,你已经可以百发百中地射中一百码以外坎贝尔罐头的金色商标。

"如果你有急事,我会帮你转告。"

曜子骗他说,外公的病情依旧。其实,艾德虽然意识还很清楚,但已经无法独立下床了。

——你要不要代替艾德试试看?

"我听不懂你的意思。"

虽然曜子这么回答,但在那个时候,曜子已经隐约感觉到外公以前所从事的职业到底是怎么回事。当然,并不是艾德亲口告诉她的,不过,只要把他在喝了波本酒后透露的内容像拼图般拼凑起来,一切就豁然开朗了。

更正确地说,她了解的并不是外公"以前所从事的职业",而是"一直以来所从事的职业"。即使和曜子生活在一起后,艾德并没有引退。至少,他曾经接过两次"工作",曜子对此深信不疑。

第一次是曜子九岁的时候,外公说,要去见国外的朋友,把曜子寄放在多丽丝家一个星期。后来,外公带了南美的木雕人偶回来送她。几年后,曜子在上历史课的时候得知,刚好在那个时期,总统在智利遭到了暗杀。

第二次是曜子十二岁的时候。艾德把枪柜的钥匙交给曜子,重复交代了以前曾经教过她的事,才终于踏上旅途。他说要去参加在华盛顿D.C.举行的朝鲜战争战亡者追悼会,但至少在俄克拉荷马的报纸上,并没有刊登这个活动的相关报导,却出现了将在法庭上指证黑手党教父罪行的重要证人在费城遭到暗杀的新闻。

暗杀发生在深夜,使用的是M16步枪。曜子曾经从二楼的窗户看到艾德在出门前不知道从哪里弄来这支步枪,在深夜偷偷试枪。M16的外形特征在当时很独特,喜欢翻阅枪支目录的曜子一眼就认出来了。

艾德似乎打算继续隐瞒下去,但曜子也向艾德隐瞒了自己刚进入高中的这段时期有失眠的问题。之后,那把M16从来不曾收进外公的枪柜。

——请你代替艾德,接受我们的委托。

"我不知道是什么工作,况且,我才十六岁,不可能做什么工作。"

——不,正因为是十六岁的女孩,所以才更理想。

"我拒绝。"

——不妨先听我介绍一下内容，反正对你不会有损失。况且，这次的工作和艾德有密切的关系。

为什么当时没有立刻挂上电话？事后，曜子曾经无数次为此感到后悔莫及。然而，当时却不得不听他继续说下去。因为，K这么继续说道：

——听我说，你最喜欢的外公也许将成为全美国人痛恨的对象。

K自顾自地谈论起十六年前发生的某个事件。

一九六三年十一月。正是曜子出生的那一年。

虽然在说明时，刻意避开了某些专有名词和断言，但曜子立刻知道了他所说的意思。因为，几年前，艾德也曾经向她提过和这个事件很相似的事。

K所说的西南部像平底锅底般的酷热城市，就是德州的达拉斯。艾德喝醉时，曾经这么说："我觉得那家伙太可怜了。职业狙击手一眼就可以发现，那根本不可能是单独犯干的。而且，他手上拿的是Carcano枪，那是打鸟的枪，想要用那种枪一举成功，简直比打中月亮还难。"

那家伙，指的就是被视为暗杀肯尼迪总统的凶手李·哈维·奥斯华。当时，曜子根本无法理解外公为什么同情那个男人。

——照这样下去，艾德会完蛋。听我说，你不是很喜欢艾德吗?

他告诉曜子,目标就是准备告发十六年前事件真相的叛徒。

——那家伙掌握了很棘手的证据。世人将会知道,那个时候艾德到底干了什么。

曜子虽然具备了特殊的技能,但她只是一个极普通的乡下高中生。当时,她有一种去白宫参观,却被迫握住总统办公室的核能飞弹发射装置开关的心情。她当然不可能接受。

——对你来说,这不是什么困难的工作。你愿不愿意?

为了外公最后六个月的平静日子,必须夺走不知道还可以活几年或是几十年的人的生命。这样对吗?曜子陷入了思考。答案十分明确。

"Yes。"

比起素昧平生的人的几十年,唯一的外公的六个月更加重要。

之后K多次和她接触,却从来不曾露面。有时候打电话到家里,有时候利用邮件,有时候叫曜子等在他指定的公用电话亭。在曜子接受"任务"之后,他就开始用代号叫她。

小女孩。就是两天前,他突然再度叫出的名字。

曜子对艾德隐瞒了一切,在胆战心惊地思考着该什么时候告诉K"我还是无法胜任"这句话的同时,按照K的命令采取了行动。当她收到任务所使用的枪和目标的照片时,便知道她已经没有选择的余地了。

执行任务的地点位于明尼苏达州的圣克劳德市。日期就在十月的最后一天，万圣节的夜晚。

K虽然嘴上说，曜子是"全世界最会射击的女孩子"，却似乎并不相信曜子的技术。曜子必须乔装成要糖的小孩，在极近的距离袭击目标。这是K——或者是背后的某个人——的计划。虽然曜子已经十六岁了，但有着一张东方脸的曜子看起来比实际年龄小，在美国，到处都有身高五英尺四英寸的小学生。只要稍微乔装一下，的确很像是喜欢吃糖果或香草饼干的小孩。这应该是在期限内无法找到像艾德这么优秀的杀手所采取的苦肉计吧，曜子只是棋子而已。

K为曜子准备的服装是披着黑色斗篷，手拿大镰刀的死神。那是男生喜欢的装扮。当时，曜子交了有生以来的第一个男朋友，他很喜欢曜子的一头黑色长发。曜子犹豫了一下，但不需要K提醒，就剪成一个超短发型。

时序已经进入十月，明尼苏达州十分寒冷。好像随时会下雪的冷冽空气使胶底鞋的声音听起来格外大声，曜子前往男人位于圣克劳德市偏远地区的住家时，之所以会全身发抖，当然不光是因为寒冷的关系。晚上九点多，没有月亮，住宅区的街道很暗，曜子不记得天上到底有没有星星。

她用死神的镰刀敲着男人家的门，不知道哪里传来鞭炮的声音。曜子努力不让自己发抖，从喉咙里挤出一个声音。

"不给糖，就捣蛋（trick or treat）。"

其实是"不给糖,吃子弹(trigger or treat)"。曜子用死神的头巾遮住了脸。对男人来说,曜子是如假包换的死神。

半开的门中充满了烟味。从门里走出来的男人虽然很高,但像稻草人一样瘦巴巴的,脸上散发出好像鸟类标本般的阴沉。他蓝灰色的眼睛露出不悦的神情,但举起一只手,示意曜子稍微等一下。当时,美国的上流阶级还没有集体歇斯底里地把钱进贡给安保业,这个看起来很乖僻的男人也会遵守在万圣节的晚上准备糖果的社会习俗。

曜子看到玄关大厅后方的架子上,放了一个Snickers糖果罐。他之所以会做准备,应该是为了尽快把小孩打发走吧。男人虽然没有露出一丝笑容,却并没有对独自上门的东方小孩产生任何怀疑。

曜子准备了好几样武器。一把Colt SAA Peacemaker枪。艾德曾经语带调侃地说:"那不是用来开枪的,而是让老年人享受擦枪乐趣的。"这种枪很稀松平常,在美国全国,每天会有一万发子弹从这种枪中射出。K希望伪装成强盗行凶。

枪支使用的是357 Magnum子弹,以Peacemaker枪来说,这把枪的枪身很短,只有三英寸,可以放进装糖果的篮子里。据说重量有一磅半,要装出很轻松提篮子的样子的确有点吃力。因为,篮子里还放了另一把枪。

这不是K的指示,而是曜子为了因应各种不同的状况,也带了平时熟悉的Smith & Wesson Chiefs Special作为备用枪。她在皮带上挂了一把军刀，手上的镰刀并非装样子而已，只要将前端看起来像是小孩子杰作的铝箔纸拿掉，就会露出磨得很锐利的刀刃。

男子转身迈步的那一刹那，曜子就按照平时艾德教导她的那样，迅速做出了该使用什么武器的判断。

"曜子，你仔细听好了，犹豫并不是坏事，这是上帝给人的另一项重要的任务。但必须视时间和场合，尤其在必须夺取性命的人面前，绝对不能犹豫，连一丝的迟疑都不允许。几分之一秒就可以决定一个人的生死。即使能够比对方提前一秒拔枪，把手指放在扳机上，如果手指迟疑了两秒，额头就会被对方打穿。"

曜子迅速回头，确认周围没有人。由于她戴着头巾，所以无法使用后脖颈的头发作为天线。

OK。没有任何人。

在男人踏出第三步前，曜子已经拿出了武器，那是藏在篮子里那堆空包装里的Peacemaker枪。

枪上没有装消音器，以免影响准确度。她还是决定用枪，只要手上拿着枪，自己就超越了平时的自己。

她没有立刻开枪，而是打算等男人回头。一旦从背后开枪，就会被人发现狙击者是令男人感到放心的人。为了使子弹的发射角度看起来像是成年男子开的枪，她把双手高高举在头上瞄准。

"曜子，你要尝试用各种不同的动作开枪，才能因应任何状况。"

"Yes, grandpa."

即使是用这个动作瞄准,也不会错过目标。

不知道哪里再度传来放鞭炮的声音。接着,远处传来一阵欢声。这当然不是偶然的。

K曾经告诉曜子,当天他会免费把鞭炮赠送给附近的小孩。

God。为了克制自己想要拨腿逃跑的心情,她在脑海中默念这句魔咒。曜子慢慢地吸了一口气,好像小鸟试图鼓起羽毛,让自己看起来更大一样,把胸部挺了起来。

重要的是紧张,然后放松。只要遵循艾德的教导,绝对不会有问题。她如此告诉自己。

Bless。吐气。和平时没什么两样。唯一的不同,就是目标不是坎贝尔的汤罐头和南瓜而已。

You。全身放松。不,眼前移动的就是南瓜。只是穿着睡袍,浑身烟味的南瓜。

好。重复一次。

God。瞄准男人。

Bless。手指用力至随时可以扣下扳机的状态。

当男人拿着Snickers糖果罐转身的刹那,曜子扣下了扳机。

You。上帝保佑你。

Magnum子弹的威力很强,把男人肩膀上的南瓜打掉了。白色的果肉,红色的果汁。原来,脑浆是红色的。

太简单了。

曜子关上了男人家的门，放了几个从篮子里拿出的鞭炮。她小跑了几步，混入前方马路上的一群小孩子中，远离了男人的家。

她没有后悔。因为外公曾经告诉她，这只是暂时从上帝手上保管了一个人的性命。况且，那个时候，不要说是别人的性命，她甚至不惜随时奉献自己的生命。

然而，当时的光景至今仍然会毫无预警地重现在曜子的脑海中，历历在目。在眉间被打穿的那一瞬间，男人充满惊恐地瞪大了双眼。宛如卡门贝尔奶酪般的脑浆和深红色的血一直溅到曜子所站的位置。男人向后倒下那一刻，好像是慢动作，糖罐里的Snickers糖飞向空中，散乱在倒在地上的男人身体周围。

曜子清晰地记得声音和味道。男人的头部撞到地上的声音，很像保龄球洗沟时的声音。当她戴着死神的黑手套准备关门时，刺鼻的血腥味如同十三岁初潮时的忧郁味道。

即使过了二十五年，每年和当时相同的季节到来时，就似乎有一只无形的手揪扯着曜子的内脏。她曾经庆幸日本没有过万圣节的习惯，然而，最近却不同了，每次看到商店橱窗里装饰着好像人头般的南瓜灯，她就很想用枪把它们一一打爆。

以前住的公寓里，同楼层有一对夫妻会让小孩子穿着万圣节的衣服，挨家挨户地造访。难道他们不知道万圣节代表着亡灵苏醒的不吉祥仪式吗？看到他们跟在和他们一样讨厌的女儿身后，笑着用摄影机拍摄时，曜子忍不住把手链拉到拳头的位置。

曜子虽然不相信人死之后，还有灵魂这种事，但她很清楚地知道，死人会永远活在杀他的杀手的灵魂里。因为，她亲手杀的男人——奥斯卡·科内里斯经常出现在她面前。

第一次看到他是在那天晚上的两天后。当曜子回到俄克拉荷马，造访艾德的病房时，他已经先到一步，站在病床旁。他的头上喷着血和脑浆，惊恐地瞪着蓝灰色的双眼。

当夜半三更，孤独地在没有外公的家里醒来时，他站在曜子在二楼房间的窗外，两眼一眨也不眨地看着她。

他也现身在艾德的葬礼上。在从美国回日本的班机旅客中，曜子也看到了他的身影，他和曜子一起飞越了太平洋。

回到日本后，他仍然不打算离开曜子。在遇到孝平，和他结婚之前的十年期间，曜子之所以常常搬家，就是因为她以为如此就可以逃避自己杀死的男人。随着岁月的增加，随着曜子一次又一次的搬家，他出现的次数逐渐减少，但在之前的公寓时，他也经常出现在壁橱或是半夜的阳台上，有时候也会和曜子一起搭电梯。虽然曜子明知道是幻影，却无法摆脱他。

曜子比孝平更积极地想要买房子，是因为她以为这样或许可以彻底摆脱幻影。值得庆幸的是，在明尼苏达冻结的灵魂并没有追踪到东京的郊区。搬来这里后，那个男人的幻影终于消失了。

"来，炒饭炒好了，我有加小香肠喔。"

曜子努力甩开一切，转头对客厅说。

正用蝶泳的姿势在地毯边缘转身的秀太，好像水上芭蕾舞者的亮相动作般跳了起来。

"炒饭,丁零零,点心饭。"

他唱着自己乱编的卡通歌,跑到餐桌旁。

也许,最终还是无法轻易摆脱。

奥斯卡·科内里斯就坐在秀太的旁边,在还没有回来的孝平的座位上。

6

孝平直到深夜才回来。虽然他蹑手蹑脚,但走楼梯时的脚步很蹒跚。他一打开门,一股酒臭顿时扑鼻而来。孝平并不是很喜欢喝酒,酒量也不好,但最近经常去喝酒。继昨天之后,今天已经是这个星期第二次喝酒了。

"你回来了。"

在床头灯下看着园艺书的曜子一回头,顿时跳了起来。昏暗的卧室门外,在只能看到轮廓的孝平身后,出现了另一个人影。

孝平有一个坏习惯,每次喝醉酒,就会带朋友回家。以前住的公寓比现在更靠近市中心,他经常带公司的同事回家续摊,在家里过夜。曜子早就卸了妆,换了睡衣,头发也乱成一团,孝平却突然带朋友回家,对家里的整理情况和自己的厨艺品头论足,她的确会感到很生气,但看到他用好像小熊布娃娃的表情对她说"在家里喝比较安心,还是在你身边最好"时,就不好意思再抱怨了。

无论如何,至少应该先打一个电话嘛。而且,还带朋友到卧室——这时,她才发现不对劲。即使是孝平,也不可能把别人带到夫妻的卧室。他一定会在楼下叫她:"我回来了,还带回来一个醉鬼。"

跟在孝平身后走进房间的高大人影不是他公司的同事,而是奥斯卡·科内里斯。

孝平打开房间的灯,眨着像青蛙般的醉眼。

"你怎么了?"

他摸着满是胡碴的脸颊,以为自己脸上沾到了什么东西。无论如何,曜子也不可能告诉他,我在你后面看到一个像图腾柱般喷着脑浆的脸。

"没什么,没事。你今天很晚嘛。"

曜子转过头,将注意力集中在翻开的书上。孝平以为是自己的酒味太重,把双手放在嘴前,吐气闻了一下,纳闷地偏着头。

孝平不知道已经过世的艾德的真正职业,以及曜子在美国的"工作"。对于自己在美国的生活,曜子只告诉他最低限度的情况。当然,也没告诉他自己其实是个私生女,根本不知道父亲是谁。

自己出生时就没有父亲,年幼时,母亲也过世了。她从小在俄克拉荷马州的外公身边长大。曾经一起在日本生活过几年的继父之后再婚,如今毫无音讯。

孝平相信了说起来就这么简单,也很平淡无奇的故事。即使结婚十五年,他也从来不曾触碰曜子的过去。也许,他隐约感觉到，曜子的过去就像刚从烤箱里拿出的烤盘般，只要一碰，就会烫伤。正因为他是这样的人，才让原本打算一辈子单身的曜子决定和他结婚。

如果要谈论其他没有提及的部分，那将是一个漫长的故事，但曜子从来没有这个打算。如今，就连曜子也告诉自己"就这么简单而已"，她准备把自己的秘密带进棺材。

孝平的父母一定对曜子的经历感到匪夷所思，但无论曜子第一次上门拜访，还是在之后的相处过程中，他们从来没有特别打听过。这一点，应该是孝平发挥了相当的作用。在这件事上，曜子对他心存感激。当初，他们决定婚宴地点时，当他得知曜子几乎没有亲戚朋友会出席时，明明很讨厌坐飞机，却提出要去国外的教堂，举行两个人的婚礼。

曜子是在便当店打工时认识了孝平。孝平的公司就在附近，是那家便当店的老主顾。一开始，曜子觉得这个人很奇怪，他几乎每天都来报到，而且都点加量炸猪排饭。在他们交往了一阵子后才知道，那是他为了吸引曜子注意，特地每天都点店里最贵的便当。

"我已经把一辈子的炸猪排饭都吃下肚了。"如今，孝平绝对不再吃炸猪排饭。当珠纪或是秀太想吃炸猪排饭的时候，他就一个人吃鸡蛋饭。曜子年轻的时候不太会做日本菜，但是在结婚前刻苦学习了一番，希望可以博取孝平的欢心。

从美国回到日本后，曜子寄养在母亲的亲戚家。那是外婆松子的弟弟家，算是曜子的远亲。当时，她虽然知道已经再婚的继父住在哪里，但她从来不曾主动联络过继父。

外公艾德虽然留下遗嘱，要把所有财产都留给曜子。然而，艾德一过世，许多曜子从来没有看过的亲戚带着律师上门，声称那份遗嘱无效。

对当时年仅十六岁的曜子来说，完全不知道自己周遭到底发生了什么事，即使现在回想起来仍然觉得莫名其妙。曜子因为年龄、双重国籍、来历不明、人种各种问题，处处受到刁难。最后，艾德的农场卖给了他人，那些人给了曜子相当于一台拖拉机的钱，把她赶回日本。

在日本高中毕业后，曜子立刻离开了亲戚的家，这是他们当初的约定。离开的那一天，那对夫妻在她面前流了泪，但无从得知那些眼泪到底是不是真的。因为，当曜子不愿给他们添麻烦，洗自己的衣服时，这对夫妻曾经为家里的用水量增加而皱眉头。

刚开始独立生活时，的确相当辛苦，但曜子不曾为金钱发过愁。外公遗产中分给她的那些零头，她都如数交给了寄养的亲戚，曜子自己手上还有钱，这些钱，她从来没有动用过。

二十五年前，曜子拒绝了圣克劳德市那份工作的报酬。她不想拿杀人得到的报酬，对曜子来说，这等于在摸自己杀死的那个人的血。然而，K还是用他事先告诉曜子的方法把钱汇给她。就像把出任务时使用的Colt SAA Peacemaker枪寄给曜子时一样，完全公事公办。

最后，曜子还是用了那笔钱。因为，曜子才十八岁，举目无亲地生活在这个世界上。而且，对只有六岁以前记忆的曜子来说，日本根本是一个陌生的国家。

她试着找工作，却并不顺利。因为，她缺乏日语的读写能力。在美国的时候，她经常纠正艾德怪腔怪调的日语，如今，她带着美国腔的说话语气也遭到雇主的嫌弃。

于是，她试着找可以发挥英文能力的工作，然而，只有高中学历的她，要找工作并不容易。即使她去应征那时候刚开始流行的英语会话教室的讲师，也都遭到拒绝。那种地方希望招募的是白人老师，无论对方的口音多么严重，甚至不是英语圈国家出身的人也无妨。

她曾经在朋友的推荐下，进入模特儿经纪公司。这种地方喜欢的是纯日式或是混血的长相，曜子既不属于前者，也不属于后者，个子又不是很高，因此，往往无法接到工作。参加选秀会时，别人经常说她"眼神太凶"。

自己的容貌比较像有着一张纯正东方脸的父亲——但她并没有看过照片。想要知道父亲的长相，只能揽镜自照，从自己的脸上扣除和母亲相像的部分。

当她用完积蓄后，曾经尝试过任何对方愿意雇用她的工作。在超市工作时，虽然她在收银台上输入价格的速度不输给任何人，却常常因为读不出一些比较难的商品名称挨骂；去工地打工，使用电钻时，倒是经常受到称赞。虽然她不曾告诉过孝平，其实曜子也曾经在夜店工作。为了学习汉字，她去买了小学生用的学习卡，每天刻苦用功。

虽然在美国生活了十年，对曜子来说，美国只是外国，但回到日本后，才发现日本也是外国。当时，曜子简直怀疑，这个地球上根本没有自己的容身之处。

曜子把孝平脱下的西装挂在衣架上。他喝醉的时候，经常连衣服也不换，就倒头大睡，可见今天并没有喝得太醉。奥斯卡·科内里斯仍然像衣架般站在孝平的身旁。

事到如今，虽然已经不再惊讶，但从宛如打破的半熟鸡蛋般的头中冒出如同蛋黄和蛋白的脑浆和血液，用死鱼般的眼睛看过来的脸，无论看多少次，都无法适应。

曜子用力闭上眼睛，深呼吸后，再度张开眼睛。她一次又一次地重复这个动作。这是消除幻影的魔法。在深呼吸的时候，要尽可能思考明天便当的菜色或是庭院花盆的排列。

不行。试了这么多次，只是把原本直视曜子的脸转为侧面而已。

在曜子和秀太两个人开始吃晚餐后，久违的奥斯卡·科内里斯也始终坐在餐桌旁，不肯离去。

无论曜子怎么用力闭眼睛，都徒劳无功。当她低着头，用汤匙搅拌着已经不想吃的炒饭时，秀太沾着饭粒的小脸转了过来。

"妈妈，你肚子痛吗？"

曜子对秀太摇摇头，努力不看他旁边的座位。

"小香肠太少了吗？"

他从为数不多的小香肠片中分了一片给曜子。

最后，变成三个人围在餐桌旁。吃完饭后，奥斯卡·科内里斯也和秀太一起坐在沙发上看卡通。

曜子洗完餐盘，慢慢眨了一下眼睛，回头看餐桌的方向时，那个瘦长的背影已经从沙发上消失了。

好不容易消失的阴魂竟然再度出现。以前，从来不曾发生过在一天之内出现两次的情况。她很清楚，是因为不小心启动了内心某个地方的开关，幻觉就会像回放画面般出现。然而，她不知道这个开关到底在哪里，也不知道到底会在内心停留多久。况且，这种情况根本不可能向医生或心理医生咨询。

曜子将视线从孝平身上——正确地说，是从比孝平高出一个头的另一张脸上——移开，将注意力集中在园艺书的照片和文字上。差不多该为夏天的花圃播种了，要种什么花呢？

金盏花？矮牵牛？还是迷你向日葵呢？爆竹红好像也不错。
爆竹红的鲜艳红色看起来像飞溅的鲜血。
今年挑战一下球根植物吧。
大理花呢？不行。为什么那么多花都是红色的？大理花的红色很像刚开始凝固的血。
剑兰呢？孤挺花也不错。百合好像在春天后播种也来得及。

曜子瞥了一眼旁边，科内里斯正用热切的视线看着孝平上半身穿着衬衫，下半身穿四角裤的傻样子。

翻到园艺书中唯一无趣的，有关用土的内容时，曜子也认真阅读。

泥炭苔、育苗板、腐叶土、赤玉土、鹿沼土。原来三色堇的泥土中，最好加入蛭石。

对了对了，要先去买培养土才能播种。买园艺用土的话，去比较远的家居用品中心买，比在超市买便宜。星期天的时候，请孝平开车一起去吧。曜子虽然会开车，但没有驾照。

再试一次。孝平把睡衣系在睡裤里，他说这是北海道式穿法。曜子将视线缓缓向上移。

科内里斯注视着衣柜上的收纳盒。这里的隔间很宽敞——当初，建筑商的销售人员曾经自豪地这么说，但对六英尺二英寸的他来说，日本的房子显然太小了。

曜子再度用力闭上眼睛。关上开关。拜托，赶快消失。

她闭上眼睛，对脑海中十六岁的自己和六岁的自己说道。忘记这一切。把不想回想的东西都盖上盖子。曜子脑海中响起无数盖上盖子的声音。

没错，忘记不愉快的事，只要回想好事。

好事？曾经有过好事吗？和艾德共同生活的十年？那不光是快乐的回忆而已，在他们的生活周遭，到处都是敌人。

回首往事，也没有什么愉快的回忆。现在才是最快乐的时光。有家人，也有自己的房子，自己不再孤独。虽然家庭面临了一些问题，但那是曜子终于获得的和平和安居。

孝平突然闯进曜子的被子，她立刻闻到一股酒臭味。孝平的手伸进她的运动衣，手指伸向她的乳房。

"你在干吗？"

曜子打了孝平被酒烧得通红的手。虽然孝平赞不绝口，但曜子对自己乳晕很大、色素特别淡的乳房有一种自卑。没想到，爱尔兰人的血统竟然出现在这种地方。每次去公共浴池时，她总是遮住自己的上半身，而不是下体。

孝平缩回去的手再度伸了过来，摸索着曜子那对乳晕很大的乳房。

"别这样。"曜子把孝平的身体推了回去，"珠纪还没睡啦。"而且，奥斯卡·科内里斯也在看。

曜子用力拨开孝平的双手，已经不太算是胖瘦适中的孝平整个人都飞了出去，一屁股坐在地上，对着曜子眨眼睛。

曜子不太喜欢做爱。因为，每次都会令她想起继父。

母亲住院期间，她已经可以独立洗澡了，但继父还是陪她一起走进浴室，用和母亲吵架时判若两人的声音对她说话，用令人恶心的手抚摸着曜子的身体，让还不满六岁的曜子握着他的阴茎。如果是现在，自己绝对不会饶了他，一定会洒上盐酸，把它溶化，如果是在美国的时候，或许会拿短枪打掉他的命根子。

当时的曜子还懵懂无知，如今却十分清楚，那个男人喜欢幼童。曜子每次都害怕得闭上眼睛，但男人放在曜子手上的阴茎渐渐变硬了。母亲华莲始终闭口不谈曜子身世，却有一次突然告诉曜子，那个男人并不是她的亲生父亲。母亲一定是在向曜子发出"赶快逃"的讯息。

"你在美国的外公希望你去和他住，你的意思呢？要不要去和外公一起住？"当曜子听到这个问题，点头表示回答时，继父之所以会露出不知道是喜还是悲的表情，是因为他既为能够甩掉麻烦感到松一口气，又为眼睁睁看着好不容易到手的玩具离自己而去感到不服气。

孝平坐在地上，垂下的头几乎快埋进膝盖之间。

"呜呜。"

"怎么了？"

他似乎并不是真心渴望曜子的身体。况且，他喝醉了，应该心有余而力不足吧，或许是公司里遇到什么不顺心的事。

孝平用手心用力搓着脸，没有回答。曜子用比刚才更温柔的声音再度问道："是不是发生了什么事？"

"……四月之后，会有人事异动。"

"该不会是调去外地吧？"

不知道为什么，自己的声音竟然带着兴奋。如果是几天前，听到这个消息，一定会在心里咒骂"fucking"。因为，自己好不容易才买了新房子。然而，现在却不同了。如果可以，她真想搬离这个已经被掌握的房子。当然，曜子比谁都清楚，这是不可能的事。

孝平重新坐直了身体。他竟然跪坐在曜子面前。孝平的屁股坐在科内里斯的脚上,但曜子故意不看科内里斯的上半身。这种时候,不知道自己的幻觉露出怎样的表情。

孝平不知道从哪里拿出一罐啤酒。冰箱里只有气泡酒,可能是他去便利商店买回来的吧。

"别喝了,你不是才在外面喝过吗?"

那是500ml装的啤酒。孝平只要喝一罐350ml的啤酒就会脸色通红,500ml的量并不算少。

"呜呜呜。"

"好吧,你可以喝啦,但要告诉我到底发生了什么事。"

曜子也跪坐在被子上。她从小就很喜欢跪坐。那是因为母亲在父亲面前总是这么坐,她也在不知不觉中学会了。刚去艾德的农场生活时,因为桌子太高了,她跪坐在座椅上。艾德惊讶地问:"你怎么会这么坐?我觉得好像在接受拷问。"然后,特地用核桃木为曜子做了一张高脚椅。

孝平皱着眉头,仰头喝了一口,擦了一下从嘴角流下来的啤酒,打了一个嗝后说道:"我升上课长了。"

一直紧张地等待着他说话的曜子差一点往前扑倒。

原来故弄玄虚了半天,是为了告诉这个好消息。孝平很喜欢搞笑,他故意一脸愁容,想要给曜子一个大惊喜。

"太好了,恭喜你。"

曜子抱着刚才被她推开的孝平。虽然她不知道从主任升为课长有多重要,但还是很高兴。

孝平无论遇到任何事,就像错失了鲑鱼的熊一样,垂头丧气地说"课长课长课长课长"的样子很可怜,也很令人痛心。久而久之,曜子也觉得孝平升上课长是自己的目标。

这一阵子老是出现背面的硬币终于翻身了。曜子沉重的心稍微开朗起来。当她回过神时,奥斯卡·科内里斯的幻影已经消失了。

她用双手抱着孝平的头,胡乱地摸着他的头发。

"我也来喝点啤酒好了。"

孝平的头像果冻般无力地摇晃着,好像不太对劲。不过,孝平的演技太逼真了。

"怎么了?这不是很好吗?"

"呵呵。"

"你光呵呵我怎么知道。"

曜子摇着孝平的肩膀。孝平又"呵呵"了两声,叹着带着酒臭的气。

"一点都不好。虽说是课长,却是子公司的课长。四月之后,我要被派去顶普露食品。"

"去哪里都没有关系。"

"问题不在这里。名义上是派去那里,其实是遭到裁员。顶普露现在根本没有工作,公司等于明摆着要我辞职。"

孝平鼓着脸,吐出下唇。就和秀太得知无法买贴纸给他时的表情一模一样。

孝平任职的制药公司在前一段时间和外资企业合并了，借用孝平的话来说，"根本就是被吞并了"。总公司派来的董事长"虽然有一张像圣诞老公公的脸，但骨子里却完全不一样，完全无视日本的义理人情，如今，公司里每个人都战战兢兢的。"

"卡洛斯·戈恩[1]和他相比，根本是小巫见大巫。他不是削减成本，而是削减人力。妈的，我进的是一家日本公司，为什么要对洋人低声下气的？"孝平经常这么抱怨。在公司合并当初，他还曾经高兴地说，学阀主义没有立足之地了，实力时代终于来临，以后，就是我的出头日。

孝平嘟着嘴，像闹别扭的小孩子般嘟囔说："我想，还是干脆辞职吧。"

"你在说什么？"

科内里斯消失后，曜子立刻回到这个建筑面积十八坪透天厝的小天地的现实中。如果他辞职，就无法支付这幢房子的贷款，还有珠纪国中的学费，以及秀太游泳学校的月费。

"不行，你不可以辞职。反正习惯就好了。"

"人对有些事不可以习惯。"

说着，他好像男明星般地皱起两道像棕刷般的眉毛。

"我也有自己的梦想。"

孝平的梦？难道是每次喝醉酒回家时说的大话吗？说什么他想辞去工作，自己开公司或开店。

---

1 雷诺总裁兼执行长，被业界认为是无情的商人。

虽然觉得对孝平不好意思，但曜子觉得那并不是梦想，而是逃避现实的幻想。

曜子正视他，孝平的目光逃向了啤酒罐。

好人。偶尔半夜来家里的孝平公司同事都这么评论他。邻居太太也经常对她说："你先生人真好。"的确，他不是坏人。和他共同生活了十五年的曜子也很清楚这一点。然而，好人往往缺乏生命力，一旦进入弱肉强食的世界，往往最先成为别人的盘中餐。

孝平从不触及曜子的过去，这令曜子感到对他有所亏欠。如果是可以实现的梦想，曜子也愿意支持他，但现在不行。

"阿孝，这件事等孩子们大一点之后再来考虑吧。去哪里不都一样，反正你已经当上课长了。"

"但是，新公司的薪水只有现在的三分之二。"

"什么？"

"薪水是原来的三分之二。年终奖金应该只有原来的一半。"

孝平似乎已经豁出去了，用像促销广告般的口气说道。

Fucking！开什么玩笑。这家公司向来业绩不佳，才会被外国企业并购，以前的薪水就属于低水平，家计才会这么辛苦。

每天，曜子都要从夹报广告中寻找适合珠纪的衣服、秀太喜欢的小香肠和孝平一下子就穿破的袜子价格，即使只有便宜十圆，她也会骑着脚踏车去很远的商店购买。鸡蛋和卫生纸向来只在促销日购买。看到街上有人发面纸，曜子会故意放慢步调。为了省电,随时都会拔掉家电用品的插头。

如此这般,家计才终于能够维持。

当初被"低首付款"的广告词吸引买了这幢房子,但其实也代表"每个月的支付金额很大"。

还有二十三年的贷款对福田家来说,的确是很重的负担。

搬家时新买的家具和家电的分期款还没有付完。没错,买房子后,两个人都乐翻了天,很豪气地买了一辆新车。结果是——至今还没付完汽车贷款。

这是很简单的计算,无论怎么精打细算,答案都是入不敷出。

曜子注视着气馁地喝着啤酒的孝平。

"怎么办?"

买房子的时候,已经拿出了所有的积蓄。面对斩钉截铁地宣称"我不会退学"的珠纪,怎么可能开口告诉她,家里没钱支付她就读私立学校的学费,也不可能叫立志战胜伊恩·索普的秀太放弃游泳。

孝平再度像男明星般皱起那张圆脸。

"我想了很多。"

曜子希望孝平不要多想。孝平的想法总是不切实际。

"我会好好努力的。"

不要努力。

应该让孝平冷静一下,无论如何,明天要叫他去上班。500ml的啤酒或许的确太多了,他对着不知如何处理的啤酒罐口吹着气,脸上都沾到了啤酒泡。曜子在他面前拍了一下手。

"今天先睡觉吧。等你没有喝酒的时候,我们再继续谈。"

"呵呵呵。"

他乖乖地躺进了被子,却好像小孩子向母亲撒娇般,再度把手伸了过来。曜子抓住他的两只手,用修长的手指握了一下,放回旁边的那床被子。然后,就像对待小孩子一样,在他的被子外轻轻拍着他的身体。

"已经很晚了,你赶快睡吧。"

"我睡不着。"孝平虽然嘴上这么说,但不到五分钟,就开始打鼾了。真搞不懂他到底算是豁达大度,还是爱钻牛角尖。

曜子无法入睡。在关了灯的房间内,她凝视着天花板。

她知道有什么方法可以维持目前的生活,只要曜子出去工作就好了。暂且不必理会私立国中家长会相互比较珠宝的那些太太们,那些邻居太太,也有一半以上都外出工作。

即使家里的经济拮据,孝平也不曾叫曜子外出工作。因为,他很清楚曜子在结婚前,曾经在工作的地方受了不少苦。

没关系,我可以去工作。现在和以前大不相同,自己已经会读竹筴鱼和南瓜的汉字了。即使现在去便当店上班,也不会因为搞错海苔便当和海鲜饭挨骂了。

曜子注视着昏暗的天花板,继续思考着自己能够胜任的工作。

7

送全家人出门后，曜子把饭桌旁的椅子搬到二楼，走进了珠纪的房间。她准备把女儿节的雏人偶从收纳柜里拿出来。

人偶共有七层，收在四个大收纳箱里。那是珠纪出生的那一年，孝平的父母特地送她的。

雏人偶在一年之中，只有女儿节这一天才会拿出来摆设。美国没有这种风俗习惯，但曜子很喜欢节日的人偶。她小时候住在日本时，家里也有雏人偶。外婆传给母亲的那套小型人偶很简单，和现在的人偶相比，衣服的颜色也很不鲜艳。

她还记得自己曾经偷偷地把人偶从坛台上拿下来，独自玩耍的情景。在曜子的幻想中，三个宫女是天皇人偶和皇后人偶的女儿，五人乐队是她们的五胞胎弟弟。左大臣是爷爷，因为没有人扮奶奶，所以，只好让右大臣当奶奶了。一个热闹的大家庭。

独生女曜子认为自己在三姊妹中，是中间那一个。她把假的菱饼当做蛋糕，分给姊弟八个人吃。姊姊很大而化之，妹妹就很偷懒，所以，每次都是曜子分蛋糕。比起一个人吃大蛋糕，她更

85

向往大家一起分享一块小蛋糕。

那些人偶到底去了哪里？应该早就从这个世界上消失了，但曜子很想再看那些人偶一眼。万一有机会遇到不知去向的继父，自己应该对他无话可说，倒是很想问问他那些人偶的下落。

首先，她把最大的盒子拿了下来，打开绕了好几层的绳子。里面装满了小盒子。她拿出其中的一个，把人偶拿了出来，小心翼翼地拆开油纸，是穿着十二单衣的皇后。

楼下的电话铃声响了。

十一点二十五分，和三天前的时间完全相同，即使连秒数都一样，曜子也不会感到惊讶，那个男人就是这种人。

曜子用更缓慢的动作拿起了坐在尼龙衣橱角落的泰迪熊。珠纪之前曾经那么大发雷霆，如今，泰迪熊的眼睛仍然被秀太贴的贴纸蒙住了。"如果勉强撕下来，会把毛拉下来，不是很可怜吗？"

虽然珠纪嘴上这么说，但她应该不是基于这么冠冕堂皇的理由不撕下贴纸，只是为了教训她弟弟。珠纪已经不是需要抱布娃娃睡觉的年龄了。

但是，珠纪。女人无论到了几岁，都会有需要布娃娃的时候。曜子双手抱着泰迪熊，走下楼梯。

她用了比平时多一倍的时间下楼，电话铃声仍然不断。对方可能打算让铃声响到曜子接起电话为止。

曜子把泰迪熊放在宽度不够容纳有传真功能电话的小茶几角

落,希望泰迪熊贴着贴纸的双眼可以见证这一切。

这个动作,她也花了很长的时间,但电话铃声始终没有停止。

闭嘴。曜子拿起听筒,让电话闭嘴。

——达姆.尼.尼杰多.科里可.玛吉。

电话中突然传来一句外国话。那是斯瓦希里语。曜子不知道那是什么意思,只知道该如何回答。

"嗯多多.瓦.鸟卡.尼.鸟卡。"

——啊哟哟,小女孩。你还记得我们的暗号。

K改用带着南部口音的英语说道。他低沉的声音比以前更沙哑,好像是古井深处传来的声音。

——你的声音依然没变,仍然像以前那么漂亮吗?

"我现在很忙,你有话快说吧。"

——啊哟,真不好意思。好,那我就直接问你,可不可以告诉我答案?

曜子舔了舔干涩的嘴唇。该怎么说呢?她用力咬着下唇说道:"在此之前,先听听我的条件。"自己的声音听起来好像是别人在说话。

——条件?你是说报酬吗?基本上和二十五年前一样。先预付百分之三十三,之后再付尾款。当然,我是说如果事成的话。

曜子十八岁就离开了亲戚家,之所以没有做什么像样的工作也能够生活,就是因为有二十五年前的那笔报酬。这一点无法否认。自己靠奥斯卡·科内里斯流的血活了下来。

"我不是说钱的事,是工作的内容。"

——难道需要用林肯的加长车接送吗?这或许有点难。

现在没时间听他说这种无聊的笑话。

"我是说地点。如果要我接任务,只限于不远的地方。如果地方太远,我不接。"

她很清楚,无论如何,对方都不可能突然叫她飞去明尼苏达州。艾德喝了波本酒后,曾经告诉她:"世界各地有许多同行,甚至可以在礼堂开恳亲会。"

K之所以特地联络曜子,一定是因为这次的工作地点在日本。曜子不难猜到这一点。

——不远的地方?以这个国家的标准吗?

这个国家。这句话已经说明了一切,K目前人在日本。

"对。要能够当天来回的地方。"

——从你那里当天来回。没问题。如果以俄克拉荷马来说,就是从西北三十六号街到南百老汇街的距离。

从之后的谈话中,可以感受到他同时想象着执行任务的具体地点。如今,K当然是用手机打这通电话。而且,每次联络后,就会更换号码。即使他就站在曜子的家门口说话,也丝毫不足为奇。曜子想象着有一只巨大的蛞蝓黏在玄关大门上的情景,忍不住用手摸了摸冰冷的后脖颈。为了不让对方察觉她的动摇,她努力用镇定的声音对着电话说:

"还有另一件事。我不想知道滴奇滴奇的事。不要告诉我不必要的信息。"

滴奇滴奇是上次任务时使用的暗号，代表"目标"的意思。这应该也是斯瓦希里语。

K常常会口无遮拦地谈论有关目标的个人信息，他说掌握这些背景有助于完成工作。但曜子并不想了解这些事，她只想知道目标是谁而已。

曜子对奥斯卡·科内里斯了解得太详细了。不仅是他的年龄、出生地、经历、职业、每天的生活、兴趣爱好，还有他是同性恋，甚至知道他年迈的母亲住在佛罗里达州。

目标就是目标。她才不想知道子弹的标的毕业于常春藤名校，学生时代是优秀的网球选手，长期在政府机关工作，是靠年金生活的母亲引以为傲的儿子之类的事。

——OK。我会尽力。也就是说，我们的交易成立啰？

曜子没有回答，看着泰迪熊。泰迪熊贴着贴纸的双眼守护着曜子的同时，似乎并没有看到眼前的一切。曜子用右手抚摸着贴在它双眼上的贴纸。

这时，曜子发现自己用左手拿着听筒。除非必要的时候，否则绝对不用惯用手。这是她在美国时养成的习惯，照理说，应该早就忘记了这个习惯。

曜子用惯用手撕下泰迪熊右眼的贴纸，毫无意义地贴在左手的手背上。

——怎么了？小女孩。

曜子撕下泰迪熊左眼的贴纸后，简短地回答说："Yes。"
她真想把手伸进电话，把自己刚才说的话抓回来。

——谢谢。你帮了我的大忙。

虽然嘴上这么说，但K的声音并没有特别高兴，也没有惊讶，只有宛如把一片拼图放进应有的位置时的满足。

——要订购什么菜色？这次无论小菜或长菜都OK。由你决定要订什么。

订购的菜色是指需要由K准备的武器。"小菜"代表手枪，"长菜"是步枪的暗号。"特殊菜"则代表机关枪。

虽然这通电话有百分之九十九的几率不会被人窃听，但曜子也像K一样小心谨慎，用暗语回答。

"既不用小菜，也不需要长菜，我自己会准备。"

K沉默不语。但曜子也不让步。因为，她不希望把K的武器带进这个家里。

"我会准备没有问题的菜，如果不行——"

K仍然沉默着。这个男人也有手足无措的时候吗？曜子静静等待着，很希望从对方口中听到"这次的任务取消了"这句话。

——OK。那就交给你了。

曜子也不知道自己嘴里发出的叹息是失望，还是松了一口气。

——契约内容和上一次相同。不好意思，如果发生任何问题，都必须由你自行负责。

"我知道。"

——需不需要配菜？

这是代表手榴弹或刀子的暗号。

"不需要。"

和二十五年前的对话如出一辙。当时，在回答"不需要"后，不禁感到担心，瞒着K准备了充足的配菜。K只有曾经针对这件事责备过曜子。

——好吧。这几天，我会通知你具体的工作内容。如果你改变主意，可以随时告诉我。基本上，任何东西我都可以准备。如果你对最近的菜色不习惯，我也可以为你补习。

"我想问你一件事，你怎么知道我家的电话？"

——为什么呢？我不记得了。我年纪大了，最近越来越健忘。无可奉告。这也是为你着想。

什么意思？

"你向我保证，只此一次，下不为例。请你别再想到我，希望这是最后一次。"

——很遗憾，真的很遗憾。我知道了，这次任务结束后，我会努力忘记你。详细情况，我日后会和你联络。小女孩，我对你充满期待。

说完这句话，他没有告知下一次的联络方法就挂了电话。这也和二十五年前一模一样，简直就像记忆重现。曜子看着手背上的贴纸,深深地叹了一口气。

回到珠纪的房间,再度坐在人偶盒前。

她没有理会天皇,拿出了另一个盒子。虽然这些盒子看起来大同小异,但曜子知道哪一个盒子里放了什么。

上个星期才刚过桃花节[1],曜子第二天才把这些人偶收好。

她从三个盒子里拿出几件饰品后,又拿出一个细长形的盒子。里面放着组合式的坛台,七块铁板和支撑铁板的支柱都用油纸包得一丝不苟。

打开包装,在扁平的П字形铁板底摸索着,然后,撕开胶带,把黏在上面的东西取了出来。

那是一个金属制的细圆筒,看起来像是坛台的支柱之一。只是圆筒的整体呈暗黑色。那是步枪的枪身。

她又从另一块铁板下拿出护木。又从其他铁板下拿出滑架、枪身、枪闩、消音器……

灯笼下隐藏着分解后的瞄准器。

另一个附八音盒的盒子里原本用来装雏人偶的标志牌,不过,这里还装着另外的木片。那是核桃木材质的枪托。

解开卷起的毛料布的绳子,一块鲜红色的布静静地在史努比图案的地毯上松开了。这里面放的是最精密的机械零件。还有需要组装的torque wrench,和用塑料纸层层包起的弹匣。

最后,她拿起皇后,把手指伸进十二单衣中。右手的袖子内

---

1 女儿节的另一种说法。

藏着扳机，左手的袖子里藏着扳机护弓。

曜子把洗干净的野餐布铺在木质地板上，把所有零件排列在上面。她戴上了免洗手套，然后，瞥了一眼指针为米老鼠双手的时钟。在秒针走到零的位置时，拿起了螺丝起子。Ready go。

组装完成时，她再度看向时钟，米老鼠的右手移了两个数字。

十二分三十七秒。如果艾德在一旁看到，一定会说："我赢了。曜子，你怎么了？今天好像很不顺利嘛。"

也许，二十五年的岁月太漫长了。曜子看着自己的手心。

算了，这也是无可奈何的事。每次我赢的时候，艾德总是不甘心地说："你不要笑老人家，重要的不是组装，而是命中目标。"

曜子重整心情，看着以前曾经在九分三十秒以内组装完成的步枪。

Remington M700。外公最爱的枪。

这是传统的猎枪，也是美国海军狙击步枪（Sniper Rifle）的原型。在美国，警察也都用这种枪，艾德经常拿着Remington M700告诉曜子，"这是我的伙伴。"

艾德去世的半年前暂时出院时，除了曜子使用的枪以外，卖掉了家里所有的枪。

"曜子，医生不许我从事激烈的运动。如果我出院时看到家里有枪，就会想带着酒去打猎。眼不见为净，不如趁这个机会统统处理掉。"

曜子知道他在说谎，但还是笑脸以对。

"没关系，等我的病好了，我再买新的枪送给你。"

曜子努力不让眼泪顺着僵硬的笑容流下来。艾德得知自己的死期不远了，担心别人会从家里收藏的枪支中发现什么而对曜子带来负面影响。

"但Remington的步枪要留下来，我也想要用。"

艾德摇头笑了起来，在回医院的那天早上，把这把Remington放在餐桌上说："这把枪寄放在你这里。不过，曜子，你要答应我一件事，只有你可以用这把枪。万一——我是说万一我无法出院，到时候，你就把这把枪拆散，丢去哈里的废铁厂。一定要记得喔，我不想让陌生人碰我的伙伴，我相信你能够了解。"

曜子违背外公吩咐的事屈指可数，这把枪就是为数不多的违命行为之一。

回日本前，曜子也处理了自己的枪。虽然这令她感觉到好像失去了手脚，但她不可能带着枪回日本。唯一例外的，就是这把Remington M700。

她把枪偷偷藏在回日本的行李箱中。因为，她想留下一件可以纪念艾德的物品，而这把枪正是艾德留给她的最佳遗物。

艾德用独特的改造方法，使打猎使用的Remington可以分解成许多细小的零件，和最新型的突击步枪（Assault Rifle）不相上下。有很长一段时间，曜子不了解为什么外公要做这么麻烦的事，但在将这些零件放进行李箱，思考在机场如何通关时，顿时感到豁然开朗。

艾德用这把枪执行任务。他把零件装在不会让人怀疑其中藏着枪的行李中潜入现场。

经过海关时，曜子着实紧张不已，但那时候不要说检验爆炸物系统，就连X光金属探测机也还没有普及，谁都不会想到一个十六岁的女孩子会走私步枪。所以，她轻而易举地把枪带回日本。

她在外公去世的那一天用过这支Remington步枪，这第一发子弹是为了吊唁外公。

这把枪很漂亮，扳机的触感很光滑。同样是步枪，和像举重器般沉重的M1 Garand相比，这把枪十分轻巧，也很灵活，可以命中三百码以外的西红柿，即使是小西红柿也一样。

之后，曜子从来不曾使用过，但她每年都会拿出来一次，仔细地擦拭、重新组装，然后再分解，放回雏人偶的盒子里。

艾德死于一九八〇年二月二十日。那天，俄克拉荷马的农场下起了大雪。虽然孝平每次都笑她太性急，但曜子每年都在这一天把雏人偶拿出来。

"曜子，听好了，只要保养得宜，一把枪可以用很多年，值得信赖的伙伴需要长期相处，因为，新枪不一定是好枪。你知道你喜欢的Colt Peacemaker枪是在什么时候制造的吗？一九一二年,也就是巴尔干战争的那一年。你知道吗?枪和跑车或是冰箱不一样,基本构造和以前一样。并不是在每个人手上都可以轻松地获得理想的效果,要把它变成超强的武器,还是普通的铁块,完全取决于怎么使用它。"

"是,外公。"曜子从来没有疏于保养,所以,这把枪绝对还可以使用。唯一的担心就是子弹。虽然保存很得宜,但毕竟要用于任务,曜子仍有一丝的不安。

平时,每次都只有保养而已。保养完成后,就立刻加以分解。不要说扣扳机,甚至不曾试着瞄准目标。事隔二十五年,曜子再度举起了Remington步枪。

这把枪一星期前才刚保养,枪上还有机油的味道。曜子使用脚踏车防锈油代替擦枪油。

曜子把脸颊贴在枪托上,用右肩用力固定。扣扳机的右手食指很轻,压住枪托的大拇指则要用力。支撑枪身的左手手指间隔稍微张开,以免过度用力握紧。

这是艾德教她的步枪射击法。基本上,任何枪支的方法都一样。

紧张和放松。God bless you。

她瞄准了墙上挂钟内笑得很开心的米老鼠的头。

她感到背后有人,一定又是科内里斯,不过,曜子没有理会他。

8

曜子居住的地区垃圾车来得很早。所以,每天都是在送秀太搭幼儿园巴士时,顺便把垃圾带出去。

"妈妈,我帮你拿一个。"

"很重喔。"

"没关系。我要锻炼腕力,这样蝶泳才能游得快。"

"腕力?"

"对。"

绝对没问题。听秀太这么说,曜子把比较轻的那袋垃圾交给他。两袋垃圾里都装了很多厨余,拿起来格外沉重。之前曜子就很想要一台可以把厨余变成堆肥的厨余处理机,但实在太贵了,她买不下手。

她刚跨出一步,秀太的身影就从她身旁消失了,身后传来拖垃圾袋和喘气的声音。呼——呼——呼——。

回头一看,秀太用双手握紧塑料袋口,满脸通红,两脚已经张成外八字。他不像是在拿垃圾袋,而是在做平衡球体操。

"可以吗？"

"小意思，小事一桩。"

虽然完全不是这么一回事，但曜子没有多说什么。外公艾德曾经说，锻炼身体是一件好事。

"锻炼十分重要，必须可以自由自在地控制自己的身体。在求生的时候，能够保护自己的不是别人，而是自己的肉体。"在疾病恶化前，艾德每天早晨都会做单手伏地挺身和仰卧起坐。有一次，曜子问他："外公，你为什么要做这些运动？"

"曜子，战场不会骗人。最先战死的都是那些跑得慢和无法走长程的士兵。"

曜子是女人，身上没有强壮的肌肉，但可以锻炼出自我控制的肌肉。曜子用右手的大拇指和中指拿着垃圾袋，以便重新锻炼这两根手指支撑步枪的力量。

几天前，曜子再度开始投入训练。每天练三组仰卧起坐，每组三十次。单手伏地挺身十次，左右手各五组。然后，抱着装了洗好衣服的洗衣篮做一百次下蹲。

已经有十几年没有这么积极运动了，但体力比她想象中好很多。也许是因为养育两个小孩子的关系。抱婴儿、放下婴儿，有时候还要把孩子背在背上的同时，双手提着购物袋。育儿工作就像是从三公斤的轻度负荷开始，每次增加数十克的长期举重训练。

她把垃圾袋换到左手，用大拇指、小拇指和食指抓住后，上下活动着。左手的这三根手指是关键。

曜子没有把Remington M700放回雏人偶盒，而是在分解后，放进了吸尘器的空盒子，藏在储藏室深处。昨天，她也练习了组装，用厨房定时器测量了时间。十分二十八秒。距离之前的最佳成绩还相差一分钟，但只要指尖一碰到，就知道是哪一个零件，在右手组装的同时，左手寻找下一个零件的往日那份触感渐渐苏醒了。

曜子也用组装好的枪进行想象训练，举起没有装子弹的枪瞄准，扣下扳机。然而，无论练习多少次，没有真枪实弹练习就执行"任务"令她感到极度不安。

"妈妈等等我。"

"加油，还有一小段路。既然你自己说要拿，就要坚持到底。"

"小意思，嘿哟嘿哟。"

垃圾站就在幼儿园巴士停车点的前面。由于是上班族出门上班之后的时间，垃圾已经堆积如山。丢垃圾的时候必须小心放置，既不能让垃圾山倒塌，也不能继续增加垃圾的占地面积。垃圾山宛如和邻居太太们共同创作的艺术作品。曜子绕到垃圾山后，不禁皱起了眉头。

又来了。地上丢了好几个超市的黄色塑料袋，好像在嘲笑其他人细心堆起的共同作品般，随意地丢在地上。每次都这样。由于那个黄色塑料袋是这一带的人很少使用的邻街高级超市的袋子，所以，曜子知道是同一个人所为。不光是随意丢弃而已，里面的垃圾也随便乱放。今天明明只收可燃垃圾，里面却放了保丽龙、塑料袋，甚至还有铝罐。

对方绝对是明知故犯。这些东西都塞在外侧的菜屑和厨余内，以免被清洁员发现。这种方法最容易成为乌鸦和野猫的目标，其他的邻居太太都会特地把残饭藏在垃圾袋的内侧。

曜子捡起散乱在地上的黄色袋子，塞进垃圾山的山腰。结果，垃圾山摇晃起来。然后，把自己的垃圾袋放在最上面，感觉好像在用扑克牌搭城堡一样。

"终点！"

提着垃圾袋的秀太终于到了。曜子小心翼翼地放了上去，垃圾山更高了。

Yes！终于成功了。

正当她这么想时，黄色袋子从垃圾山的山腰冲了出来，整座山应声而倒。

真是的，曜子用指尖捡起从黄色袋子里掉出来的鱼骨，紧咬着嘴唇。这种人，绝对不能原谅。就是因为有这种人，地球环境才会出问题。

这不是夸张，曜子发自内心地这么认为。虽然不了解地球为什么会有温室效应，臭氧层为什么会遭到破坏这些复杂的道理，但曜子和周围的太太们远比那些讨论二氧化碳和酸雨的深奥道理，却争相开着大排量汽车的男人对环境问题更加敏感。

她们不会把容易造成海洋污染的炸天妇罗油倒进排水孔,都会用药剂凝固后,才当做垃圾丢弃;空罐和宝特瓶[1]都会资源回收;保丽龙[2]和塑料袋不会轻易丢弃,努力思考有没有再生利用的方法。

因为,她们担心当她们的儿女长大成人时,这个世界已经不适合人类居住。而且,臭氧层遭到破坏,也会导致更多雀斑和黑斑。

曜子知道是谁在乱丢垃圾,她曾经看到那个人拿着大量黄色垃圾袋来垃圾站。那个女人没有眉毛,梳着像蝶螺渔网般密集的大鬈发。虽然她刻意打扮得很年轻,但应该比曜子年长。曜子也知道她住在哪里,就是曜子家巷子斜对面那幢红砖房子——宽敞的庭院内,放着白雪公主的七个小矮人陶制人偶,主人对家中的美化不遗余力。

当时,曜子也知道她里面藏着不可燃垃圾,所以向她投以责备的眼神,对方竟然狠狠地回瞪了曜子一眼。反而让曜子觉得什么话都没说,抢先移开眼神的自己很没出息。下次再遇见她,绝对不会轻易放过她。曜子想象着自己骂着四个字母的脏话,对女人说教的样子。

她只是想象而已,自己应该做不到。虽然从小在美国长大,曜子无法强烈地表达自我主张。这或许是与生俱来的性格,也可

---

1 即塑料瓶,俗称PET。
2 也叫多孔塑料,由大量气体微孔分散于固体塑料中而形成四类高分子材料,用途很广。

能是回到日本后，说话的发音和汉字的读写遭到嘲笑后，让她变得越来越畏缩。

她重新想象着自己把特殊垃圾的干电池装在垃圾袋里，做成black jack，打向那张没有眉毛的脸时的样子。这一次，轻而易举地成功想象出那个画面。

垃圾山终于整理好了，黄色的塑料袋都拿到旁边了。曜子握起拳头，好像握着肉眼看不到的black jack，在脑海中骂了一句不能给秀太听到的话。秀太拉着曜子的衬衫下摆。

"妈妈，你的表情好可怕。"

把秀太送去幼儿园后，是曜子短暂的休息时间。她打开放在厨房的录音机，泡了咖啡，仔细翻阅早报和夹报广告。她听的是CD还不普及时就拥有的音乐录音带，美国流行老歌和乡村歌曲。曜子至今还没有找到比当年从艾德的收音机听到的这些音乐更美妙的歌曲。

但是，这是到几天前为止的情况。如今却不一样了。

曜子必须趁家里没人的时候锻炼肌肉，也必须组装步枪后，进行想象训练。她很想去慢跑，但实在挤不出时间。为了锻炼小腿的三头肌，她踮着脚尖快步走回家里。目前还不知道在怎样的状况下开枪，如果站着开枪，腰腿的力量很重要。

曜子从信箱里拿出邮件，进了玄关后，直接走进了储藏室。

她在储藏室门口停下了脚步。她一边走一边看，从一堆广告信函中，发现了一个白色信封。

这封信很难得的不是寄给孝平,而是寄给曜子的。信封上的地址名字都是用计算机打字,背后的落款是用手写的,只写了英文字母的缩写S。打开信封后,里面只有一封简短的信,用英文写着以下的内容。

亲爱的曜子:

来日本期间,你的友情和款待令我感恩不尽,无论如何用言语形容,都不足以表达内心的感激。搭地铁所感受到的东京之美,至今仍然难以忘怀。

我很高兴今年有机会和你重逢,希望有机会再带我去银座的日本料理店。

对了,我必须归还向你借的钥匙。我会同时放在信封中。再见。

你的朋友,
卡西·塞尔斯

卡西·塞尔斯。曜子当然没有叫这个名字的朋友。

曜子把信封倒过来甩了一下,掉出一把钥匙。那是一把简单的小钥匙。她再看了一次信,寻找出有关地名和交通方式的字眼。

东京、地铁、银座。她立刻理解了,这次的方法和上次相同。钥匙是地铁银座车站置物柜的假钥匙,只复制了钥匙前端的部分，钥匙柄的部分改造成普通的钥匙形状。她看到了钥匙柄上刻的字。

　　A6 184。应该是A6出口附近的184号置物柜的意思，曜子从中解读出K在电话中没有谈及的信息。竟然会用邮寄的方式，真是太不谨慎了。二十五年前，她是去银行的保险箱里拿置物柜的钥匙。虽然日本的情况应该比美国好很多，但K似乎不知道最近日本的邮务情况并不值得信赖。

　　他是从哪里寄的信？曜子看了一眼邮戳，看到"京东"两个字。那是她从来没有听过的地名。

　　她偏着的头在看到日期的那一刹那僵住了。79.10.31。

　　邮戳是假的。这个日期是二十五年前执行"任务"的日期。

　　她似乎听到了K的笑声。"不许背叛。"他应该想说这句话。"如果不想让别人知道你的过去，就不允许你背叛我。"

　　这封信并不仅是简单的信而已，而是警告。这不是邮寄的，而是有人直接丢进曜子家的信箱。

　　K想要夸示，曜子已经受到他的监视。

　　她情不自禁地用手摸着脖颈，因为，她觉得后脖颈的头发似乎竖了起来。她脑海中出现了爬在门上的巨大蛞蝓，正探头寻找可以沿着墙壁入侵的缝隙。

9

真的好久没有到市中心来了。

曜子无法适应拥挤的人群，好几次都差一点撞到擦身而过的行人，这令曜子意识到自己已经老了。就连在俄克拉荷马培养的瞬间爆发力，在东京这种简直可以杀人的人群中，都完全无法奏效。

出门已经两个小时了，必须抓紧时间。今天珠纪要上补习班，在五点多时，还要去接在同学力也家玩的秀太。因为，力也的妈妈六点要出门上班。

在正常情况下，从曜子住的地方到银座只要一个多小时。她之所以花了这么长的时间，是因为中途下了两次车。

她站在车门旁，在发车铃声结束，车门即将关上前下了电车。如果有人跟踪，就可以用这种方式甩掉对方。如果对方不够机灵，甚至可以发现跟踪的人。之前执行任务时，K曾经叮咛她前往联络地点时，一定要使用这种方法。在俄克拉荷马州，十六岁就可以考驾照，当时，曜子已经开着艾德的小货车代步，却被

K严格禁止。

没有人跟踪。其实,曜子是希望K的手下会因此上当,和她一起跳到月台上。对今天的曜子来说,平时很轻松搭乘的电车简直就像六岁的夏天时,第一次搭乘的校车。走过检票口,走向A6出口,寻找置物柜。

地下通道深处的置物柜区空间并不大。184号置物柜在柱子的背后,刚好是周围视线的死角。

曜子拿出钥匙,插了进去。里面有一个纸袋。纸袋上印着饭店的名字。

这种时候,不能犹豫,也不能向置物柜内张望。在打开置物柜前,曜子就这么告诉自己。自己的行李当然会在里面,必须以极其自然的动作把纸袋拿出来。当然必须用左手。然后,用不会过度急促的动作,利落地放进事先准备好的大拎包里。

置物柜里还放着真正的钥匙。虽然从来没有见过面,但曜子很清楚K要她做什么。

曜子投下硬币,假装把其他东西放进柜子后,关上门,拿下假钥匙,然后,把原本的钥匙插了进去。

她故意迈着缓慢的脚步离开,走了一会儿,才拿下手套。虽然她手上戴着薄质手套,但在时序已经进入三月半的这个季节,的确已经不太适合了。她的手心冒着汗。

照理说,应该等回家后再确认纸袋内的东西,执行上次的任务时,她就是这么做的。然而,如今的曜子必须顾忌家人。走出地铁车站后,她走进了眼前的百货公司,从楼层介绍图上寻找厕所的位置。

一楼和二楼的厕所都有人,她假装补妆后就离开了。三楼的厕所空无一人,她走进了最里面的那间厕所。放着拖把的工具室就在隔壁。

曜子坐在马桶上。为了安全起见,她看了一眼墙上后,才拿出纸袋。里面只放了一个化妆盒。

化妆盒并不大,也不会太重。

拆开包装后,里面是一个巧克力盒。

打开盖子,盒子里是一打松露巧克力。

盒子背面夹着一张折了两次的纸。她又抬头看了一眼,才把纸拿了出来。

纸片里夹着照片。就是自己即将暗杀的人的照片。这是一张普通尺寸的照片。在曜子所看到的背面,并没有在DPE冲洗时一定会出现的胶卷公司的标记。

不能把目标的照片带去工作现场,必须事先牢牢烙在脑海中,直到梦中都会出现这张面孔的程度。但曜子现在还不想看,她先看了纸条上的英文。没想到,立刻看到这样的内容。

我的甜心:

如今,我只能靠回忆和你在一起的那个晚上活下去。你的音容笑貌为我的生活增添色彩,其他的时候,就像整天看着博物馆的墙壁般枯燥无味,失去了色彩,仿佛死人的世界般了无生趣。现在回想起来,从我和妻子共同生活的那一天开始,我就已经陷入了这种无聊——

这是什么?是情书,而且是写给外遇对象的情书。这些缠绵的内容使用的是古典而矫情的英语,其中应该隐藏着K想要传达的讯息,但之后的内容也是用普通的计算机所打的。和平凡的字体格格不入,简直像巧克力般甜蜜的文章继续写道:

我带着赞叹和焦躁的叹息凝望你的照片。每当回味和你在一起的那个热情的夜晚,就可以让我从死人的世界苏醒。我把那天的照片寄给你,如果你也有和我相同的感受,将会带给我无限的欣喜。

没想到,声音那么可怕的K似乎是一个浪漫的人。与其说是为了伪装成一般的书信,更像是他陷入了自我陶醉。最后,以这样一句话结束了这封信的内容。

3月23日,我会在横滨的那家饭店等你。我愿意赌上性命,只为了见你一面。虽然我无法百分之百保证,但应该会住在二十楼的蜜月套房。下午五点会外出,八点左右应该会回来。

最后是签名：你的克雷格·里亚顿。

三月二十三日出任务。虽然曜子的经期并不是很准，但很庆幸这天并不是她的生理期。

目前还无法确定房号，但目标将住进横滨的饭店，在傍晚五点外出，晚上八点回饭店。这两个时间是最佳狙击机会。目标的名字叫克雷格·里亚顿。

曜子看着纸袋上的饭店名，"命运饭店"，地点就在这里。

虽然心情很沉重，但又不得不看。曜子把背面朝上的照片翻了过来，以便对沉迷于和自己外遇的"我的里亚顿"执行任务。

照片比她想象中更加清晰，上次奥斯卡·科内里斯的照片是偷拍的，这次应该是在征求当事人同意后所拍的照片。

照片看不出是在哪里拍摄的。从后方的艾德华王朝样式的大楼来看，应该不是日本。

在照片中展露笑脸的是一个白人男子。曜子不太了解美国目前的时尚流行，但按照以前的观点来看，男人身上穿的是常春藤名校毕业的人所喜欢的西装打扮，对着镜头竖起了大拇指，感觉像是政治家应支持者的要求所拍摄的纪念照。

男人的年纪差不多四十多岁，一头黑色的头发，皮肤有点黝黑，过大的鼻翼影响了整张还算是英俊的脸。

曜子把照片折了两次后，塞进装了一大堆发票的钱包。

她打算回家后再把信烧掉。孝平的英语能力并不好，当他们的公司和外资公司合并时，他曾经很努力地学习商业英语。如果他借助已经蒙上了一层灰的电子辞典看这封信，可能会引起家庭纠纷。

曜子很想把巧克力带回去给小孩子吃，但谎称去购物的车站前购物中心并没有卖这种巧克力的，只能先处理掉。

曜子坐在马桶上，把松露巧克力放进嘴里。必须赶紧回去接秀太，为珠纪做晚餐。虽然这些巧克力很昂贵，但她根本没有时间细细品尝。曜子快速咬着巧克力，然后吞进肚子，一转眼的工夫，两排松露巧克力中的一排已经消失了。

目前，曜子不想增加体重。当然，这是为了美容以外的目的。然而，她也不打算丢掉。巧克力的甜味令曜子感到沉醉。曜子平时不喝酒，却能够理解孝平在外面喝酒的心情。曜子吃完十二个巧克力后，不顾口红会脱落，用手指擦了擦嘴唇，然后，用舌头舔着手指，吐出的气都带着甜蜜的香味。

没有时间中途下车了。回程的电车里没什么人，但曜子没有坐在座椅上，每隔几个车站，就换一节车厢。

曜子没有发现形迹可疑的人。一开始，曜子还对K的美式谨慎态度暗自发笑。这里是日本，就连首相也不会思考自己遭到暗杀的可能性，绝对不会有人发现K在密谋暗杀。

然而，曜子却能够理解K的小心谨慎。没错，永远不知道敌人什么时候藏在哪里，片刻的大意就会致命。这不是比喻，而是真正的致命。

曜子站在地铁的车门旁，假装看着窗外，其实是在观察映照在暗色车窗上的车内情况。同时，竖起耳朵，注意背后的动静。

这是遗忘多年的感觉。几天之前，和死、危险无缘的生活似乎是遥远过去的事。自己失去了某些东西，已经再也无法回到往日的时光了。

曜子凝视着自己映照在车窗上的脸庞思考着。不，或许不是失去，只是有人拿走了自己原本借用的东西。而且，并不是无法回到以前，而是自己努力找回以前的生活。

10

"老公,下星期五,"曜子在客厅折着洗干净的衣服,对躺在沙发上的孝平说:"我可不可以出去?"

孝平抬起头,茫然地看着她。

"去哪里?"

"同学会。"

孝平露出纳闷的表情。曜子能够参加的同学会只有从美国回来后所读的那所高中,但她几乎从来没有向孝平提起过这一年的生活,孝平也知道从来没有任何同学和她联络。

其实,曜子根本没什么可以告诉孝平的。入学当时,她在大家眼中只是一个奇妙的转学生,毕业的时候,她仍然是一个奇妙的转学生。

在美国的时候,她的成绩并不差,回到日本的成绩却惨不忍睹,因为她看不懂复杂的汉字。

对曜子来说,英语考试时,看懂用日文写的题意才是一大困难。即使如此,她的成绩在班上也没有倒数第一。那所学校的程度就是这么回事。对曜子的奇妙日语产生兴趣的唯一一个同学因为怀孕而退学了,另一个曾经想和在体育课上很引人注目的曜子做朋友的不良少女,也因为素行不良遭到退学。寄养的亲戚为曜子选择这所学校,只是因为这所学校的学费便宜,而且,只要不被学校开除,就保证能够毕业。

"我接到老同学的电话,突然觉得好怀念,就答应要去参加。我们约在中午过后见面,一直到晚上。对不起,要出去那么久。"

曜子知道自己说话的速度太快了,却忍不住像连珠炮一样滔滔不绝,好像要把所有的谎言赶快说完。

"回家的时间应该不会太晚。我说我会准备好晚餐,珠纪说她要下厨。平时我叫她,她也从来不肯帮忙——"

微笑的脸庞好像在做面膜般僵硬。她无法正视孝平的眼睛,假装低头拉着秀太袜子的破洞。孝平一跃而起,瞥了曜子的脸一眼,拿起放在玻璃茶几上的报纸。

"好啊。"

孝平回答得很干脆。曜子知道孝平不可能说"不行",但还是松了一口气。虽然松了一口气,却感到内心隐隐作痛。因为,她无法向孝平坦诚住在美国时的真相,但在其他的事上,她向来努力不对孝平说谎。

"要不要我帮你泡茶?"

曜子正准备站起来,孝平口齿不清地回答说:"不,不用了。"

他没有看曜子的眼睛。曜子突然感到不安。她并不是对自己的谎言感到不安,而是对孝平。因为,他不仅没有怀疑曜子说的话,甚至根本没有仔细听,根本是左耳进,右耳出。

孝平是个有话藏不住的人,最近却越来越少说话。今天也一样,在曜子和他说话之前,他一句话也没说过,好像一只布娃娃熊躺在沙发上。

他每天喝醉晚归并不是应酬,而是在某个地方举杯独酌。孝平很少这样。最近,因为零用钱不够了,所以不喝酒就直接回家了。而且,回家的时间早得令人惊讶。一回到家,就换上睡衣,变成一个巨大的布娃娃。

他默默地吃晚餐,心不在焉地看电视,即使告诉他秀太在游泳学校的成果,他也总是漫不经心地附和几句,也很少说常常被珠纪嫌弃的冷笑话。然后,比小孩子更早上床睡觉。

上个星期的周末时,他整整穿了两天的睡衣,也睡了两天。秀太在被子上跳来跳去,吵着"去游乐园,去游乐园",他也一再回答说:"饶了我吧,我很累耶。"

曜子知道他并不是真的累。最近,孝平丢在洗衣篮里的袜子都不怎么臭,应该是常常穿着健康拖鞋,坐在办公桌前的关系。曜子知道,对于在营业部门工作的孝平来说,这代表他根本没有工作可做。

前一阵子他整天抱怨公司的时候,曜子反而比较轻松。不久之前，他还满口在曜子听来，根本是钻牛角尖的埋怨。

"不知道为什么，CEO竟然把我当成眼中钉。我没骗你，之前，那家伙来公司视察时，我们部门的所有人都去迎接他。结果，那家伙一直盯着我的脸。"

那家伙就是指美国总公司派来的新老板，肯尼斯·卡夫曼。用孝平的话来说，他长得像肯德基爷爷，乍看之下，以为他很温厚，但眼神很锐利，是一个冷酷无情的人。

"看他的脸，就知道他做了很多见不得人的事。他的声音很低沉，就像是电影配音的坏蛋，感觉很阴沉。"

最后，他甚至说，他被派到子公司是肯尼斯·卡夫曼唆使的。曜子觉得这根本是孝平的被害妄想症，无论如何，一个外国派来的新老板怎么可能陷害只是区区主任的孝平。真希望他只是嘴巴说说而已。

曜子故意用开朗的声音对他说："珠纪说要挑战咖喱饭。我真有点担心耶，我有没有告诉你，上次她说要炖白咖喱牛肉，把番茄罐头放在微波炉加热，结果整个都爆开了。"

孝平充耳不闻，继续魂不守舍地看晚报。不，他应该没在看。因为，他一直盯着和刚才相同的地方。

"你怎么了？"

"我来泡茶。"

孝平终于站了起来。看来，他也有话要说。曜子喝了一口孝平泡的淡淡日本茶，再度问道："你怎么了？是不是有什么

115

话要说？"

孝平抬眼观察着曜子的表情。或许是心理作用，他的圆脸似乎比之前消瘦了。以前，眼睛下面也没有黑眼圈。他大声地喝着茶，看了曜子的脸好几次，终于说："……我可不可以辞职？"

果然是这个话题。

"我不行了，已经忍无可忍了。在决定把我调去顶普露食品后，公司立刻说要改变顶普露的人事考核制度。说什么要彻底贯彻实力主义，如果无法完成业绩，就要被开除。简直是乱来。顶普露的商品根本卖不出去，还谈什么业绩？我们部门的人已经把我当成失业者。真搞不懂，我好像变成了众矢之的。卡夫曼可能真的讨厌我。"

"但是……你辞职了要做什么？"

"我要开公司。"

"开公司？"

"嗯。"

"为什么这么突然……"

"别担心，并不是只有我一个人创业而已，我是和别人一起合作。其实，之前就有人问我，要不要一起经营花粉症的事业。我们打算用医疗用的滤网做成隔绝花粉的纱窗，然后在网络上贩卖。我想，应该可以成功。"

孝平恢复了往常的能言善道。这一次，轮到曜子变成布娃娃。

"和我同期进公司的安井,你应该记得吧?就是去年对公司感到失望辞职的那个家伙。他已经在着手进行准备工作了,寻找可以生产的地方。他很有企划能力,他说,接下来就看我的营销能力了。"

曜子记得安井。孝平喝醉酒时,曾经带他回来。那个人的嗓门很大,像自来熟似的喋喋不休。

"你再稍微努力一下,不试试看怎么知道呢?不管去哪一家公司,反正又不会死人。"

"我已经受够了。"

孝平弯着腰,发出像北风呼啸般的声音喝着茶。曜子立刻想到了K即将汇给她的报酬,她好像无法承受内心秘密的分量似的脱口而出。

"那好,你自己看着办吧。你先去新的公司试试看,如果实在不行的话再说。"

到时候,要说外公的土地发现了油田,所以自己分到了一大笔钱。孝平应该不会怀疑。

"真的吗?"

孝平两眼发亮。他似乎只听到曜子前半句话。

"好,我会好好加油的。你是副董事长夫人。"

他的精神突然好了起来。看他快步走向厨房的样子,曜子猜想他应该是去拿气泡酒。曜子觉得眼前这个人好像是秀太脱下围兜,换上了西装。他能够经营公司吗?

完成了。按下厨房的定时器。数字显示还剩下七秒。九分五十三秒。

组装枪的速度终于突破了十分钟的大关。曜子按摩着手掌，轻轻地叫了一声。

当然，到达现场后，不会从一根螺丝开始组装，而是会预先将枪支分成几个部分后，偷偷带入。现场的组装分秒必争，也将成为胜负的关键。为了使自己熟悉枪支，变成自己手指的一部分，绝对必须在十分钟内完成。曜子一直要求自己做到这一点。

从昨天开始，她已经开始练习五组仰卧起坐，也将每一组单手伏地挺身增加为十五次。她去超市买了许多矿泉水，用丝袜把几瓶矿泉水绑起来，当做哑铃使用。上下楼梯时，随时都用脚尖走路。

她也开始慢跑。上个星期天，孝平不肯带秀太去游乐园，于是，曜子就邀气鼓鼓的秀太一起去附近的绿地练习骑脚踏车。

秀太只会骑有辅助轮的脚踏车，一开始不停地跌倒，还哭着说：“我长大以后，也只要骑有辅助轮的脚踏车就好。”当曜子对他说："等你会骑了以后，我帮你买一辆登山车，可以贴上很帅气的贴纸。"他突然变得浑身是劲。

在第一天傍晚的时候，即使不需要曜子的手扶着，他也可以独自向前骑了，但只能骑五公尺而已。

第二天，已经从五公尺进步到五十公尺。

第三天，已经不需要曜子在一旁照顾了。

之后，母子两人几乎每天一起去练习。唯一的例外，就是那天曜子谎称去特卖会，偷偷跑去横滨勘察执行任务的场地。

已经学会骑脚踏车的秀太也不需要曜子的辅助，但他似乎想让母亲看到自己的神勇，所以，每次都主动邀约："妈妈，我们去骑脚踏车吧。"

在秀太的脚踏车后跑步时，可以暂时忘记现实。看着秀太头发被风吹起，大声欢呼的背影，简直难以相信他第一天还曾经为跌倒而哭。看着眼前的情景，更令曜子产生了后悔，懊恼自己为什么会对K说"Yes"。同时，也会重新思考拒绝对方。虽然她心里很清楚，这根本是不可能的事。

昨天打了第三通电话。

达姆．尼．尼杰多．科里可．玛吉。

嗯多多．瓦．鸟卡．尼．鸟卡。

用斯瓦希里语说出暗号后，K对她说：

——真高兴听到你的声音这么有精神。每天这个时间，你总是一个人吗？小女孩。

"对。"

他和之前一样，在十一点二十五分准时打来，简直就像报时器。"这个时间总是一个人？"难道他想要说，他知道自己有家人吗？

——对了，巧克力好吃吗？

"谢谢招待。不过，量太多了，害我第二天都长痘子了。"

或许是因为听到曜子终于认真回答他的话而感到高兴，K用沙哑的声音笑了起来。

——这么说，你应该了解状况了。其他还有没有什么问题？

"有。"这是最重要的问题，"你还没有告诉我支付报酬的方法。"

——啊，对了。我们会赶快处理这件事。你要现金还是汇款？如果希望汇款，最好有瑞士或是开曼群岛的秘密账号。乌拉圭也可以。

自己怎么可能有这种账户。于是，就回答说要现金。

——不用给我发票。

K的语气很轻快。之前，他总是担心遭到窃听，即使在开玩笑时，也从来不会提到工作和自己的组织。看来，他终于发现比起美国，在日本的暗杀行动被发现的危险性微乎其微。然而，这仅止于这种情报的传达而已。在现场执行任务时，却比美国时更加困难。因为，日本比美国人口多很多，而且，日本人也更注意观察周围。

——现在，我有问题要问你。当天你到底打算点什么菜？

"长菜。"

——长菜……

他似乎打算问步枪（长菜）的种类。

"要不要我详细说明？"

——不，不用了。有玉米吗？

玉米就是子弹的暗语。曜子一时词穷。子弹很敏感，有效期间大约为五年到十年，但曜子不知道二十五年前的子弹是否还能使用。

——我这里可以提供香料。

香料是指自己制作子弹时装填的火药。艾德的仓库内有专用的工具，他总是把空弹壳捡回来后，自己制作子弹。他总是说："自己的枪要用自己做的子弹才安心。"

虽然他的话没错，但对用来猎鹿的子弹来说，此举并没有太大的意义。现在回想起来，可能是艾德不舍得浪费弹壳。艾德有庞大的资产，不需要省吃俭用过日子。和其他美国人一样，他认为石油和铁就像水和泥土一样，取之不尽，用之不完，却从来不浪费枪和子弹。艾德曾经在用压弹机仔细调整弹壳的尺寸时说："在战场上，有人就因为少了一颗子弹而送了命。曜子，听好了，绝对不能浪费子弹。"

曜子也向艾德学习了制作子弹的方法，但现在既没有压弹机，也没有火药计量器，她无法重新制作子弹。曜子迟疑了一下，对K说："不用了。"

曜子手上的这些子弹和这把Remington枪应该都是艾德手工制作的。所以，应该相信那些子弹。

K陷入沉默，曜子斩钉截铁地说："别担心，我是他的外孙女。"

——好，小女孩，我知道了。我相信你的判断。

K的沙哑声音像枯叶在雨水管里发出的声音，感觉比平时更不顺畅。

曜子拿着组装好的Remington M700，试着扣了好几次扳机。在执行任务前，无论如何都必须做一件事。那就是试射。

不光是子弹的问题。曜子有曜子的射击习惯，每把枪也有各自的特性。为了回想起艾德的这把Remington枪的习性，重新确认彼此的感觉，试射是不可或缺的过程之一。曜子知道不可能去射击场调整弹道和照准，但至少希望可以击发一颗子弹。

但到底要去哪里试射？

这一带，只有和秀太一起练习脚踏车的河边绿地是空旷地带，但不要说试射步枪，就连在那里挥杆练习高尔夫球，就会有人飞奔过来。

在俄克拉荷马的农场周围，无论去哪里，都很少看到人。但在日本，即使是远离东京都心的这一带，无论走到哪里，都不可能没有人。

突然，曜子灵机一动。对了，有一个不会被别人发现的安全场所。

曜子拿着步枪来到二楼，走进楼梯右侧的秀太房间。

没错，自己的家才是最安全的地方。在家里试射吧。在她下定决心的同时，也立刻决定了标靶。

她稍微打开四周贴满贴纸的纱窗，从窗帘缝隙看着巷子斜对面的那幢房子。就是专门丢黄色垃圾袋的女人家。她家的前院很宽敞，站在这里，也可以看到玄关旁俗不可耐的维纳斯像。

那就是标靶。她不想留下弹壳。从这个角度射穿维纳斯头部后，子弹就会穿过庭院深处的铁栅栏，落入后方的河中。唯一的条件，就是必须准确射中维纳斯的右眼。

曜子从来没有考虑过失败的问题。距离标靶只有六十码，简直太小儿科了，那是她刚开始用步枪时的距离。

她在枪口上装了消音器。当曜子在艾德交给她的Remington M700用品中发现军用消音器时，对外公以前"工作"的质疑从百分之九十九变成了百分之百。这是猎枪不需要的用品。知道自己活不久的艾德无意隐瞒真相，相反的，他可能希望曜子知道自己的过去，知道他无法向人倾吐的光荣。

装上消音器后，枪身变长了。曜子将位在前方的左脚向后退了三分之一步。

她只装了一颗子弹，脸颊用力夹住枪托。核桃木材质的枪托一开始很冰冷，然后渐渐变温暖了。她突如其来地想起年幼时，在床上入睡前，艾德抚摸她脸颊的情景。"晚安，我的小公主。"

裸眼视力二点零的曜子几乎不需要用瞄准器，但为了预习，还是装在枪上。

树梢摇晃着。风吹在左手上。风速差不多三点五到四公尺左右。在这么近的距离，应该不需要考虑风速的影响。

曜子把脑海中那个没有眉毛的女人脸和瞄准器的维纳斯脸重叠在一起。一定要一枪命中标靶。

她拉起枪闩。左手握枪时，不能过度用力。左肩收缩，将枪压向身体中心。左脚用力。注意身体不要过度倾斜，身体向前倾。

然后，就是重要的咒语。

God bless you。

再一次。

God bless You。她扣下了扳机。

一声像汽车爆胎般的沉闷声音。手腕感受到反冲力，然后贯穿了全身。

子弹打穿了维纳斯的右眼，它的头立刻被打飞了，只看到河面上的涟漪渐渐扩大。

那一刹那，电流穿过了曜子的身体。遗忘的感觉苏醒了，她的背脊微微颤抖着，这是比松露巧克力甜一百倍的甜蜜颤抖。

11

　　三十八度二。看到体温计，曜子瞪大了眼睛。
　　明天就要执行任务了，偏偏在这个重要日子的前一天，发生了出乎意料的情况，珠纪感冒发烧了。最近，曜子都在想"任务"的事，衣着单薄的珠纪晚上去上补习班时，没有提醒她多加一件衣服。今天有很多事需要准备，但不可能叫发烧的珠纪去学校上课。
　　珠纪不理会曜子的困惑，她的精神特别好。额头上贴着退烧贴布，看着平时只能看到一半就要出门的晨间谈话节目。
　　"珠纪，你怎么可以不躺在床上休息？"
　　"因为太无聊了。"
　　电视上播放着娱乐新闻，又在讨论最近前仆后继来日本造访的韩国男明星的话题。看到和自己同时代的女人热情欢呼的样子，曜子不禁在心里抱着头。无论如何，今天必须暂停练习。
　　"妈妈，你怎么了？好像心神不宁的样子。"
　　"没有啊。"

曜子的确心神不宁。当珠纪下楼时，曜子发现她的脸像苹果般红彤彤的，就叫她去量了体温。

既然她精神那么好，早知道就不该理会她。

小孩子实在很不可思议，当父母的注意力没有在他们身上时，他们好像可以察觉般地立刻用发烧生病引起大人的注意。当夫妻两人想留下孩子自行外出，或是只关心其中一个孩子时，经常会发生这种情况，每次都令曜子手足无措。

为了掩饰内心的焦躁，曜子拿起早报。今天的头条新闻仍然是有关遥远外国的战争，但她的目光很快注意到第一版下方的标题：克雷格·里亚顿先生访日。虽然没有大幅报导，但旁边还附了一张照片，那个男人满脸笑容地竖着大拇指。

"环境问题活动家，同时表明参选下一届美国总统的律师克雷格·里亚顿，47岁，在二十一日抵达日本。"他在报社的采访中谈到，"以发展经济为优先的美国军工复合体（Military-industrial Complex）是延误环境对策的原因"，痛批美国政府对环境保护采取消极的态度。

电视上完全没有报导这则新闻，但报上却登了彩色照片，代表是这家报社邀请他来日本。

"里亚顿先生将在二十二日出席NPO联盟举行的演讲会。二十三日，将在横滨……"曜子看到一半，就把报纸丢到一旁。和狙杀科内里斯时一样，明明不想知道，却再度在无意之中得知了目标的背景。

谈话性节目结束时，珠纪终于回房休息了。可能是药效发挥了作用，她的烧已经退了。曜子先去了超市。她想起家里的鸡蛋用完了，便拿了一盒放在购物篮。珠纪的午餐就吃家中任何人感冒时，都会吃的鸡蛋咸稀饭。

曜子慢慢走在生鲜食品卖场，思考到底需要什么。

她在长葱前停下了脚步，观察着商品。她没有拿平时买的三根一百九十圆的葱，而是拿起了下仁田葱。下仁田葱的粗细相当于一般葱的三倍，价格也翻了一倍。她环住手指，确认葱的粗细。直径够了，长度稍微短了一点。

她在葱堆里翻找，寻找适当长度的葱。虽然只要一根就够了，但她还是准备了三根。

接着是萝卜。初春的萝卜都很小，长度刚刚好，但都太细了。商店街蔬果店的三浦产萝卜或许刚刚好，于是，曜子决定去那里买萝卜。

来到加工食品卖场后，曜子接二连三地把鸡汤粉、咖啡滤纸和袋装爆米花放进篮子。她并不需要这些东西，只要是体积大、重量轻的东西都可以。然而，她还是挑选了家里可以用到的东西。

她走向园艺用品区。她要买一罐小型的强毒性杀虫剂。她看到了驱除蛞蝓的喷雾。这家店以前没卖这种商品。她正想伸手拿，发现商标上的图案很恶心，立刻把手缩了回来。最后，还是选择了写着大大的"万一沾到眼睛时，立刻用大量水冲洗，并请医生检查"的警告语的杀虫剂。

结完账,把所有东西都装进袋子。商品的量刚好可以撑起塑料袋。很好,万事俱备。曜子用左手的大拇指、无名指和小拇指拎着塑料袋,走出了超市。

回到家,发现珠纪又坐在客厅。

"我不是叫你去睡觉吗?"

"因为有人送包裹来啊。"

"包裹?"

应该是孝平老家寄来的邮递包裹,里面一定装了南瓜。暂且不打开吧。难得过了一阵子太平日子,如果看到南瓜,奥斯卡·科内里斯又要现身了。在执行任务的前一天,实在不想看到那张脸。

"你竟然找得到印章。"

听曜子这么说,珠纪偏着头问:"印章?"

"嗯,送邮件的人每次都说要盖印章,他说只要签名就可以了吗?"

"签名?我什么都没做。听到有人按门铃,我一打开玄关的门,这包东西就放在门外了。"

天下哪有这种包裹或是快递。"……包裹在哪里?"

珠纪看着厨房,皱着眉头说:"感觉怪怪的,里面好像有沙沙的声音。"

厨房流理台旁边放了一个四方形的保丽龙盒子。虽然有邮寄的单子,但只写了送货地址,并没有写寄包裹人的名字。

"怎么可能有声音?"

"真的有啦……"

珠纪趴在曜子背后,探头看着盒子。曜子回头把手放在珠纪的额头上。

"一定是你发烧的关系。你看,好像又烧起来了。你乖乖地去床上睡觉,否则,等一下会听到怪叫声或是女人哭的声音喔。"

珠纪还是个孩子,也是一个胆小鬼,每次看到电视上放恐怖片预告时,都会急忙转台。听到曜子这么说,立刻瞪大眼睛,捂住耳朵。

"妈妈,拜托你陪我上去。"

"我要煮午餐了。等我煮完,就上去陪你。"

听到二楼房间关门的声音后,曜子拿起了保丽龙盒子。

珠纪没有说错,盒子里的确有沙沙的声音。她轻轻地摇了一摇,听到咕咚一声沉闷的声音。她把盒子放在地上,拆开包了好几层的胶带。为了以防万一,她用锅盖遮住脸,打开了盒子。她在心中数到三。似乎并没有爆炸的迹象。她慢慢地从锅盖旁探头张望。

盒子里有什么东西在动。曜子低头一看,盒子里的东西也回望着她。那是蓝黑色的动物。总共有四只,每一只都高举着巨大的钳子。然而,这些钳子都被橡皮圈绑住了,所以无法张开。盒子里装的是美国龙虾。

是K又派人来过这里,而且,间接地和女儿接触过了。曜子觉得好像有虫子爬上了她的后脖颈,赶紧用手摸了一下。

她从盒子里拿出美国龙虾,很快发现真正货物放在纸盒底部的冷却剂中。

曜子用菜刀割开冷却剂,里面出现了结霜的一万圆纸钞。她拿出结冰的钞票,觉得好像太少了。曜子数了一下,每一捆有五十几张,总共有四捆,总之差不多两百多万。

K之前曾经说"报酬基本上和二十五年前一样,先预付百分之三十三。"她找遍了盒子,并没有看到其他的钱。

上次的报酬是六万美金。所以,先预付了两万美金——这时,曜子终于意识到一件事。二十五年前,一美元相当于二百五十圆日币,所以,她总共得到了一千五百万圆。当时的物价比现在便宜,对十六岁的少女来说,的确是一笔可观的财产。但是现在……

美国龙虾试图爬向客厅,曜子慌忙抓住它们,放回了盒子。少了一只。回头一看,发现它正趴在地上,曜子的屁股底下,举着无法张开的钳子。曜子把它也丢进盒子,忍不住骂了一句Shit。

曜子把预付金二百万用塑料袋包起来后,塞进了流理台下的米糠泥[1]中。那是婆婆送给她的,但秀太和珠纪都很少吃酱菜,

---

[1] 用来腌酱菜的材料。

平时几乎很少拿出来。米糠泥难得派上了用场。

突然，保丽龙盒子咔嗒咔嗒地摇晃起来。打开盖子一看，发现四只美国龙虾中最大的那一只好像痉挛般发着抖。这只美国龙虾从刚才就一直没有动，曜子还以为它已经死了。

她拿起美国龙虾，发现是它像手枪枪把般大小的腹部不停地颤抖。在断断续续颤抖的同时，还发出沉闷的声音，钳子和脚也跟着摇晃起来，曜子终于了解是怎么一回事了。

她用手指抠开美国龙虾的腹部，尾部内侧的壳好像遥控器干电池盒般打开了。美国龙虾的肚子已经被挖空了，装了一个经过包装的小包裹，声音和震动就是从这里发出的。曜子拆开了有点像塑胶管的包装。

里面装的是一个小型手机。设定成震动模式的手机，仿佛在对这么晚才发现的曜子喝倒彩般地低声呻吟着。同时装在里面的几样小东西掉进了流理台，发出金属摩擦的声音。是子弹，总共有三发。

曜子打开像冰块般冰冷的手机。

曜子最近才开始用手机。之前，当珠纪说"很多同学都有，我也想要一个手机"时，曜子还用"我也没有手机"这个理由打消了她的念头。珠纪上补习班后，曜子担心她下课回来会发生危险，在帮珠纪买了专属她的手机的同时，自己也买了一个。虽然她对手机的操作还不是很熟悉，但因为手机的操作面板和曜子的手机很相似，所以，很快知道该怎么接听。两支手机是相同品牌的系列机种。

"喂。"

——达姆．尼．尼杰多．科里可．玛吉。

电话里传来K的声音。或许是受到冷却剂的影响,他的声音听起来也很冰冷。也可能是因为曜子没有发现盒子里藏着手机,导致比平时晚一分钟接起电话这件事,令严格遵守时间到有点偏执程度的K感到不悦。客厅的时钟指向十一点二十六分。

曜子也很不高兴。她无意用斯瓦希里语说暗号,劈头就用英语说:"你想干吗?为什么做这种事?"

——啊哟,小女孩,我们终于通话了。我还担心扩音器会不会被冻坏了。

不知道是否曜子的语气发挥了作用,K改用怀柔的语气说道。

——不愧是Made in Japan。如果是美国的商品,也许你的声音会变成爱斯基摩语。

K停顿了一下。凭这种像单口相声般的冷笑话就想赢得笑声和掌声,简直是异想天开。曜子用比刚才更冷漠的声音说:"这种接触方法,会令我感到困扰。我想,这违反了我们之前的约定。"

——你是说手机吗?因为,二十五年前还没有这种东西。况且,为了明天的事,有备无患比较好嘛。我特别为你挑选了玫瑰红,还是你喜欢其他的颜色?

"我不是这个意思——"

原本打算向他抗议不应该趁自己出门时,让珠纪收包裹,但还是把话吞了下去。因为,她不想和这个男人聊自己家人的事。听到曜子陷入沉闷,K挤出开朗的声音说道:

——你喜欢我送你的礼物吗?

"你是说美国龙虾和小费吗?"

听到这句充满讽刺的玩笑,这次轮到K陷入了沉默。他似乎也无意为曜子送上笑声和掌声,突然用公事化的口吻切入正题。

——滴奇滴奇(目标)的房间已经了解了,是1080。Up with you(看你的了)。请你好好款待他。

Up with you。或许担心曜子忘记了,K在说这句话时特别加强了语气。曜子很想忘记,却没有忘记。为了让他了解这一点,她像鹦鹉学舌般重复了一遍。

"Up with you? 你以前就只会说这句话。"

——谢谢你还记得,我很高兴。

Up with you。这是二十五年前,他们曾经约定在说重要数字时的暗号。当K说这句话时,就在第一个数字上加1,第二个数字加2,如果还有数字,就依次加3、加4……如果说"帮我收拾他(Down with him)"的时候,就用完全相反的计算方法。在通知她奥斯卡·科内里斯居住的二十五街时用黑人的行话说:"三十七街的那个王八蛋把我惹毛了,你去帮我收拾他。"

也就是说,这次的目标投宿在横滨命运饭店2214号房。

当交谈的内容逐渐具体时,曜子内心产生了动摇。自己真的

133

能够再度顺利完成任务吗？

"包裹里还有玉米（子弹），这是什么意思？"

——为了安全起见。希望适合你的长菜（步枪）。

Remington步枪可以用这种308子弹。不，这和曜子准备使用的艾德的子弹相同。唯一的不同，就是308子弹是贯穿力很强的全金属包覆弹。

"……为什么？"很显然的，K知道曜子还保留着艾德的枪。听到曜子的喃喃自语，K似乎立刻察觉到其中的意思。

——太好了，玉米可以派上用场，也不枉我为你准备了。小女孩，你听好了，我对你的了解远远超出你的想象。

曜子觉得自己已经动弹不得了。就像钳子被橡皮圈绑住，塞进冷冻盒里的美国龙虾。

——这么说，该准备的都已经齐全了。我只想确认这件事。明天，我还会打电话给你。

"等一下，我还是——"

为了怕二楼的珠纪听到，一直压低着嗓门的曜子突然大叫起来。

——嗯？什么事？

K的态度很从容，似乎已经猜透曜子想要说什么。曜子的话卡在喉咙，无法说出口。曜子紧闭着嘴，注视着肚子被掏空的美国龙虾尸骸。

总共有四只美国龙虾，刚好与曜子家庭成员的人数相同。

K似乎在告诉她："我对你的家庭也了如指掌。"也许，他事先还曾经调查过曜子所使用的手机品牌。也许，巨大的蛞蝓在很久以前，就在这个家的周围爬行了。

曜子听到楼梯传来有人下楼的声音。不行，是珠纪。她可能听到曜子在讲电话，所以才起床了。珠纪以为是班上的同学利用下课时间打电话关心她。曜子赶紧用日语说："啊哟哟，是吗？你也真伤脑筋。我家也一样。"

——怎么了？小女孩。你突然在说什么？

"对不起，我现在刚好在忙。那就明天再说了。"

曜子没来得及说那句重要的话，就挂了电话。

她把手机放进围裙口袋的同时，听到珠纪发出惨叫。"啊！"

一只美国龙虾再度脱逃，正在客厅高举着大钳子。

美国龙虾要趁活的时候放在水里煮。

如果美国的激进保护动物团体听到中国餐厅"古老龙"的关先生用带着浓重广东腔的英语说这句话，一定会举枪射杀他。

曜子很想按照这个方法做，却无法如愿，在和盒子里的美国龙虾缠斗之际，锅子里的水就已经沸腾了。反正是别人送的。今天晚上就吃水煮螯虾吧。但是，钱的问题呢？预付金的两百万要怎么处理？曜子对着保丽龙盒叹了一口气。

报酬是六万美金。换算成日币就是六百万多一点。还有——曜子从保丽龙盒里抓起一只美国龙虾。六万美金，外加四只美国龙虾。

如同二十五年前一样，为了自己心爱的人，不惜动手杀人，把和自己毫无瓜葛的陌生人变成尸体。从接到电话那一刻开始，她就这么想，也努力告诉自己，就是这么一回事。

然后，如果只有六百万呢？和这个家所剩下的贷款相差十万八千里。这个金额彻底粉碎了曜子一直死巴着不放的这个"为了家人"的正当理由。

"人的生命无法用金钱换算。"每次发生劫机和人质事件，这个国家就高喊这句口号。然而，在美国，把子弹射到他人身上的工具和吸尘器的价格不相上下；为了抢夺收款机里的百元美金可以不惜杀人，用藏在收银台下的枪还击杀人也是正当防卫；去外国杀人，就可以保证周薪四百美元，拒绝服从的人，就会被烙上不配成为领导者的烙印。对在那样的国家一直生活到十六岁的曜子而言，人的生命真的是"金钱的问题"。

二十五年前，她曾经把外公艾德最后的半年、死后的安宁和奥斯卡·科内里斯的生命放在天平上衡量过，最后，她选择了艾德的安宁。当初，她根本不打算领取报酬。这次呢？是为了秀太、珠纪和孝平吗？不，也许只是为了自己的虚荣和明哲保身。而且，用金钱换算后，只值区区六百万日币。

如果珠纪没有下楼，曜子打算告诉K，自己不想执行这次的任务。虽然她不知道K会不会答应。

两星期前，自己为什么会说"Yes"？曜子几乎有点怀疑，自己是不是中了K的催眠术，失去了思考能力。

她从厨房门的窗户看着庭院。这个悉心照顾、整理得井然有序的庭院只有巴掌大，在俄克拉荷马的人眼中，简直就像是在扮家家酒。然而，这就是曜子面对的现实。

还是应该拒绝这份工作。曜子对着拿在手上眼珠子像核果般的美国龙虾问道：你觉得呢？然后，对闷不吭气的甲壳类说了一声"对不起"，就把它们丢进了锅子的沸水中。

多少年没有吃美国龙虾了？最后一次是和艾德、多丽丝一起吃的，所以，已经是三十年前的事了。

以前也是这种味道吗？看着被染红的外壳，曜子不禁偏着头。对此刻的曜子来说，美国龙虾的味道简直如同嚼蜡。

其中的一只被挖空了，所以，三只美国龙虾必须四个人分着吃。孝平很晚都没有回来，也没有打电话回家，只好自行先吃晚餐了。孝平自我节制了一段时间，难道又打算不醉不归吗？

"下次要吃炸虾。"说这句话的秀太似乎喜欢美国龙虾的大钳子胜于料理的味道，他一边吃着水煮龙虾，一边拿着钳子玩个不停。

"怪兽星球人。呼哈呼哈呼哈。"

"喂，喂，别玩了。白痴。"

珠纪似乎很怕美国龙虾的外形，把壳丢到一旁，盘子里只剩下龙虾肉而已。平时老是被珠纪欺侮的秀太发现了姊姊的新弱点，感到乐不可支。

"呼哈呼哈呼哈呼哈。"

"小心我踢你。"

珠纪已经退烧了,明天应该可以去上课。虽然这个家庭有一些小问题,但如今曜子所面对的是家人共同用餐的平静一刻。这两个为鳌虾的壳感到兴奋、感到害怕的孩子,应该无法想象,听到日本的某个角落发生了小孩子遭到娈童癖变态杀害的新闻,就跑去买手机的母亲其实曾经杀过人,更不会想到母亲明天会再度杀人。

曜子继续思考着,如果在任务当天拒绝执行,K会对自己的家人采取什么行动?一想到这个问题,她就不由得感到害怕。然而,还是无法激发她的"工作"热情。

"姊姊,你今天逃课吗?"

"我才没有逃课。你再乱说,小心我捏你。"

"呼哈呼哈呼哈呼哈。"

曜子突然灵机一动。对了,太简单了。为什么以前都没有想到?

即使自己去执行任务,只要让任务失败就好。

K曾经说:"先预付百分之三十三,事成之后再付尾款。当然,我是说如果事成的话。"

拿这些预付金就好了。叫孝平先不要辞职,即使薪水低一点也没有问题。曜子也去工作。只要夫妻两个人齐心协力,房贷、珠纪的学费和秀太游泳学校的月费应该不是问题。

玄关的门铃响了,是孝平。他像小孩子一样拼命按个不停。

秀太抢先从椅子上跳了下来，冲向玄关，珠纪对着秀太的背影哼了一声。

"哇噢，这是什么？好厉害，是龙虾吗？"

孝平难得露出这么开朗的表情。他没有喝酒。太好了，他似乎重拾了对工作的干劲。

"我去参加哥尔美食品的抽奖，没想到竟然抽中了。"

这个事先想好的借口并不高明，但孝平不仅没有讶异，甚至根本不在意。"我去换衣服。"

他对小孩子打了声招呼后，偷偷地向曜子招招手。

"怎么了？"

太好了。我也刚好有话要说。曜子跟着孝平走进卧室。"我准备去找工作，你也再努力一下。"曜子的这句话还没说出口，孝平满脸笑容地转头看着她。

"我辞职了，我把辞呈丢到经理面前。我刚才一直和安井在讨论新公司的事。"

"什么？"

Oh，my God！他怎么完全不顾别人的想法！曜子的内心再度动摇起来。

12

那天早晨，曜子比平时更加细心化妆。她用粉底遮住了眼睛下方的雀斑。从少女时期开始，这就是曜子的烦恼。

消瘦的脸颊可能会令人感觉很严肃。她在脸颊上擦了腮红。然后，开始修眉。不知道为什么，今天的眉尾微微上扬。

曜子没有使用睫毛膏，只用了一点淡米色眼影。她平时就很少化眼妆。因为，她不喜欢过度强调色素很淡的眼眸。

她从为数不多的口红中，挑选了最深的红色。

虽然化妆是为了让自己参加同学会的借口看起来更有那么一回事，却也同时可以调整自己的心态。

这不是鼓舞，也不是为了平抚激动。曜子只是借由化妆改变自己。

她告诉自己，镜子中的是另一个人，是平时的那个我。不是那个不敢指责别人乱丢垃圾的怯懦家庭主妇，而是一个坚毅冷酷而又无情的女人。

擦完口红，用嘴唇夹住化妆棉抿了一下。大功告成了。

上午八点半。珠纪今天也嚷嚷着"很累,头很痛",不想去上学。但她已经退烧了,气色也很好。也许是因为昨天没有同学打电话来关心她,所以才不想去上学。

"如果你不去学校,就乖乖地躺在床上。不要煮咖喱了。"听曜子这么说,她才终于去自己房间换衣服。珠纪似乎对代替曜子做晚餐这件事十分起劲。

岛本太太的小儿子也有逃学的问题,听她说,身体不适的确是最初期的征兆,而不是假装生病。希望珠纪的身体不适不是精神问题所引起的。

如果向公司递了辞呈的孝平今天在家休息,问题就大了,幸好他说,"还没办法这么快辞职。经理面色苍白地对我说,希望我等到完成交接工作后再离开。公司终于知道,没有我,他们有多伤脑筋。"今天早晨出门时,他比平时更加神采奕奕。

秀太换上围兜,正在玄关门口练习蝶泳,等待曜子送他出门。

"让你久等了。"

在墙壁前转身,变成仰泳姿势的秀太抬头看着曜子,张大了嘴巴。

"咦,妈妈,你和平时不一样。"

"是吗?"

"嗯,今天比较漂亮。"

"谢谢。"

无论是为什么目的化妆，受到称赞总是令人心情愉悦。曜子用比平时温柔的声音说："那我们走吧。下午就拜托你啰，在爸爸去力也家接你之前，你都要乖乖的喔。"

曜子左手拿起不可燃垃圾，把右手伸向秀太。这一天，曜子握着秀太时比平时更加用力。

送完秀太回家后，她立刻把已经脱好水的衣服晾出来。其他的衣服一天不洗还没有关系，但秀太的围兜一定要每天洗。来到庭院，快速地为花圃和花盆浇水。虽然时间不太充裕，但曜子还是先做完这些琐碎的杂务，暂时忘记内心的紧张和犹豫。

站在衣柜前，她思考着到底该穿什么衣服。珠纪入学典礼时穿的套装？不，太正式的服装反而会引人注目，必须挑选无论任何场合，都不会令人感到不自然的衣服。最重要的是方便活动——

长裤虽然活动很方便，但曜子的长裤都是配合穿高跟鞋的长度。今天，她想穿平底鞋。而且，只要不在意别人的目光，穿裙子比较方便活动。如果是适合平底鞋的裙子——

她从为数不多的外出服中挑选了一件百褶裙，上面穿了一件同色系的毛衣。虽然在目前的季节穿稍微单薄了一点，但和时下冬天也穿小可爱的年轻人相比，根本算不了什么。她在镜子前比了一下，把衣服挂在衣架上。

一旦决定要穿什么衣服，女人就等于做好了外出的准备。

曜子走去厨房，开始做晚餐的准备。

她把马铃薯、胡萝卜、洋葱和咖喱块放在厨房角落，以免珠纪找不到。同时，把特卖日时大量购买后，放在冷冻库保存的猪排也拿了出来。

昨天买的蔬菜无法装进冰箱，仍然装在袋子里，放在地上。

首先，她拿出萝卜。萝卜差不多有小孩子的腿那么粗，上面还有很多泥巴。曜子像在剖鱼片般，从侧面用刀子把平放的萝卜切开。这是她有生以来第一次把萝卜纵向剖半。然后，将切成两半的萝卜剖面挖空，只剩下外皮。

下仁田葱有吸尘器的吸管那么粗，曜子把其中的一头切开，把芯抽了出来。

接着，她拿出在新鲜出炉面包店买回来的硬皮面包。虽然足足有美式足球般大，价格却很便宜，是附近的太太公认的"超值"，但吃起来的口感很硬，小孩子都不喜欢，平时曜子不会购买。她也从侧面切开一条缝后，把内部挖空。

对了，冰箱里还有用来煮炖菜的半条莲藕也要拿出来。

挖出来的萝卜肉和下仁田葱的芯当然不可能丢掉，下次可以用来煮火锅。她用保鲜袋包好后，放进了蔬菜冷藏室。

曜子走去储藏室，把之前分解的Remington M700拿了出来。

今天是第一次，也是最后一次使用。艾德很讨厌拍照，所以，曜子没有外公的照片。失去艾德唯一的纪念品固然会令曜子感到难过，但今天执行任务后，她打算把枪丢掉。所以，这是最后一次组装。

曜子把厨房定时器放在桌上，就像艾德一样，拍了一下双手后，才拿起螺丝起子。Ready go。

九分四十四秒。和俄克拉荷马时代相比还差得很远，但已经是这两个星期以来的最佳纪录。

曜子举起枪，又放了下来，然后重复练习了好几次。目前还不知道会在怎样的状况下开枪。站姿、卧姿或是坐姿。她确认了每个姿势的感觉。

再一次把枪分解。不像以前那样分解到螺丝和螺栓的程度，只是分成几个部分而已。

扳机和护木的机械部分塞进挖空的萝卜内，把剩饭压碎后，当做黏剂密封起来。最后涂上泥巴，把接缝处遮盖起来。

枪身塞进最长的下仁田葱内。光靠葱白的部分无法完全隐藏，只能用葱特有的茂密葱叶包起剩下的部分，再用橡皮圈绑紧。

枪托刚好可以藏进面包里。不愧是物超所值的大尺寸面包。

消音器和瞄准器用保鲜膜包好后，放在原本装着正在解冻的猪肉保丽龙盒上，再用肉片铺在上面。曜子拿出今天晚上咖喱需要使用的分量后，把其余的肉都铺了上去，最后，再用保鲜膜包好，放在从超市拿回来的大透明塑料袋里。

子弹装进了莲藕的洞里。一发是艾德的子弹，另一发是K寄来的全金属包覆弹。她犹豫了一下，最后还是只带两颗子弹。不可能发生需要第三颗子弹的状况。

把剩下的肉再度放回冰箱，给珠纪留了一张纸条："肉在冰箱里。"把削马铃薯皮的削皮器当做镇纸压住纸条，否则，珠纪应该找不到放在哪里。

曜子把藏了Remington步枪的蔬菜和肉放进超市的塑料袋，再把爆米花的袋子、咖啡滤纸盒、鸡汤粉等分量轻、体积大的物品放在四周。装袋的方法，就和把残羹剩饭装进垃圾袋，又要避免遭到乌鸦和猫的肆虐时的要领相同。

她试着用一只手拿了起来。外公的步枪是核桃木枪托，在所有Remington枪中是最轻的。以和孝平比腕力，应该在三秒之内就可以获胜的曜子的腕力来说，假装拿得很轻松并不是一件困难的事。

最后，曜子打算把以防万一时自我保护所使用的杀虫剂也放了进去，再把整个塑料袋放进拎包里。螺丝起子和扳手塞在皮包底部。

听到整点报时报告上午十一点整时，分秒不差地调整好平时很少使用的数字式手表。时间还很充裕，曜子决定修一下指甲。

曜子从来没有留过长指甲，她用磨指甲器修着原本已经剪得很短的指甲。尤其在修握住枪身的左手指甲时，她格外仔细。擦上透明的指甲油。曜子总是擦得很敷衍。

她发现自己拿着刷子的手在颤抖。虽然她为了抑制情绪而机械式地进行准备工作，其实，心里却害怕得不得了。

即使已经决定要故意失败，内心还是极度不安。万一有人看

145

到自己开枪怎么办？即使任务失败，仍然要背上杀人未遂的罪名；即使没有伤害目标，仍然会对儿女和懦弱的孝平内心造成极大的创伤。

所以，必须成功。曜子告诉自己。

还有另外一件值得担心的事，那就是自己有没有办法失败。

无论如何，她从六岁开始学习的就是如何让子弹命中目标。对曜子来说，射偏比击中目标更加困难。当目标出现在眼前，手指扣下扳机时，手指或许会像另一种动物般自行活动。想到这里，就令她倍感不安。

从接到联络那一天开始，无论在训练，或是去横滨勘察现场时，曜子的脑海中始终想象着狙击的过程。每次的想象，都毫不犹豫。仿佛是在心以外的地方进行思考，身体好像比头脑更快做出了反应，甚至让她怀疑，是否所有的动作已经事先设定在自己的身体内。一定是因为和枪相处久了，一定是训练过度了——

训练过度？曜子突然想起自己体内的四分之一血统。那是爱尔兰的坚毅和温柔，那是杀手的血液。

其实，自己内心对K的电话——

曜子停止继续思考下去。

她在指腹上也擦了指甲油。在擦指腹的时候，她不仅细心，而且还重复擦了一次。擦完左手，等干了以后，再擦右手。这是为了消除指纹。虽然很难完全消除，但只要不是很用力地触碰金属或是玻璃，可以有效模糊指纹。

曜子甩着双手，等指甲油变干的同时，眼睛始终注视着时钟。时钟旁放着昨天刚送到的手机。

11∶24。数字变成25的那一刹那，将来电铃声调到轻声的手机响了起来。

K把来电铃声设定成《雨中旋律》。那是美国的流行老歌。在斯瓦希里语的暗号后，K的声音说道：

——小女孩。这一天终于到了。你昨天睡得好吗？

"对，睡得很饱。"

那是谎言。她一直到黎明时分，都在思考今天该怎么办。今天比较不容易上妆应该也是这个原因。

——有没有什么问题？

"不，没有。"曜子回答得十分冷淡。

——真的不需要加点什么菜吗？你的长菜万无一失吗？

或许是心理作用，K的语气似乎没有平时顺畅。即使是K，也会在任务当天感到紧张吗？

"对，没问题。"

——我相信你应该没有问题，我会为你的成功祈祷。不，你非成功不可。为了迎接这次的客人，我们花费了不少投资，也经历了长期的准备。

我领到的报酬却少得可怜。算了，反正最后不会领取全额报酬。因为，曜子已经决定让任务失败。

——我不希望朝这个方向思考，但万一失败，我的立场就会变得很微妙。不好意思，到时候，我不知道能否压制住想要追究你责任的声音。

他的这番话，似乎已经看透了曜子的内心。

"等、等一下，追究责任是什么意思？"

K没有回答，那是无言的威胁。曜子的脑海中一片空白，好不容易才把一句话挤上嘴唇。

"如果你敢对我的家人——"她的话还没有说完，电话就挂断了。曜子瞪着手机，等待它再度响起。手机的沉默似乎在惩罚曜子破坏了不该提及触及核心的内容。

十分钟后，家里的电话响了。

——怎么样？小女孩，有没有稍微冷静一下。要注意自己的措辞，毕竟我是你的客户。你一定是太久没有出任务，心情太激动了。别担心，我从来没有怀疑过你的成功。只要成功，就没有任何问题了。

"关于刚才的事——"

——那个问题已经结束了。

曜子咬着嘴唇。K一定猜到曜子故意想把事情搞砸。

——等一下去我指定的地方，我有礼物要送你。我指定的地方。

K并不承认曜子是职业杀手。和二十五年前一样，只是把她当做杀人工具。一星期前，曜子去现场勘察时，已经根据各种不同的状况，找出几个狙击点。既然要执行任务，曜子希望用自己的方法执行,她讨厌当别人的傀儡。

"等一下,我有自己的计划。"

如果对对方言听计从,最后却失败,让人情何以堪。

——太好了。不过,我们有我们的计划。因为绝对不能怠慢这个客人。

K用好像在告诉她散步路线的口吻说明结束后,曜子问:"你不听听我的计划吗?"

K用沉默阻止曜子继续说下去。这根本是把自己当成机器。

他们的计划就像是一把巨大的枪,曜子只是这把枪上微不足道的扳机,而且是随时可以替换的扳机。

曜子一直很纳闷,K为什么会找上只有过一次经验,中间有二十五年空白的自己?如今,她大致能够了解其中的理由。和二十五年前相比,K的做法更强硬,而且充满紧迫感。一定是K原本找了其他的杀手,最后因为某种原因,不得不临时换将。

——你有什么问题要问吗?

K终于开了口。他的语气很冷淡。

"你应该不会告诉我,如果失败,我需要负什么责任吧?"

——不好意思。

"那只有一件事,请你把滴奇滴奇的手机号码告诉我。你应该知道吧?"

小偷已经把一把巨大的钥匙插进这个家里。

K之所以那么害怕受到监听,是因为他们掌握了各种监听技术。目标住宿的饭店号码和行程都已经被他们掌握了，在他们面前已经毫无隐私了。

——你想和他接触吗？我劝你打消这个念头。

听他的语气，并不是担心曜子的安全，而是担心会留下证据。

"不是绝对不能失败吗？如果有什么万一，我会亲自为他服务。我一定会把派整理干净。"

把派整理干净——这是代表不留下任何证据的暗语。沉默片刻后，K说了号码，并在最后加了"Up with you"。在上一次执行任务时，K曾经吩咐她："有关工作的数字不能写下来，要当场背下来。听艾德说，你的记忆力很好。"曜子也照做了。然而，四十一岁的现在，记忆力已经大不如前。曜子小心地在手边的发票背面写下号码，以免被K发现。等一下计算之后，慢慢把电话背下来，再拿去厨房烧掉就可以了。

——如果有状况，我会和你联络。Good luck。

说完，K就挂了电话。

怎么办？真的要为了区区六百万去执行任务吗？

曜子拎着感觉比刚才沉重很多的行李走出家门。虽然内心很想逃向相反的方向，但双脚还是笔直地走向车站。

走过横滨车站的检票口，曜子走向中央广场前方的百货公司。她要去地下楼层的超市。这里的商品价格比曜子平时常去的超市贵很多，在勘察现场时，她确认过这里有卖蔬果和肉类等日常食品。她买了三包洋芋片，结完账后，拎着袋子，走向女性饰品卖场。

曜子在这里买了一条丝巾。虽然只买了一条丝巾，但店员给了她一个大型纸袋。其实，她真正想要的并不是洋芋片，也不是丝巾，而是印有店名的袋子。曜子在搭电扶梯下楼的时候想道，或许不该买红色的丝巾，应该买淡紫色的。当年纪不再年轻，购买衣物时，总会在不知不觉中挑选鲜艳的颜色。

走出百货公司，经过运河，曜子走向K指定的地点。虽然是车站附近，却有一片在东京不可能看到的宽敞空地。空地的前方是一个像巨大棋子般的地标塔。

她不需要用地图确认K指定的地点。她虽然只来现场勘察过一次，但已经把现场周边的环境深深烙在脑海中了。

经常在现场附近打转，反而容易引人注意。或许会留在某个目击者的记忆中，也可能在都会到处设置的监视录像机中留下身影。

"勘察现场并不是越仔细越好，只要一次就够了。"虽然艾德没有这么教过她，但曜子相信，如果向艾德讨教，他一定会这么回答她。艾德每次都是在一趟旅行中完成任务，而且，时间都很短。当然，这或许是因为他不放心让曜子独自留在俄克拉荷马的关系。

曜子确认了右侧的购物中心广告牌后，走进了停车场。

虽说是非假日的上午，停车场内已经有一半的车位被占满了，她花了一点时间才根据K告诉她的车牌号码找到那辆车。那是一辆就像是极普通的家庭所用的房车，既不会太大，也不会太小，价格也适中，真是普通得不能再普通了。

其他人应该不会注意到，但曜子一下子就发现那是伪造的车牌。

K以为我会为这种事感到高兴吗？

车牌号码是0614。六月十四日。那是曜子的生日。

站在车门前，从皮包里假装寻找根本就不可能有的车钥匙。事实上，曜子手上拿的是十圆硬币。

周围没有人影，但她还是继续演戏，把十圆硬币掉在地上。

然后，弯下腰，假装捡钥匙，向车下张望。之所以选择十圆，是因为最不明显。况且，即使真的掉了，也不会感到太可惜。

她在告诉她的地方找到了用胶带贴住的车钥匙。在站起来的同时，把钥匙拆了下来，握在手中。

把钥匙插进车门，利落地把身体滑了进去。打开手套箱，看到了K所说的那个信封。

她把信封倒过来抖了一下，里面掉出来一张卡片。曜子用手帕捡了起来。那是饭店的房卡。

不是命运饭店的。曜子搜寻着脑海中的周边图，立刻知道是附近一家规模比较小的饭店。房号是"2308"。

哼。原来要我去那里。

曜子很庆幸。指定的地点是车子内。她把拎包内超市袋子里的东西都放到百货公司超市的袋子里。在曜子原本的计划中，打算去公用厕所内完成这项工作。

她顺便补了一下妆。嘴唇很干。因为刚才一直舔嘴唇，口红应该都脱落了吧。她调整了照后镜，重新擦上口红。正当她在整理松脱的头发时，发现镜子里出现了另一个人。有人坐在后车座上。

曜子本能地缩起身体，右手伸向紧急逃生用的铁锤方向，从镜子中仔细看着对方的样子。当看清镜子中的人时，曜子浑身无力，重重地叹了一口气。

"原来是你。好几天不见了，最近还好吗？"

曜子鼓起勇气，向照后镜中的苍白脸孔打招呼。然而，奥斯卡·科内里斯没有回答，他茫然地注视着曜子的背影。

"即使我对你说对不起也没有用吧？因为，你在我的心里。不过，我还是要对你说声对不起。"

才补完妆，泪水快流出来了。

"也许你会不高兴，如果你喜欢，这个给你吃。"

曜子回想起她原本不想知道的奥斯卡·科内里斯个人资料中，有"喜欢吃垃圾食物"的项目。

她握紧洋芋片的袋子，转过头去。

后车座上空无一人。她把大蒜口味的洋芋片放在奥斯卡·科内里斯所在的位置，把剩下的两袋拍了拍，把里面的洋芋片拍碎后，塞进了住家附近的超市塑料袋。

走出车子后,她又把钱掉在地上。她刚好没有十圆,这次丢的是五圆。如果有人一直在观察曜子,一定会觉得这个女人很冒失。她把钥匙贴回原来的地方。

曜子把住家附近超市的袋子塞进垃圾箱,走出了停车场。

横滨命运饭店位于被称为二十一世纪未来港一带的前端,可以俯瞰整个横滨港。三十层的饭店模仿了帆船的外观。

曜子拿到房卡的饭店就在命运饭店的前面,两家饭店毗邻而建。通往两家饭店的马路右侧,是一个大型游乐园。曜子首先走向命运饭店。

走进饭店之前,她单手拎着两个百货公司的购物袋。如果想要隐藏身上携带的武器,举止反而会让人觉得可疑。反倒是用这种间接的方式,被人看到时,却不容易引起怀疑。曜子在二十五年前的那次任务中学会了这个经验。在前往明尼苏达的火车上,当她浑身冒汗地抱着装着Colt SAA Peacemaker枪的旅行袋时,其他乘客都用讶异的眼神看着她。在执行任务的晚上,当把枪放在准备装万圣节糖果的篮子里,大摇大摆地走在大街上时,谁都没有感到惊讶。

马路对面,旋转式的游乐设施慢慢启动,小孩子和年轻女孩顿时发出兴奋的叫声。曜子想起珠纪和秀太,忍不住咬着刚擦过口红的嘴唇。

绝对要成功。虽然对目标——曜子努力不让这个名字浮现在自己脑海中——克雷格·里亚顿先生很抱歉,但这已经不是单方面的杀人,而是在他不知情的情况下,已经拉开序幕的你死我活的生存战。

命运饭店的室内装潢完全用耀眼的白色和金色这两种颜色,大厅的水晶吊灯比曜子家的餐桌还要大。大厅里人满为患,而且都是女人。大部分都和曜子的年纪差不多。

曜子以为这里在举行什么聚会,但从那些女人手上拿着用韩文写的海报和贴着照片的牌子,终于知道那些人是何方神圣。

原来是韩国男明星的追星族。可能是这些女人喜欢的明星来日本,而且住在这家饭店。柜台前,几个情绪激动的人正在向员工逼问明星的房间号码。这里的女人人数可以和百货公司特卖会场媲美,而且,她们明明不是这家饭店的住宿客,却一脸唯我独尊的表情在楼梯上走来走去,占据了一半的电梯。

对准备去确认2214号房位置的曜子而言,此番混乱场面简直就是天上掉下来的礼物。这么一来,自己就不会引人注目了。她在大厅沙发上拿了一块牌子,来到了二十二楼。

二十二楼也有不少人在寻找男明星的房间。曜子跟在她们身后走在走廊上。饭店实在是一个很奇妙的地方,整排门后的房间内,有人躺在床上,有人在洗澡,但在一门之隔的走廊上,却像公共通道般人来人往,比公寓更加毫无防备。

2214号房间位于二十二楼的尽头,也是这家外形呈三角形的饭店顶端附近。应该是蜜月套房,房间和隔壁客房之间有相当一段距离。

对不起。为了我和我的家人,你必须死。

虽然手上拿着钥匙,曜子走向K为她准备的房间时,比走在命运饭店的走廊上时更加紧张。她用手帕包住手,把房卡插进门。

2308号房间是一间小型双人房,窗外可以看到横滨港,但风景并不佳。因为,视野被前方的命运饭店挡住了。

接到要来这家饭店的指示时,曜子就了解了目标所住的房号就在这个房间的正对面。

虽然没有想到会准备得这么周到,但2214角度稍微有点斜,这并不是问题。之所以会订二十三楼的房间,是因为两家饭店在设计上的差异,导致这个饭店的楼层比命运饭店稍微低一点。这里和2214号房间的高度差半个楼层,而且,窗外还有高层饭店很少见的阳台。

原来如此,原来是从饭店内进行狙击。太惬意了,简直就像英格兰的公主在打猎。的确,在日本的城市,狙击手可以藏身的地方并不多,即使根据弹道推测是从这个房间所开的枪,到时候,有假名登记的某人早就已经逃到国外了。

真是尽善尽美,无微不至。然而,曜子却很不喜欢。

她从皮包里拿出手套。如果不是手指可以伸出来的手套,就无法开枪。曜子住的地方附近没有卖射击用的手套,她只好去运动用品店买了高尔夫用的手套。

曜子把家里带来的报纸铺在地毯上,把塑料袋里的东西放在上面。她不小心看到报纸角落出现了克雷格·里亚顿的名字,赶紧翻了一面。

一定是这家报社邀请他来日本的,无论在早报和晚报上,都可以看到有关里亚顿的报导。即使告诉自己不要看,目光仍然情不自禁地受到吸引。

"尽可能多了解有关滴奇滴奇的信息十分重要。"

这是K的意见,或许艾德也曾经这么做。

"许多行家认为,里亚顿先生出马竞选下一届总统就像是堂吉诃德,得票数的多寡,将逼迫美国环境政策转向,迈向他所提议的全球化循环型社会。"

"里亚顿先生虽然强烈抨击共和党的军工优先主义,但会在总统选举中受到重大影响的,应该是支持者产生重叠的民主党。因为,里亚顿先生的出马,对两大阵营都是一大威胁。"

到底是谁,为了什么目的要让他变成枪下亡魂?实际下手执行这项任务的曜子对此一无所知,她从报纸的报道中了解到一件事,自己即将执行的任务,对这个世界造成的危害将比那个不顾他人、乱倒垃圾的女人多好几万倍。

她很清楚这件事。虽然知道,但还是无能为力。对目前的曜子来说,家人比环保更加重要。

她把枪身、枪托、机械部分、瞄准器和消音器放在刊登了春天蔬菜食谱特辑的家庭栏上。离开现场时,仍然需要用到这些蔬菜。她轻轻地把蔬菜拿了出来，以免弄坏。

她只拿起瞄准器，朝2214的方向看去。饭店的窗户是一整片落地大窗户，景观应该是饭店为住宿客提供的良好服务，对狙击手也提供了良好的服务。窗帘拉了起来，里面并没有开灯。时间还很充裕，目前只能静静等待只有一次的机会。

曜子拿起螺丝起子，组装步枪。由于只是把几个部分装在一起，转眼之间就完成了。

打开化妆盒，拿出红色的丝巾，将头发绑在脑后。

工作结束后，必须立刻离开此地。然后，留下必要的东西，把其他东西都收在一起带走。而且，绝对不能碰房间内的任何东西。

她用手背转动落地窗的月牙形开关，用枪身打开窗户。

隔着窗户玻璃狙击时，会使弹道产生微妙的变化。尤其不是正面射击时，会产生更大的误差。308的子弹比较不受这些问题的影响，但她还是采取了谨慎的态度。虽然内心很不甘愿，不过，她最后决定使用K寄来的全金属包覆子弹。

下午三点二十七分。她把子弹装进了Remington M700。

曜子把椅子搬到窗边，将格子状的椅背朝向窗户，把枪管插了进去，并用拎包垫在下方作为固定。把瞄准器对准2214后，竖起单膝坐了下来。

她已经事先把矿泉水和用纸包起的热狗从拎包里拿了出来。刚才，她发现自己还没吃午餐，便在游乐园旁的移动摊贩车买了热狗。整个胃好像吞下了一颗保龄球，完全没有食欲，但如果完全不吃，就无法灵活行动。

她把热狗塞进嘴里，感觉好像水鸟吞下鱼儿一样。她用舌头舔掉沾到嘴唇上的红色西红柿酱。

目标将在五点外出，八点回饭店。曜子担心回家的时间太晚，但自己开枪的机会应该在八点以后。等天色暗下来后，为了更确实瞄准目标，曜子打算去阳台上。

长时间盯着瞄准器，感觉整个心好像被吸入了透镜。

为了维持集中力，曜子决定唱唱歌。随便唱什么歌都无妨，没想到，脱口而出的竟然是"Twinkle Twinkle Little Star"。

刚去美国时，曜子晚上辗转难眠，每天晚上，都在漆黑中看着天花板，好像无法阖眼的喝奶娃娃。艾德知道后，就在床边为她唱歌。遗憾的是，艾德的歌和他的射击手腕无法相比，只会让曜子的眼睛瞪得更大。

Twinkle twinkle little star,

how I wonder what you are。

房间的窗帘依然没有拉开，也没有开灯。时间已经超过五点了。

Twinkle twinkle little star,

how I wonder what you are。

下午六点。

睡眠不足的脑袋昏沉沉的。为了在"那一刻"保持最佳状态,不如趁现在小睡一下。曜子不可能睡过头,自从生了孩子后,曜子可以自由地操控睡眠时间。无论秀太去远足、珠纪考国中的日子,这些对家庭主妇来说,都是严峻考验的日子,她都顺利度过了。秘诀就在于在脑海中默念三次自己想要醒来的时间。

她刚好在三十分钟后醒来。

刚才好像有做梦,但不记得梦境的内容了。梦中的曜子好像握着四十一左轮Military & Police,从她拿枪的种类来推算,应该是高中一年级时的梦。

小睡一下后,身体再度恢复了精力。今天要尽可能在十一点之前回家,以免秀太熬夜。曜子重整自己的心情,再度看着瞄准器。

下午七点三十五分。2214号房亮起了灯。目标回来了。

曜子一直认为,当目标回到房间时是下手的最佳机会。当人回到饭店时,能够做的事并不多。住在都市的高层饭店时,从窗户眺望夜景就是选择之一。

曜子拿着枪,走到阳台上。海上吹来的风很大。

不一会儿,窗帘后有人影晃动。目标的轮廓。个子比原先以为的矮一点。

曜子用垂在脖子旁的丝巾一角擦了擦指尖的汗水。

自动式窗帘从中央向左右两侧张开。

她念起了咒语。God bless you。

她看到了穿着睡袍的目标肩膀。

再一次。

God。曜子用力压在瞄准器上感到有点痛的眼睛瞪得圆圆的。

不对。那不是里亚顿。

站在那里的是日本人。老人的头顶已经秃了。难道是里亚顿的朋友？不一会儿，有一个人走到老人身旁。是一个女人。无论怎么看，这两个人都像是来观光的日本老夫妇。

曜子听到自己的血液从脖子往下流的声音。

1080。当初听到的就是这个数字。我听错了吗？

她回想起在命运饭店确认的房间位置。没错，的确是这个位置。三角形顶点旁的第二个窗户。

难道算错了？1+1、0+2、8+3、0+4。2214。对啊，没错啊。

自己听错了K的话？不，他的确说了"up with you"。

况且，这个房间就是为了狙击2214号房所准备的。

计划生变了？曜子咬着刚修整过的指甲。

怎么办？曜子不知道K的手机号码，只能等他的联络了。

K的手下应该看到了和曜子相同的光景。曜子唯一能做的，就是继续咬她的指甲。

三分钟后，在门牙快要把指甲油咬光前，手机响了。

K的声音突然传入耳朵。他没有说斯瓦希里语的暗号。

——小女孩，出状况了。滴奇滴奇刚才取消了房间。

"那该怎么办？"曜子的声音竟然在发抖。

——是2514。他好像换了房间。

K的声音听起来似乎很冷静，但很明显的，他也感到不安，已经无暇说"down with him"，或是"up with you"，是直接把没有经过暗号处理的数字说了出来。

——没想到他做事这么谨慎。照理说，他不可能察觉我们的行动，怎么会这样？

曜子第一次听到K语带抱怨的说话。

K沙哑的声音听起来和一般老人没什么两样。仔细思考一下，就会发现从刚好位于对面的饭店狙击目标的房间实在是很粗糙的计划。只能说，他们太低估日本警方了。曜子也没有用暗号，直接问道："是在二十五楼吗？"

——对。就在2214的正上方。三个楼层上方。

比她现在这个位于二十三楼的房间高两层。"位于目标的稍微上方"是狙击的最佳位置。况且，站在下方时，根本不可能瞄准房间内的人。

"你确定？没有搞错吧？"曜子忍不住用训斥秀太和珠纪时的口吻问道。

——Yes。这次绝对没错，已经确认他走进房间了。

"我相信你也知道，从这个位置根本不可能。"

——马上为你准备新的地点。别担心，不会有问题的，小女孩。

K似乎不是在对曜子说话，而是说给自己听。真是受够了，我不干了。如果这么说，K会答应吗？曜子咬着指甲思考着。她眯起眼睛，看着前方的天空，好像那里写着答案。

不可能。虽然这个计划很草率，但和二十五年前一样，为了迎接这一天，他们花了很长的时间准备，也动用了相当多的人力，以及巨额的金钱。如果现在说不干了，就等于宣告计划失败。

K和他背后的那些人绝对无法面对失败，无论如何，曜子都必须使暗杀计划成功。

——你赶快离开那里，我们会处理善后。

"不用了。我要执行我的计划。"

——等一下，等一下。我马上给你新的指示。

"你有什么妙计吗？"

K陷入沉默。应该没有吧。

"我只有一个要求，如果我成功了，请你放过我和我的家人。"

——再等我十分钟，不，五分钟就好，马上可以准备好新的房间。

"我不能再等了。那就拜托你了。"

曜子擅自挂了电话。如果要执行自己的计划，就必须分秒必争。她分解了Remington M700，动作利落地收了起来。萝卜已经快破了，几乎无法承受枪支的重量。下一次真的是最后一次机会了。

一定要小心，再小心。她克制着激动的心情，把带进来的所有物品，乃至萝卜叶子都清理干净后，把塑料袋放进拎包。

踏进这个房间后，她只有从门的位置直直走到窗户旁，并没有去包括厕所在内的其他地方，除了门把以外，也没有碰任何东西。然而，为了以防万一，她还是用家里带来的清洁滚筒刷，将刚才走过的阳台和地毯打扫干净。

我们会处理善后？别说笑了。

曜子已经不再相信K。如果曜子在这里成功狙击，警方根据弹道判断子弹是从这个房间发射时，谁会来处理善后？在K他们的计划中，一开始就没有万一曜子遭到怀疑时如何去营救她的方法。

一旦发生麻烦，必须自行负责。二十五年前也曾经这么约定，曜子也做好了相应的准备工作。

她从皮包里拿出揉成一团的面纸。里面有十几根头发。她根本不知道那是谁的头发。

因为要去参加同学会，所以要整理一下头发。几天前，曜子用这个借口去了一次美容院。这些头发就是在那里搜集到的。她在球鞋底贴了双面胶，就搜集到这些好像染发样本的各种色彩的头发。

她把几根头发丢进阳台的排水沟，又丢了几根在地毯上。最后，把还剩下几根头发的面纸重新包了起来。

她把门打开一条缝，确认走廊上没有人后，走出了房间。临出门前，脱下为了避免在房间内留下脚印而包在鞋子外面的塑料袜。

然后，曜子搭电梯下了楼，准备执行自己的计划。

13

曜子把房卡丢进汽车的置物箱,把车钥匙放回停车场的房车下方。虽然比拿钥匙时更花时间,但现在已经不需要在意别人的目光了。周围已经笼罩在一片漆黑中。

时间是八点十二分。她努力克制自己想要一路奔跑的冲动,快步走在街上。目前身处暗杀现场周围,必须避免任何引人注目的行为。曜子只能假装是买完菜后赶着回家的家庭主妇,再度走向命运饭店所在的二十一世纪未来港的海湾方向。

左侧地标塔上的灯光逐渐暗了下来,剩下的几个窗户勾勒出几何形的图案,右侧的游乐园还在营业。运河两侧的云霄飞车、旋转木马和摩天轮争相绽放出色彩缤纷的光环。

动作要快。游乐园只开到九点为止。

曜子知道这个游乐园不用买门票。所以,当初来现场勘察时,也省下了这笔不可能有人支付的经费。

她的目的地就在过了架在运河上那座桥梁的地方。当她走到桥的中央时,发现皮包中的手机在震动。从刚才开始,这已经是第五次了。曜子无意接起电话。

K一定气得七窍生烟，但曜子不打算听他的命令。即使成为K的棋盘上忠实的棋子，一旦失败，还是必须由曜子负起所有的责任。既然这样，不如干脆放手一搏。曜子已经不想理会从饭店阳台瞄准对面的窗户这种好像度假般的计划。

曜子为了今天的任务研拟了几项计划。

下午五点到晚上八点。由于事先知道了目标外出的时间，所以，可以利用目标离开饭店或是回饭店的时间下手。这就是她的A计划，也是最确实可靠的计划。命运饭店的停车场入口设计比较特殊，有不少可以躲藏的地方，周围比较不容易看到，曜子也找到了可以因应各种状况的几个地点。

然而，现在目标已经回房间了，这个计划也就无法适用。

她决定执行B计划。这是当A计划失败时准备的备用方案，需要一枪定胜负。

走过桥时，是一个宽敞的露天咖啡座。虽然夜幕已经降临，但毕竟是星期五的夜晚，比曜子上次非假日来勘察时热闹多了。

她穿过挤满客人的餐桌之间。左手拎着露出萝卜和长葱的百货公司袋子，袋子里的东西太重了，把塑料袋拉得很长，但曜子必须假装拿得很轻松。谁都不会想到，这里面藏了一把Remington M700步枪。其实，这个时间的咖啡店内几乎都是情侣，他们的目光都忙着看自己的另一半，根本没有人注意到曜子的存在。

曜子抬头看了上方。一个巨大的光环竖在夜空中，那是二十一世纪未来港的卖点之一——"银河钟"摩天轮。

距离游乐园营业结束只剩下一点时间了，曜子担心很受情侣欢迎的银河钟摩天轮会挂出"结束服务"的牌子，最后总算安全上垒。当曜子站在应该是今天最后一批的摩天轮游客队伍时，忍不住嘟起嘴巴，吐了一口气。设定成震动模式的手机再度震动起来。曜子不想让手机影响自己的注意力，干脆把电源关掉了。

时间是晚上八点三十三分。她不需要看手表就知道。"银河钟"就是仿真了时钟的造型，正中央有一个数字式时钟，每隔一秒，就会有一根代替秒针的旋转轴发亮。这是悬在夜空中的巨大时钟，高度超过一百公尺。

云霄飞车从位于游乐园上层的摩天轮入口处呼啸而过，欢声和惨叫声在像灯光展示会般的场内回响着。

曜子站在谈笑风生、卿卿我我的情侣行列中，低着头排队，不和任何人的视线交会。她甩开浮现在脑海中的秀太和珠纪的脸，想象着举起Remington M700的样子，一次又一次地确认手的位置、手肘的角度和站立的姿势，努力使即将触碰的扳机的冰冷触感占据自己的思绪。

圆形吊车慢慢转动，客人走出来后，在吊车慢慢前进的同时，又载走新的客人。对那些发出兴奋的娇声坐上摩天轮的情侣来说，或许会是一个特别的夜晚，但对游乐园来说，只是每天必须重复几千次的流水作业。

终于轮到了。曜子的特别夜晚开始了。

工作人员默默地引导客人，简直就像是机器的一部分。和上次来勘察时一样，即使看到曜子独自拎着购物袋来坐摩天轮，那些工作人员也丝毫不感到讶异。

走进吊车。门关上后，开始慢慢上升。这里是密室，可以摆脱周围的目光。

曜子坐在左侧的座位上。当坐在这一侧时，即使从唯一可能看到自己的前一辆吊车，也只能看到自己的背影。况且，曜子前面的那对情侣走进吊车时，就已经像两块磁铁般黏在一起，根本无暇对其他吊车产生兴趣。

曜子戴上厨房手套，在地上铺好报纸，把塑料袋里的东西拿了出来。

她把带着泥巴的萝卜像小提琴盒般打开，拿出了Remington M700的机械部分。从巨无霸尺寸的硬皮面包里拿出枪托。再从下仁田葱里拿出枪身。从贴着限时特卖贴纸的猪肉盘中拿出瞄准器。

曜子不打算使用消音器。枪管的长度增加时，在狭小的吊车中很难控制。从游乐园的喧闹和狙击地点来看，声音应该不是问题。

曜子B计划中的狙击地点就是摩天轮的顶点，距离地面一百多公尺的空中。

最后，再从皮包里拿出螺丝起子。

她双手拍了一下。Ready go。

考虑到万一被人看到的情况，曜子坐在座椅上组装枪支。

把枪身插进事先已经装好的扳机和护木，再装上枪托，最后装上瞄准器。

不到三分钟，曜子就做好了准备。对已经恢复在十分钟以内从螺丝状态组装枪支的曜子来说，根本是易如反掌。

接下来，只要静静等待。在排队时，已经在脑海中完成了模拟工作，知道自己到底该做什么。

只要时间一到，身体就会自动采取行动。曜子浅浅地坐在座椅上，把外公的Remington M700抱在腿上。

虽然坐着摩天轮，这是她第一次眺望窗外。

那是一个没有星星的夜晚。即使天上有星星，都市的微弱星光也会被游乐园内的人工灯光掩盖。曜子紧紧握着Remington M700的枪身，脑海中回想起俄克拉荷马的夜空。

晚餐后，艾德有时候会坐在露台的摇椅上喝波本酒。他不用杯子，每次都直接对着瓶口喝酒。

艾德的手很灵巧，也用核桃木为曜子做了一张小摇椅，放在自己的椅子旁。

俄克拉荷马的星空很宽广，也很低，就连六岁的曜子也觉得只要自己一伸手，就可以抓到天上的星星。满天的星星好像撒在天鹅绒上的金砂，多得令人感到害怕。艾德教曜子认识天上的星星和星座的名字，在此之前，曜子根本不知道星星也有名字。

"外公，你以前是阿兵哥，为什么知道星星的名字？"

曜子曾经问他。艾德回答说："正因为我以前是阿兵哥，所以才会知道。晚上的时候，在收不到电波的地方，只要看星星，就知道自己到底在哪里。"

据说，在俄克拉荷马，和艾德曾经打仗的欧洲看到星星的位置和时间有很大的差异。

"即使看同一颗星星的时候，每个人看到的是不同的星空。"

如今，曜子有时候会抬头仰望东京灰蒙蒙的夜空，试图寻找艾德以前教过她的那些星星。即使在看同一颗星星时，的确不同于和艾德一起看到的星空。

Twinkle twinkle little star。

曜子没来由地想起了艾德的歌声。艾德以为曜子很喜欢听他唱的催眠曲Twinkle Twinkle Little Star，坐在露台上的时候，也经常五音不全地唱这首歌给曜子听，每次唱到高音部都会走音。曜子也跟着哼起来，how I wonder what you are。

那是去美国那一年的秋天。曜子已经能够完全用英语和艾德交谈，几乎快忘了日语。曜子把她的小摇椅当成木马般地摇晃着，问一旁的艾德："妈妈是不是变成了天上的星星？"

在母亲的葬礼上，大人这么告诉她。平时，即使曜子说错话，外公也总是先加以肯定。然而，那一次，艾德喝了一口波本酒，很干脆地回答说："No。"

"不可能变成星星。如果人死了以后都变成星星，天上早就被星星挤满了。"

"那妈妈去了哪里?"

"在这里。"说着,艾德把手放在曜子的头上,然后,指了指自己的头。"华莲和松子都住在这里,住在我们的记忆中。只要我们还记得她们,你的妈妈和我的妻子、女儿就不会消失。"

艾德对人的死亡抱持着合理的观点。

艾德说,在战场上,"死"就像是俄罗斯轮盘的滚珠。行军的时候,会突然看到走在自己前面的士兵被流弹击中倒下,后面的部队可能踩到地雷。每次艾德都觉得,现在还没有轮到自己。每个人只能等待不规则循环的死亡降临。有时候,只因为早冲出战壕十秒钟,就可以免于一死;相反的,有时候因为晚了五秒钟,就被死神盯上了。无论如何做准备,都无法逃过一劫——每当艾德说这些话时,眼尾不会出现笑纹,脸上也没有任何表情,看起来好像冷漠的石雕一样,令曜子有点心生恐惧。

曜子至今仍然记得艾德抓着她的德林格点二二口径手枪时,低声呢喃的话。

"这么小的子弹一旦穿过心脏或脑浆,人就一命呜呼,从这个世界退场。死亡并不像当事人或是他们的家属所想的那么特别,那么严肃,而是冷酷的现实。我曾经是狙击兵,很清楚这一点。炸弹可以在一眨眼的工夫夺走几千条人命,空军的轰炸手也可以做到。无论是多么受到众人爱戴的少尉,还是惹人厌的中士,无论还有几天就要退役的老兵,还是从军事书信中得知孩子出生的菜鸟,不管他们的为人处世如何,以往过着怎样的人生,都会突然迎接死神。"

艾德在手上把玩着点二二口径的子弹,放到自己的脑门上,好像自己打自己。

"曜子,听好了,不需要把别人的死或是自己的死看得最严重。情绪不定的上帝给你多少时间,就在那段时间好好地活,当然,生活会像硬币有正反一样,有好也有坏。"

也许,就像奥斯卡·科内里斯纠缠曜子一样,艾德也深受被自己夺走性命的那些人的幻影所苦。

Twinkle twinkle little star, how I wonder what you are.

摩天轮继续上升。即使不用看时间,曜子可以借由吊车的位置知道自己该在什么时候开始行动。再等一下。在组装枪的时候,会觉得一分钟像一秒钟那么短暂,如今,却又觉得时间好漫长。

终于来到"九点"的位置,也就是圆形的中间。原本在背后的前一辆吊车出现在曜子的斜上方。只有一盏小室内灯的吊车内很昏暗,曜子定睛一看,发现那两个并排坐在一起的情侣背对着她。

Yes!如此一来,他们目击暗杀现场的可能性就完全消失了。

这并不是曜子特别幸运,而是因为坐在左侧的座位上,可以俯瞰整个横滨港。上次来这里时,曜子就发现大部分情侣都并肩坐在左侧,所以,才把这个位置从C计划升格为B计划。

她拿起螺丝起子站了起来。吊车的右上方，靠近天花板的地方有一个通风口。通风口上贴着铁丝网，但因为是游乐器材上的东西，无论设计和材质都很简单。

曜子把螺丝起子插进铁丝网的下方用力一顶，挖出一个洞，使螺丝起子的握柄也可以穿过去。

上次她用家里的钥匙试的时候也成功了，所以很轻松就搞定了。

她拿出对四十一岁的自己来说，颜色有点太鲜艳的红色丝巾，用力把头发绑在脑后，直到脑门上的头发都被拉紧。和在俄克拉荷马时相比，马尾的尾巴短了很多，但曜子仿佛回到了十六岁的自己，在艾德还没有住院前的自己。

无论以往过着怎样的人生，都会突然迎接死神——不仅在战场上是如此，面对疾病也是如此。

母亲去世时只有二十六岁，艾德则是在六十四岁离开人世。两个人抛开了自己以往的人生，也和留在这个世上的曜子往后的人生毫无关系地离开了。

曜子戴上高尔夫手套。她双手相握，活动了一下手指。骨头"咔"地响了一下。她拿起放在座椅上的Remington M700。

犹豫了一下，第一颗子弹不是用全金属包覆弹，而是用艾德的子弹。

K会设计出这么荒唐的计划，怎么能够相信他的王八子弹。

没关系，艾德做子弹的手腕绝对不输给专业的工匠，不可

173

能有问题。曜子亲吻了一下子弹,装进步枪。脱下鞋子,两脚张开站在左右座椅上,把枪身塞进铁丝网的缝隙,再利用杠杆原理,把通风口挖得更大。因为等一下还要恢复原状,所以不能挖得太大。

吊车来到"十点"的位置。曜子的肩膀起伏着,将积在体内的沉重空气吐了出来。她重复了好几次。把Remington M700的枪身从通风口塞了出去,踩在座椅两侧的脚用力。虽然有点不稳定,但想到在湿地打蛇,就觉得这点困难算不了什么。

没有问题。只要忠实地执行艾德教授自己的步骤就好。

站立射击时,必须站稳,避免身体摇晃,尤其是位在前方的左脚要用力。

脸颊贴在枪托上,冰冷的木材立刻温暖起来。

在脑海中想象瞄准器和眼睛,扳机和手指分别连成一直线。然后,两条线保持平行。

重要的是,必须让自己的身体和枪合而为一。

头脑也是。要把头脑也变成没有感情的机器,完全思考目标的事。只要做到这一点,就不会有任何问题。

不,有问题。在想象狙击的房间和目标的脸庞时,曜子的脑海中就出现了在报纸上看到的,关于自己暗杀的男人以往的人生。

目标在高中时代是美式足球选手,曾经以优异的成绩毕业于哈佛大学法学院,如今是一名非常活跃的人权律师。他的人生,简直就是美国成功男人的榜样。

三十三岁时,他写了一本有关消费者运动的书,在全世界引起了广泛的讨论,一跃成为时代的宠儿。他在世界各地设立或援助的NPO和政治活动团体已经超过了数百个——别再想了。

然而,即使曜子想要停止,也无法停止下来。

他的太太是他大学同学,他以爱妻出名。每年太太生日时,他都会送上和她年龄数目相同的玫瑰花。他有两个女儿,一个儿子。长女在大学法学系,明年准备进入法学院。次女在音乐学校学钢琴。他的儿子是高中生,和父亲一样,是美式足球的选手。

他的兴趣是徒步旅行、搜集中古照相机。美国超级杯的日子,他会排除所有的行程。只要时间允许,星期天都会去教堂。

不需要把别人的死或是自己的死看得最严重——真的吗?外公,这样真的没问题吗?曜子在陷入混乱的脑海中拼命寻找着可以夺走目标生命的正当理由。

如果不下手,自己就会陷入危险。这是为了保护家人和自己。而且,为了已经收取的两万美金和之后的四万美金。还有——没有其他理由了。只剩下已经吃下肚的美国龙虾。

别想了。真的别再想了。时间差不多了。

背对着人工星星闪闪发亮的横滨港,前方出现了一幢外形像帆船的巨大建筑物,亮着灯光的窗户和没有开灯的窗户好像填字猜谜游戏。那就是"命运饭店"。

看着饭店背后没有星星的漆黑天空,曜子不禁思考着致力于地球环境保护的克雷格·里亚顿死后的这个世界。只要做几亿次垃圾分类，应该可以弥补这个世界失去他的损失。

也许，曜子心想，我即将犯下的滔天大罪，会让星星从此从世界各地的夜空消失。

吊车来到"十一点"的位置。

距离狙击时间只剩下一分多钟。机会只有一次。

曜子计算着窗户。三十一楼的饭店从上面数下来第六层，右侧第二间。

这个房间可以欣赏到夜景。她早就料到窗帘会敞开着。

2514号房就在那里。

曜子在打电话给饭店假装预订房间时，就知道2214号房位在面向大海的这一侧。在勘察地形时，也发现从摩天轮的顶点可以向下瞄准二十二楼。原本在这个"十一点"的位置，就可以看到目标的房间，但如今高了三个楼层，目前仍然无法看到房间内的情况。

曜子瞪大眼睛，看着瞄准器。

必须集中注意力，胡思乱想会导致失败。

渐渐地，已经可以看到2514了。八倍瞄准器首先捕捉到天花板上的水晶吊灯，然后是挂着石版画的墙壁。

随着吊车的上升，终于看到了床铺和躺在床上的人。

娇小的身体没有盖被子。无论怎么看，都不像是克雷格·里亚顿。

是女人。而且浑身一丝不挂。应该是日本女人。她一头没有染过的黑色长发,正是外国人喜欢的类型。

原来如此。曜子在报纸上看过"深爱妻子"的里亚顿和一个肥胖的白种女人亲吻的照片,无论再怎么唱高调,男人骨子里想的都是同一件事。在遥远的异国,刚好可以尽情狂欢,所以他找了应召女郎。尽管现在时间还很早。

仔细一看,发现床上还有另一个人。这个人把被子盖到肩膀,但应该也没有穿衣服。这个人也是女人,也留着一头黑色长发。

里亚顿先生,你也未免太尽情了吧。

即使退一百步,找一个应召女郎还可以原谅,但找两个女人玩3P就不可饶恕了。这代表他把女人当玩物。曜子觉得自己终于找到一个说服自己可以枪杀目标的理由。

前面的吊车到达顶点后,缓缓开始下降。目前仍然无法看到里亚顿的身影。

曜子在脑海中默念。

"God。"用力吸气。

"Bless。"吐气。

"You。"放松身体。

她感觉到似乎有人站在背后。那不是奥斯卡·科内里斯,而是艾德。就像六岁那一年的夏天,曜子第一次开枪时那样,艾德无形的身影从背后抱住了曜子,和她一起瞄准。内心的迟疑顿时消失了，她感觉到Remington步枪和自己的身体合为一体。

于是，曜子放心将手指松开扳机。接下来就要靠运气了。

她拿出手机，按下号码。她举着枪，把手机夹在耳朵和肩膀之间。

铃声响了几下。赶快接电话。你应该在房间。不要说你在洗澡。没错，能不能让他上钩，决定了这个计划的成功或失败。

铃声响了第六次，终于听到了通话声，电话里传来一个声音。

——Hello。浑厚的男中音。这种声音可以令陪审员流下热泪，也可以在演讲台上使听众陷入狂热。曜子也开了口。那是绝对不会在孝平面前发出的，带着鼻音的娇媚声音。当然，她说的是英语，而且是他家乡的东部口音。

"喂，克雷格？"

电话里传来一个讶异的声音。

——你是谁？

曜子对电话发出像蜂蜜般的鼻音。

"是我。"

——啊？你等一下。

男中音在和妓女狂欢时突然接到电话，似乎有点慌了手脚。他可能以为是太太打来的，或者说，是他这种好色之徒一大堆女朋友中的某一个。曜子根本管不了这么多。

"你去看一下窗外。"

动作快。

——窗外？窗外怎么了？

"你快去看，马上就知道了。"

虽然前后才几秒钟的时间，曜子却觉得好像是星座移向远方的漫长时间。

快，快，快。如果不赶快，吊车要下降了。

克雷格·里亚顿的身影出现在窗户内。

他腰上只裹了一条毛巾。八倍瞄准器可以捕捉到他黑色的胸毛，手上拿着手机，另一只手不知道握着什么。红色的东西。苹果吗？

吊车到达顶点了。虽然不是当初计划的最佳位置，但仍然不失为理想的位置。

距离差不多二百多公尺。风有点大。曜子根据游乐园内飘扬的万国旗，推测风速应该是每秒四点五公尺。是来自海面的偏南风。考虑到风对弹道和贯穿玻璃时的偏差，她分别将照准向左移了目标一根眉毛的距离和向上移了一个耳朵的位置。

"你看左边。"

曜子对电话呢喃后，在心中默念。God。

茫然不知所措的里亚顿简直变成了傀儡，立刻转过头，露出正在听电话的右耳。虽然设定为不显示号码，但还是会在电话公司留下通话记录，所以，如果先破坏手机，警方就不会怀疑到电话和暗杀之间的关联性。曜子一开始就设计了这一点。

应召女郎的出现出乎她的意料。她们应该会作证里亚顿在遭到枪杀前,曾经接了一通电话。算了。曜子之所以想要破坏手机,还有另外一个理由。

——左边怎么了?

Bless。

——喂,你到底……

You。上帝保佑你。

2514号房的玻璃破了。里亚顿裸露的上半身从窗边消失了。

曜子立刻知道,不需要再打第二枪了。手机已经告诉她,她成功了。在反作用力造成视野晃动前,瞄准器捕捉到手机粉身碎骨,碎片四溅的样子。也就是说,子弹命中目标的头部正中央。

放下枪的那一刹那,身体剧烈颤抖起来,仿佛之前所要求的完全静止所带来的反作用力。

吊车缓缓下降,在曜子耳里,从遥远下方的云霄飞车断断续续传来的尖叫声,仿佛是两百公尺外,躺在床上的两个女人的惨叫声。

14

　　晚上十一点，曜子才回到家。一打开玄关，立刻闻到一股咖喱的味道。珠纪似乎真的代替曜子，为全家人做了晚餐。

　　"妈妈回来了。"

　　秀太像小狗一样飞奔过来。他的白色运动衫上沾到了不少咖喱酱汁。

　　明天要洗很多衣服。已经积了两天的份。希望明天是个大晴天。

　　曜子没有看秀太的脸，注视着他衣服上的咖喱污渍，脑子里想着明天的天气。因为，她不想让秀太看自己的脸。

　　"啊哟，这么早就回来了。"躺在电视前的孝平转头说道。

　　曜子喝了一杯自来水，但握着杯子的手仍然颤抖着。或许是因为很少出门的曜子不在家，所以感到很孤单，秀太拉着曜子的裙子，在她身边打着转。他纳闷地看着曜子手上的杯子摇晃，里面的水都洒了出来。曜子用双手握紧杯子，一口气把水喝了下去。

厨房内惨不忍睹。咖喱酱和蔬菜屑四散，放着平底锅和另外两个锅子的瓦斯炉，如实地反映了珠纪的奋斗和苦战。

流理台上放着量杯、磅秤、调味料、削皮器、厨房定时器，以及其他的东西都杂乱地乱放着。

珠纪似乎还做了蔬菜色拉和甜点，放在外面的切菜板上，还留着切得像酱菜一样大块的小黄瓜，无法削成一长条的苹果皮变成了一小段一小段的碎片，到处四散着。

流理台内放了三人份的餐具。还剩下青椒的色拉盘应该是秀太的；把胡萝卜挑到一旁的咖喱盘是珠纪的。虽然她讨厌吃胡萝卜，但煮的时候还是放了进去。

惨了惨了，我没有请珠纪帮忙洗碗，难怪会这样乱成一团。曜子在心里语带轻松地说道。

秀太跟在曜子的屁股后面打转，抬头看着她。当两人的视线交会时，秀太莫名其妙地笑了。

"珠纪呢？"曜子问秀太。她无法正视秀太的眼睛，把视线停留在曜子之前帮他剪得太短的刘海上。

"姊姊在二楼。我不吃青椒，她好像生气了。吃完饭，就马上回房间了。"

孝平赶紧安慰秀太说："别担心，她没有生气。今天珠纪很乖，我和秀太一直称赞说很好吃，很好吃，她有点不好意思了。"

"我很努力称赞姊姊，因为爸爸叫我称赞。其实，马铃薯太硬了，好像苹果一样脆脆的，但我没有说。"

"嘘！"孝平抬头看着二楼，把食指放在嘴唇上，然后，对曜子露出微笑。"要不要我来泡茶？"

"不用了，我来泡就好。"曜子也微笑以对。脸颊的肌肉很僵硬。

"马铃薯，硬硬的。"

"秀太，不可以。不要随便乱唱。"

这个家平静得令人难过。两个小时前所发生的事完全没有真实感。

不，也许是这个家令人没有真实感，也许是站在这里的我——突然，曜子产生了奇妙的想象——我是不是做了一个很长很长的梦，梦见自己逃到远离美国的地方，过着平静的生活。和家人生活在一起的自己或许是虚构的，一旦醒来，就会回到二十五年前圣克劳德市的万圣节夜晚……

太荒唐了。虽然曜子这么告诉自己，但她无法感受到手上茶壶的重量和触感，好像转眼之间，这些东西就会从手上消失。因为，她的双手还清楚地残留着Remington步枪的触感。手指仍然停留在扣下扳机那一刻的记忆，宛如烫伤般隐隐作痛。

"怎么样？"孝平突然问道，曜子一时词穷。好一会儿，才想起自己谎称去参加同学会。

"……托你的福，玩得很开心。"

"太好了。"孝平的小眼睛看着曜子。他完全没有怀疑，反而由衷地为曜子终于交到朋友感到高兴。曜子无法正视他的目光。

"我发了简讯到你的手机，结果，听到电话在客厅叮咚叮咚地响了起来。你忘了带手机吧。"

"对啊，原本我还想在回家的路上打电话回来。"

她是故意不带，以免引起麻烦。

K给她的手机在关掉电源后，就没有再打开过。她再也不想听到那个男人的声音。虽然曾经考虑过把电话丢在半路的某个地方，但既找不到丢弃的地方，也没有勇气，最后，只能塞在皮包底部带了回来。

孝平的简讯是这样的内容。"不用担心我们。趁你不在家，我喝两瓶气泡酒。好好玩，但要记得回家。孝平。"

孝平很少发简讯，曜子曾经告诉他好几次，"只要事先输入电话号码，接到简讯时，就会自动显示名字"，但他还是在最后输入自己的名字。

在这通简讯中，他的名字并不是写在最后，后面还有内容。

"姊姊煮的咖喱好辣，色拉里还有青椒！好可怕！我请爸爸帮我打的。秀太。"

珠纪也发了简讯。从傍晚到晚上，连续发了好几通。

19：32——"马铃薯要煮几分钟？"

18：55——"要先把咖喱块切开吗？锅子要盖锅盖吗？"

18：03——"洋葱要切碎？还是切片？"

16：52——"我放学了，直接去丸中超市。家里有咖喱块吗？不用买吗？我可以在色拉里加青椒吗？"

幸好没有带手机出门。如果看到这些内容，应该无法对着别人开枪。

曜子假装在看简讯，始终低着头。曜子虽然是个女人，泪腺却似乎不太发达。因为，她的心和身体一样久经磨炼，无论遇到任何事都不会轻易流泪。然而，此刻的她已经无法克制自己了。

"珠纪的咖喱很好吃。听她说，最近班上的同学都流行带同学回家品尝自己做的料理。珠纪说，差不多快轮到她了，所以，她才会这么卖力。她到八点才煮好，所以，我和秀太只是充当白老鼠。"

孝平的话音未落，秀太大叫起来。"可怕的白老鼠实验！"

曜子阖上手机，低着头说："今天谢谢你们。"

她把装满家人留言的手机放在胸口，好像如此就可以平静她仍然激动不已的心情。

秀太再度抬头看着曜子，偏着头说："妈妈，你的脸好奇怪。"

曜子心头一惊，努力挤出一个笑容问秀太："哪里奇怪？"

"眼睛。"

曜子走去盥洗室才发现，右眼周围留下了一个圆圆的瞄准器痕迹。她原本打算卸妆，但立刻改变心意，重新擦了粉底。

楼梯上传来下楼的声音，接着，有人轻轻敲了敲敞开的盥洗室的门。回头一看，珠纪站在门外，探头进来说："回来了。"

"珠纪，谢谢。对不起，我没能打电话给你。"

"没关系，反正我已经搞定了。下次我一定会煮得更好吃。"

珠纪像猫一样眯着眼睛笑了起来。多久没有看到珠纪的这种表情了？也许是第一次看到。那不是以前珠纪孩子气的笑容，而是像小妈妈般的笑容。

"我去换一下衣服。"

一走上楼梯，曜子的泪水夺眶而出。她在卧室内哭了好一阵子，不知道到底是为谁而流的泪。

曜子原本就不是很容易入睡，今天晚上更加辗转难眠。

只要一闭上眼睛，眼睑的屏幕上就浮现出几个小时前的光景。

房间的玻璃碎裂，手机被打飞了。里亚顿慢慢倒了下来。就连并没有亲眼看到的，应召女郎在床上惨叫的样子也浮现在眼前。

她无法闭上眼睛，凝视着天花板。结果，天花板变成了屏幕。

和六岁时一样。刚去艾德家时，也经常这样久久无法入睡，一直张着眼睛。当时，她害怕出现在天花板上的母亲身影会渐渐淡薄，所以才拼命张大眼睛。如今，艾德已经无法像以前那样为她唱五音不全的催眠曲了。

孝平在一旁发出均匀的鼾声，完全不知道妻子今天刚杀过人。平时，曜子总会捏住他的鼻子，让他停止打鼾，但今天晚上却竖耳倾听着这个和平的声音。

"如果我不下手，我和家人不知道会遭遇到什么不测。"她在心里对着不知道对方是谁的对象说着借口。然而，立刻听到另一个声音。那是自己的另一个声音。

"为什么一开始会说Yes？"

"为了家人？这只是事后寻找的借口罢了。一开始，你不是为了房贷和小孩的教育费准备杀人吗？"

"为什么那么热心地练习开枪？"

另一个自己好像在诘问证人的检察官，令曜子完全无法反驳。

曜子用被子蒙住头。她觉得，自己也许一辈子也睡不着了。

"你不是还去勘察场地，自行研拟了计划吗？那时候，你是不是乐在其中？"

"到头来，你认为人的生命就是这么无足轻重。因为，你是杀手的外孙女，因为你一直接受杀人的训练。也许，杀人令你感到快乐。"

绝对不可能有这种事！她强烈地否定着脑海中另一个自己所说的话。不必要地强烈否定着。

她将右手伸进孝平的被子，摸着他的头，用手指确认着他头发硬硬的触感，抚摸着他冒出胡碴的脸颊。

"嗯啊？"孝平发出睡迷糊的声音。曜子推开被子，跳到孝平的身上。

"你，怎么了？"

187

曜子抱着孝平,把脸贴在他胸口,好像抱着一个巨大的布娃娃。她将手伸进他的睡衣,握住孝平的阴茎。

"哇哇哇哇哇!"

曜子用嘴唇贴在孝平发出又惊又喜叫声的嘴唇上。男人的身体很单纯,就像巴布洛夫的狗一样。刚才还在呼呼大睡,如今,孝平的下体已经硬了起来。

曜子的嘴唇慢慢往下移动。

"啊哇哇哇哇噢!"这应该是曜子第一次采取主动。

刚才似乎睡着了,但只睡了一下下而已。当她张开眼睛时,房间内还一片漆黑。她想趁现在从放在厨房角落的萝卜和长葱里拿出Remington步枪,把枪藏好,但最后还是作罢。

珠纪的睡眠很浅,万一把她吵醒就糟了。况且,现在她还不想碰枪。

她害怕再度想起2514号房的落地窗前所发生的情景。曜子强迫自己思考早餐和小孩子便当的菜色。

油豆腐的有效期限快过了,要赶快用掉。味噌汤里就放油豆腐和豆腐吧。

家里还有咸竹笑鱼,但这么一来,菜色就和前天重复了。不喜欢吃鱼的珠纪一定又要嘀咕"怎么又是鱼?"最近,她总算开始和大家一起吃早餐,就煮火腿蛋吧。至于秀太,则要用小香肠代替火腿。

另外,便当除了炸鸡块以外,也要加一点蔬菜。她当然不打算用那些藏过步枪的萝卜和长葱,打算把它们丢弃,但可以用珠纪做色拉剩下的生鲜蔬菜。

想到这里,突然发现在一片漆黑的房间内,孝平站在窗边。

平时无论怎么叫,都很难叫他起床。难道是因为曜子让他太兴奋了?

"怎么了?你睡不着吗?"

曜子对着站在窗边的人影问道。没有回答,却传来孝平的鼾声。转头一看,旁边那床被子里隆起一个人的形状。

打开枕边的台灯,只有房间下方亮了起来。曜子看着昏暗的灯光照亮的窗边。

站在那里的不是孝平,也不是奥斯卡·科内里斯。

那是一个腰上裹着浴巾的裸体男人,左手握着吃到一半的苹果,右手放在耳朵的位置。他的手指做出握着手机的形状,但手上没有任何东西。

他根本就没有耳朵。耳朵的位置有一个像一分硬币那么大的鲜红的洞。

曜子叹了一口气,对自己的新幻影打招呼。

"你也来了?"

克雷格·里亚顿没有回答。对着根本没有的手机说话的嘴唇做出"O"的形状,僵在那里。

15

想要炸出好吃的鸡块,控制油温是关键。

一开始要控制在180℃。把用酒、酱油、胡椒腌过的鸡肉沾太白粉,将鸡皮朝下放进油锅,用稍大的火候保持油温。

当鸡肉开始微黄时翻身,同时将火调小,用中火慢慢炸。只要肉稍微生一点,珠纪就不吃。所以,一定要很有耐心地炸熟。

炸到九分熟后,再度用大火。再度将鸡皮朝下,炸至松脆。

曜子花费了相当长的时间,只为了在小孩子便当里各放两块炸鸡块。如果艾德看到,也许会偏着头说:"曜子,你在干什么,你打算把鸡肉的碎屑做成传统工艺品吗?"

对外公艾德来说,所谓料理,基本上就是用平底锅煎牛排,水煮玉米和马铃薯,除此以外,就是将坎贝尔的罐头食品加热一下。

煎肉的时候,他完全不在意火候。不要说根本不看时间,甚至不多看平底锅一眼。当用口哨吹完法兰克·辛纳屈的《月亮河》第一段,就把牛肉翻面。等到三段吹完时,就把牛肉装盘。

艾德从来不管肉的熟度,所以,当口哨的节奏太快的日子,就吃三分熟;当艾德忘记旋律,重新吹一次时,就变成了九分熟。

早餐通常都是玉米片。周末的午餐,就用冰箱里所有的东西做成像摩天大楼般的三明治。曜子六岁的秋天开始就读的那所国小内设有咖啡店,她和艾德每个星期也会去俄克拉荷马城吃一次饭,所以,曜子尝试过各种不同种类的美国餐点。

多丽丝偶尔来家里时,每次都对着冰箱里的食物和堆积如山的空罐头皱眉头。她曾经问艾德:"你想把曜子养成相扑选手吗?"然后,她会贴心地为他们煮一些用蔬菜、米和海鲜制作的料理。

多丽丝在距离农场二十公里外的药局上班,她为人亲切,个性开朗,体型很肥胖,但听艾德说,她以前"比伊丽莎白·泰勒更有魅力"。她年轻时丧夫,在曜子去美国时,她的独生子在加州读大学。

多丽丝也曾经教过艾德做菜,但发现艾德完全不具备厨师的潜力后,便转而开始教曜子。曜子在九岁时,基本上已经学会了多丽丝老家新奥尔良的Cajun料理。所以,多丽丝和古老龙的关先生是曜子的料理老师。

古老龙是位于俄克拉荷马城三十五街的一家中国餐厅,也是艾德最喜欢的餐厅。他很怀念外婆松子做的料理,和以前当狙击兵打仗时,在朝鲜半岛尝过的东方菜。所以,他经常和曜子两个人,有时候也会邀多丽丝,三个人去那家餐厅。据那家餐厅的中国点心内所附的算命纸上所说的,艾德可以活到九十岁,曜子将来会从事受人尊敬的工作。

厨师关先生很疼爱同样是东方人的曜子,他请曜子进厨房,毫不吝啬地把他从来没有教过美国人的料理秘诀告诉她。关先生的身上总是散发着东方辛香味的味道,当他用粗壮的手臂甩锅子时,可以将米、肉和中国蔬菜甩到令人难以置信的高度。他的声音很高亢,带着浓重中国腔,曜子听不太清楚,所以,除了炒饭以外的秘诀,几乎都不记得了,这也成为曜子内心的一大遗憾。

艾德和多丽丝一直交往到曜子十一岁。那时候,她的Cajun料理的手艺已经"好到可以开餐厅"了。他们的交往一直维持到多丽丝的儿子死于越战那一年,她用短枪对着自己的头开枪为止。

鸡肉变成了金黄色,看起来十分美味可口。

炸好之后,把鸡皮朝上,分散排在容器中沥油。再用油锅炸小香肠。这是特地为秀太做的,其中的一端用刀子切开,炸成章鱼的形状。

曜子想起家里有珠纪喜欢的鹌鹑蛋罐头。她在水煮鹌鹑蛋上画脸。先把芝麻放在上面当做眼睛,再把切成小块的胡萝卜做成嘴巴。平时只有小孩子去远足或是参加运动会时才会这么精心做便当,但今天她想多花一点时间在这上面。因为,她有足够的时间。

克雷格·里亚顿的幻影始终站在窗边不肯离开。在狭小的卧室内侧，站在几乎可以闻到从他裸露的身体散发出古龙香水味道的距离，看着搞不清到底是窗外还是房间墙壁的地方。

即使曜子一次又一次地移开视线，即使曜子闭上眼睛，他仍然阴魂不散。曜子甚至觉得，她每次张开眼睛，克雷格·里亚顿就向她靠近一步。无奈之下，曜子只能离开卧室。那时候，还不到五点。

现在是六点十五分。家人差不多快起床了，要赶快煮味噌汤。平时，通常都用现成的高汤粉，今天却用昆布[1]和鲣鱼片慢慢熬汤头。

昆布要先划几刀，放在水中浸泡一下。目前的季节大约要泡三十分钟左右。就连曜子自己也难以相信，她在俄克拉荷马时，最擅长的料理是美式海鲜鸡肉饭、高丽菜炸虾三明治和鸡肉面。回想起在日本第一次看到鲣鱼片时，还以为那是木屑，不禁觉得二十五年的确是很漫长的岁月——真的很漫长。

曜子每天都会为珠纪和秀太的便当中加入蔬菜和水果。蔬菜就用昨天剩下的小黄瓜和莴苣，用来点缀色彩的小西红柿和鹌鹑蛋用牙签串在一起。

水果——今天给他们带葡萄柚吧。几天前曾经买了葡萄柚，应该还剩下一个。

打开冰箱，发现红肉葡萄柚不见了。对了，珠纪昨天用完

1　一种海带。

了。蔬菜室内没有其他水果,曜子想起纸箱里还有之前整箱买回来的几个苹果。

纸箱在厨房吧台的另一端。当她打开盖子时,手犹豫了一下。一种不祥的预感爬上了她的后脖颈。

当她抓起苹果的那一刻,手就开始颤抖起来。原本被她赶到脑海角落的克雷格·里亚顿离开人世的最后一幕再度浮现在她的眼前。

贯穿窗户的子弹打中手机,玻璃像土石流般碎裂,手机的碎片在空中画着抛物线飞了出去。子弹像为里亚顿戴耳塞般贯穿了他的耳洞。里亚顿似乎愣了一下,随即向侧面倒了下来。

前后时间不到一秒钟,却像是慢动作般缓慢地消失在窗户内侧。曜子清楚地看到了他手上握着的红色苹果就像牛顿所验证的那样落地了。

曜子很想把苹果放回纸箱,但她不愿意奥斯卡·科内里斯的南瓜问题重演。比起已经结束的暗杀,小孩子摄取维生素C更重要。曜子克制着颤抖的手指,握紧了苹果。

她在切菜板上把苹果切成两半,再切成三等分,把芯切除,在外皮上划了几下,打算做成兔子的形状。

好痛。可能是因为手指仍然不停颤抖的关系,菜刀在削皮的同时,把按住苹果的左手大拇指也割破了。

那是一个像线头般的小伤口。一阵隐隐的痛楚后,鲜血慢慢渗了出来。如果把流出来的血擦掉,血就会不停地流。于是,曜子等血液凝固,然而,血在不久就聚成一团,滑向指腹,滴在用苹果削出的一个兔子耳朵上。滴落的血比苹果皮更鲜红。

她把大拇指含在嘴里,轻轻黏着伤口。和亲吻子弹时一样,有铁锈的味道。

这一次的"任务"和奥斯卡·科内里斯时不同,既没有看到血,也没有闻到血的味道。两百公尺的距离让曜子稍微远离了自己杀了人的真实感。然而,结果还是一样。

对,无论如何,我还是杀了人。曜子觉得事隔半天后,她似乎闻到了充满命运饭店的血腥味。

没关系,没有问题。我是女人,对血已经习惯了。她把削到一半的苹果丢进垃圾桶,盖上盖子,宛如封住了昨晚所发生的一切。

随着客厅门打开的声音,脚步声走进房间。曜子努力挤出和平时一样的声音说:"早安。"

没有回答。她正准备回头,最后还是克制了。因为,她闻到背后传来一股浓烈的古龙香水味道。

沉重的脚步在曜子的背后停了下来,呼吸的气息吹动着曜子的头发。或许那只是从窗户缝隙吹进来的风,但曜子这么认为。

那个失去一只耳朵的脸似乎会从背后探出头张望,曜子闭上了眼睛。

不用在意。奥斯卡·科内里斯的时候也是这么熬过来了。只要习惯后,幻影就会消失。这是自己的心对自己所设下的陷阱。

热热的气息吹在脸上。耳旁响起了一个轻微的声音：咔嚓。

那是咬苹果的声音。虽然很明显的是幻听，但曜子还是捂住了耳朵。然而，从自己内心传来的声音却没有停止。

咔嚓。咔嚓。咔嚓。咔嚓。咔嚓。

"哇噢，被暗杀了吗？日本也变得不太平了。"

从报纸上探头看着电视的孝平说，"我还以为至少日本还很祥和"这句话的声音才是真正的祥和。他看报纸的时候，向来先看体育版，没有发现早报的头条新闻和电视晨间谈话性节目讨论的议题相同。

电视上不断地渲染着"暗杀"这个字眼，但曜子被迫瞄到的报纸标题只写着"环境活动家C.里亚顿先生遭到射杀"，占据了半个版面的报导还刊登了命运饭店的俯瞰照片和里亚顿的大头照。

曜子不愿面对报纸上瞪着自己的克雷格·里亚顿，把早餐的餐盘放在桌上。电视画面上也出现了命运饭店。

"这是哪里？喔，原来是横滨。对了，我好像看过这家饭店。"

他根本没看报纸。曜子用背脊听着孝平打开的电视正在播报的新闻。

目前，警方还无法了解到底是谁、为了什么目的射杀，也不了解成为凶器的枪支种类和狙击地点，正针对同处一室的两名伴游女郎——电视中使用了这一字眼——进行侦讯。

难怪根本不把日本警方放在眼里。警方竟然怀疑那两个应召女郎。难道他们认为藏在皮包里的枪可以发射出步枪用的308子弹吗？

福田家每天早晨看的这个节目的评论家是一名律师，平时向来对要求他针对演艺圈的八卦发表意见露出不屑的表情，今天却如鱼得水。同行之死令他显得很激动，同时，也对警方搜查工作的缓慢，以及所公开的信息之少感到愤慨。

——从里亚顿先生目前的政治立场来看，这应该是一场暗杀。日本警方可能无法应付这种状况。政府发表"静待司法调查"的意见也显然是陈腔滥调，实在令人感到羞愧。照这样下去，日本会遭到世界各国的指责。

其他来宾也纷纷表示同意。在世界各国面前感到羞愧，这已经变成了日本人的强迫观念。但令人遗憾的是，曾经在美国生活过的曜子很清楚，其他国家的人——至少美国人对日本的兴趣并不如日本人所以为的那么强烈。如果美国有心要缉拿凶手，根本不会指望日本警方，早就暗中派人来日本自行调查了。

——如果是暗杀，会是怎样的组织下的手？

——这只是推论，目前仍然无法随便发表意见。

评论家嘴上这么说，却仍然滔滔不绝地高谈阔论。

——首先，不喜欢里亚顿先生所从事活动的势力不胜枚举，当然，我并不是说，这些势力参与暗杀。他所提倡的环境政策威胁了美国两大汽车制造商和国际大石油公司。最后,他致力推动枪支管制运动这件事,也和全美步枪协会产生了对立。还有,他一旦出马角逐美国总统,就会瓜分民主党的大量票源。在刚才所列举的名单中,或许有人对日本政府这种慢条斯理的态度感到窃喜。美国政府的反应出乎意料的冷淡,也令人感到狐疑。如果说,这是国际的阴谋或许有点言之过早,但目前的共和党政权也是想要铲除里亚顿先生的势力之一。

"原来,这个世界充满阴谋。"

孝平对评论家的意见深有感慨。男人喜欢"国际阴谋"这个字眼,所以,阴谋才永远无法从这个世界消失。曜子对自己的真正雇主,也就是K后面的人毫无兴趣。

——从在现场所留下的子弹,早晚可以分析出凶手所使用的枪支,但应该是暗杀用的枪支。

幸亏使用的是艾德的子弹。308子弹是猎枪也使用的普通子弹。

——有可能是从空中开的枪。只要调查一下向航管局申请的航行计划,就可以了解这个时间是否有飞机或直升机经过。

评论家向来以博学多闻自居,但似乎对射击并不了解。狙击的基础,就是必须在静止的状态下进行。坐飞机或是直升机时——曜子曾经受附近的农场主人之邀,坐过一次——所产生的激烈上下震动根本无法击中目标。艾德也曾经说过,"除了约翰·韦恩以外,没有人能够骑在马上打中地平线远方的人,就连我也做不到。"

主持人问处于躁症状态的评论家。

——你认为凶手是怎样的人?

曜子忍不住挺直了身体。幸亏秀太把杯子递过来,说要再喝一杯牛奶。曜子慌忙走进厨房。

——应该是职业杀手。很可能是外国……

声音突然变成了一阵吵闹的掌声。应该是珠纪转台了。

"喂,等一下。"

"《今天的血型占卜》已经开始了。"

"但是,刚才的新闻……曜子,你赶快说句话吧。"

曜子假装没有听到,打开了冰箱。"我还想喝养乐多。"跟在曜子身后的秀太歪着头说,他的嘴角沾到牛奶,看起来白白的。

"妈妈,为什么我有便当?"

"啊?"

"幼儿园已经放假了。"

"啊,惨了。"

秀太从今天开始放春假。而且,今天是星期六。曜子已经忘了这件事。就读私立国中的珠纪下个星期要举行结业式,星期六也要去学校上课。平时在这个时间,孝平早就拿着报纸去厕所了,今天却很悠闲地看着电视。原来,今天他也休息。

"既然已经做好便当了,要不要干脆和爸爸去哪里玩?"

"我不要去柏青哥[1]店,那里好吵。"

"那钓鱼呢?"

"爸爸根本就钓不到,我想去游乐中心玩。"

珠纪假装对父子两人的谈话不屑一顾。她的眼睛盯着电视,虽然背对着他们,但耳朵却伸向他们的方向。最近,珠纪不喜欢和父亲一起外出,孝平也不再邀她,但珠纪心里仍然感到羡慕。珠纪之所以和国小时的同学渐行渐远,就是因为她不得不经常拒绝同学邀她星期六一起去玩的邀约。

"游乐中心喔……"

曜子向孝平使了一个眼色,想要告诉他"不要在珠纪面前聊这些事"。孝平虽然发现了她的视线,却似乎没有领会其中的意思,对她展露一个傻里傻气的微笑。

"要花不少钱喔……"

"我想玩昆虫战争的新游戏。"

电视的声音越来越大。珠纪用遥控器调大了音量。

"好啊,但夹娃娃机最多只能玩五百圆。如果我不先和你说好,你花的钱比爸爸玩柏青哥还凶……"

"咳咳。"

听到曜子的干咳,孝平终于发现珠纪的耳朵伸得特别长,立刻闭上了嘴。

珠纪去盥洗室梳妆打扮,孝平立刻看着曜子。曜子顿时了解

---

[1] 俗称爬金库,日本非常流行的游戏机。

了其中的意思，但孝平用手指做出了"钱"的动作，又做了一个恳求的动作。秀太无论玩哪一种游戏，都在转眼之间就"Game over"了，带他去游乐中心玩，不一会儿的工夫，就会花掉孝平好几天的零用钱。他是向曜子申请"经费"。也许，在孝平的眼中，现在的曜子变成了提款机。

昨天晚上，在曜子主动求欢后，孝平似乎在为自己三两下就结束赎罪般，继续抚摸着曜子的乳房，用带着鼻音的声音小声对她说："我会好好加油的。我们的事业快要起步了，安井正在和厂商交涉制作试用品。我也利用工作的空档，和网络设计公司谈好了。"

不知道是否因为射精后，脑袋突然清醒了，还是找回了男人的自信，孝平说话的语气比平时更加顺畅。

"你不用担心，我又不是笨蛋。我是个有家庭的人，绝对不会做那种明知山有虎，偏向虎山行的事。我们会在网络上累积订单后，再开始投入生产，风险很小。而且，安井说我不用出资，我才会答应的——"

明知山有虎，偏向虎山行？——这句话是什么意思？虽然曜子的日语在汉字能力方面已经和一般人不相上下，但有时候遇到一般日本人都知道的俚语时，就会一头雾水。曜子的脑子还留在横滨，耳朵深处还无法离开Remington步枪的枪声，很庆幸孝平在她耳边呢喃着她根本不了解意思的惯用语或是漠不关心的生意计划。

孝平难得这么多话，竟然说出一件曜子闻所未闻的事。

"但是，在公司步入轨道前，我不能领薪水……可能会有一段时间要用到家里的钱……我知道，这会给你添麻烦……"

他的意思是没有收入吗？之前从来没有听说过这件事。孝平渐渐恢复了吞吞吐吐的语气。

"……虽然我是主动辞职，公司多少会给我一点离职金……我知道，这会给你添麻烦……"

当他发现曜子没有回答，便像撒娇的小孩般拼命揉着曜子的乳房。就连几乎与世隔绝的曜子，也觉得利用网络拓展花粉症产品的计划根本就是纸上谈兵。她很想推开孝平的手告诉他："你赶快清醒吧。"

然而，现在的曜子无法这么做。比起自己向丈夫隐瞒的事，孝平所隐瞒的事简直就像金盏花的种子。

孝平虽然就像冬眠中的熊，整天做着他的春秋大梦，但曜子不想失去眼前这个抚摸着自己肌肤的男人。当知道自己不再孑然一身后，她已经无法忍受孤独。如果再度孤单一人，将会被自己所犯下的沉重罪行压得粉身碎骨。

所以，她不仅没有沉默不语，反而用娇媚的声音把心中秘密说了出来。

"你不用担心钱的事。"

"什么？"

"如果万一有什么状况，我会想办法。我在美国的亲戚会寄钱给我，据说在我外公的农场发现了石油。"

"哇噢！"孝平发出感叹的声音。他的喜悦超乎曜子的想象。曜子立刻后悔自己太多话了。"当然，我能拿到的只有零头而已，差不多只有六万美金。"

"……六万美金喔。"

孝平说不出话了，他的欲望似乎卡在喉咙里。或许真的不应该告诉他。

"妈妈，我吃便当的时候，可以喝草莓牛奶吗？"

秀太的声音把曜子在天际徘徊的心拉回了餐桌。孝平仍然用手指比着手势，秀太逗趣地把筷子插进了孝平用手做起的环状。曜子无可奈何地点了点头。

大家已经吃完早餐了，曜子却毫无食欲，一直喝着味噌汤。如果什么都不吃，会引起家人的怀疑，于是，曜子拼命往嘴里扒了几口饭。孝平把电视转回了新闻频道。

画面上出现了命运饭店的模型，刚才的评论家和另一个男人站在模型旁。

——短枪不可能在二十五楼的窗外瞄准目标。我曾经接受了很多射击训练，即使对短枪很熟悉的人，要在十公尺之外的距离瞄准目标很困难。如果是外行，甚至只要距离两三公尺，就无法打中。

这位来宾似乎是退休警官，一直在讨论他曾经有过射击经验的手枪。

——角度只要偏一度，在二三十公尺以外，弹道就会偏离四十公分。所以，凶手使用的应该是长枪。也就是说，是步枪。

曜子准备吞下去的饭卡在喉咙。男人从布景下拿出模型枪。

——警方还未公布子弹的种类，只要能够知道子弹的种类，就可以大幅缩小枪支的范围。

男人手上拿着M16步枪。这是世界各地所使用的最普通的军用枪。

——但是，正如各位所看到的，这种枪长度有一公尺左右，携带时十分引人注目。所以，搜集目击者证词就变得相当重要。M16是突击用步枪。射程距离一旦超过一百公尺，准确度就会下降，根本不适合狙击。

主持人用煽动观众的语气问：

——应该可以藏在高尔夫球具包里。

其中一位来宾发出兴奋的声音。

——啊，钓竿盒。我记得横滨有一个海钓公园。

没关系，目前还没有人发现是我干的。曜子在心里一遍又一遍地告诉自己。没关系。没关系。然而，脑海中却想象着电视画面上突然出现自己照片的特写镜头的画面。

——这要视枪支的种类而定，很可能是分解后带入现场。

没关系。没关系。

——最近的枪支都很轻。这把枪差不多三公斤左右。

评论家举起模型枪。

"好帅,好帅。"秀太喷着饭叫了起来。

"别说这种蠢话!"曜子忍不住大声呵斥道。秀太和孝平同时回头看着曜子。

"那种东西怎么可能帅!"

秀太垂着嘴角的双唇颤抖起来,双眼渐渐噙满了泪水。"……对不起。"

"曜子,你怎么了,你今天好像不太对劲。"从昨天晚上开始,你就有点怪怪的——孝平应该想要这么说。

曜子用手指按着脑门,低下头。"秀太,对不起,我不该对你这么大声。但是,你不可以说这种话。"

曜子从来不给珠纪和秀太玩有真枪实弹出现的游戏软件,以及男孩子都喜欢的刀枪玩具。曜子以为这是不愿意回想起以前的自己,但应该不是这个原因。

她不愿看到这些东西,更担心秀太和珠纪体内流着和自己相同的血液。

孝平打圆场说:"你要不要和我们一起出去走走?去芳邻餐厅吃饭吧?"

"算了,如果珠纪知道我们三个人出去玩,心里一定很不是滋味。况且,我昨天不在家,还有一堆家事要做。"

没错,的确有一堆事情要做。两天的衣服要洗,清洗沾到咖喱酱的瓦斯炉,还要处理Remington M700。

205

送走珠纪,目送孝平和秀太手忙脚乱地出门后,曜子再度打开电视。虽然很不想看,却又不得不看。

电视上正在播报新的新闻。两个星期前,发现了一具女童遭到勒死的尸体,这个案件的嫌犯遭到了逮捕。孝平离开之前,一直在讨论有关暗杀事件的推测同时,不断播放里亚顿生前影像的电视频道已经换了主题,开始讨论这个有娈童癖的嫌犯。

洗完刚才泡茶的茶壶,放进沥水盘后,曜子用滤纸为自己泡了一杯咖啡。虽然是美式烘焙咖啡,但曜子加了很多咖啡粉,泡出来的浓度和espresso不相上下。

她拿着咖啡杯坐到餐桌旁,斜眼看着孝平丢在一旁的报纸。

照片中的克雷格·里亚顿穿着燕尾服。不知道他是否穿了男性专用的紧身衣,从他的半身照看来,感觉身材很好,巧妙地遮住了裸体时的鲔鱼肚。

曜子用好像把厨房纸巾丢进垃圾桶般的动作摊开报纸,眯起眼睛,看着小标题。即使眯起眼睛,所看到的文字也不会改变。"一颗子弹射进饭店的二十五楼","凶手尚未查明,谋杀说甚嚣尘上"。

社会版也刊登了有关里亚顿的报导。"日本也出现了枪支的阴影——""对世界各国的环保活动造成重击"。

曜子随意看了一下,发现到昨天深夜为止,警方并没有掌握太多线索。

独自坐在家中,脑海中再度重现里亚顿中弹的那一刹那,她握着咖啡杯的手颤抖起来。她一次又一次地回头，感觉里亚顿好像就站在身后。

她把味道像是烧焦豆子般的咖啡倒进喉咙。我已经不是十五岁的小女孩子，不能一直发抖下去。

"Ready go。"曜子轻轻叫了一声，站了起来。

拿出藏在米糠泥中专门用来和K联络的手机，包着塑料袋的玫瑰红色手机看起来像是红萝卜的酱菜。她之所以用塑料袋包好，并不是担心手机坏掉，而是避免米糠泥沾到奇怪的味道——铜臭味和死亡的味道。

她打开手机的电源，检查未接来电。昨天晚上八点之后的三十分钟内，有六通"未知号码"的来电。即使在曜子拒绝通话后，K仍然纠缠不清地试图和她联络。曜子赶紧关掉电源，担心手机下一刻再度响起。

走到玄关，从收纳架上拿出工具箱，拿出铁锤。她把手机盖打开，挥起铁锤。

她的手停了下来，连她也不知道为什么会产生犹豫。

一定是因为当了十五年家庭主妇的关系。对连泡泡塑料袋也舍不得丢，总是好好保存的曜子而言，破坏新的电器用品简直是滔天大罪——没错，一定是这个原因。

她似乎听到了来电铃声。已经关掉电源的手机既没有发光，也没有震动，但曜子确实听到了。

从昨天开始，这个声音就盘旋在她的耳际。那是卡斯凯德的《雨中旋律》。那是一九六三年，肯尼迪遭到暗杀那一年的畅销曲。

曜子发出一声宛如悲鸣的叫声，把铁锤敲向手机。好像踩到蟑螂的声音。第二锤打碎了屏幕画面的透明塑料。第三锤、第四锤、第五锤。曜子发出无法成语的叫声，拼命挥动着铁锤，直到机械开肠破肚为止。

她用指甲抓起像巨大甲虫尸骸般的手机，回到厨房，丢进珠纪煮咖喱时用的西红柿罐头的空罐，把盖子封好，塞进不可燃垃圾袋的最底部。

她把昨天晚上藏在储藏室的那个超市塑料袋拿到厨房，将蔬菜和肉切碎后，丢进垃圾桶。然后，把Remington M700的枪身、枪托、机械部分和瞄准器排在流理台上。

如果继续分解，应该没有人会发现这些铁块原来是一把步枪。可以把它们逐渐当成不可燃垃圾丢弃，或是沉入附近的河底。

曜子花了不少时间，将Remington步枪分解成零碎的铁制零件。虽然时间很充裕，但已经恢复往日感觉的手指动作利落，两个星期前根本无法相比。

先丢子弹吧。如此决定后，她从资源垃圾中找出气泡酒的空罐，分别丢进一颗子弹。首先是三颗全金属包覆子弹，每丢一颗子弹，就把空罐压扁。

接着是艾德的子弹。子弹盒里还剩下五发。罐口的大小刚好可以用来丢子弹，只要手指张开，就可以把子弹丢进去。然而，事情却没有这么简单，她下不了手。

更何况是Remington M700的枪身、固定枪身的螺母、扳机、护木和像牙签般的撞针，以及像针尖般的撞针固定夹。

放满不锈钢板的Remington步枪零件和躺在医院病床上的外公艾德重叠在一起。

曜子想起了艾德临终遗言。他应该不知道那是他的最后一句话，曜子也没有想过。所以，那是一句很平常的话。

当时，艾德已经无法顺利喝水，不小心弄湿了衣襟，曜子正在帮他擦拭。这时，艾德说："曜子，good little girl（你是个乖孩子）。"

外公，我根本不是乖孩子。在当今的日本，我应该变成了和娈童癖的恶魔不相上下的坏人。

结果，她只把装了全金属包覆子弹的空罐丢进了资源回收袋。在下一次收不可燃垃圾的日子，就会消失到某个地方。

曜子把Remington枪的零件装进超市袋，再放进精品店的纸袋，放回储藏室深处。她仍然不知道到底该如何处理。

不知不觉中，已经十一点了。她猜想K会在固定的时间打电话来，不禁感到害怕。今天早一点去超市买菜吧。曜子把浮现在脑海中的光景、翻腾的思念、不安和后悔统统塞进头脑中的回收袋，小心翼翼地封好，努力让今晚的菜色占据自己的脑海。

明明是自己的家，她却像逃亡一样地冲了出去。

刚走一步，突然觉得好像有人拉住了她。既没有人叫她，也没有人把手放在她肩上，曜子却停下了脚步。

回头看着自己的家。无论遇到任何事，都绝对不会放弃这个家。朴素得令人感到悲哀的小房子似乎在嘲笑她的这种决心。

虽然只住了一年半，象牙色的外墙已经灰蒙蒙的，灰色的屋顶也失去了刚搬进来时的光泽。落水管下有雨水形成的污渍，二楼的窗户下已经出现了一条裂缝。

这时，她突然发现，空无一人的家里有一个人影。

站在窗边蕾丝窗帘后的人影一丝不挂，眼神空洞，一手拿着红色苹果。

曜子转过头，背对着窗户迈开步伐。竟然连自己的家都不敢看。这难道是对为了保护这么不足挂齿的地方而不惜杀人的曜子所进行的惩罚吗？

杀人等于在扼杀自己。曾经和家人过着平静生活的曜子已经在昨天和克雷格·里亚顿一起死了。

16

　　室内游泳池内，孩子们都戴着黄色的泳帽，好像一群正在戏水的小鸭子。

　　秀太读的游泳学校只有在升级考试时，家长才可以陪在一旁参观，其他的日子只能站在隔着巨大玻璃的通道上看着自己的孩子。秀太他们的十七级组在游泳池内侧的两个水道，目前是二十五公尺的自由练习时间。每隔七八公尺，水面上就冒出一个黄色的小脑袋。

　　秀太的周围激起最多水花。在自由练习时，他总是迫不及待地用还没有教的蝶式游了起来。

　　他的速度一如往常地缓慢，宛如水族箱里混了一只小乌龟。但他这两个星期用自己的方式练习后，已经大有进步。虽然他的努力方式很笨拙，连父母也难以理解，但他的努力终于有了回报。

　　当他从泳池的一端到达另一端时，他也一如往常地像破了世界纪录、获得金牌的奥运选手般高举双手。"呀呼！"然后，对着站在玻璃这一端的曜子比了一个V的手势。

周围其他妈妈的窃笑声令曜子感到尴尬，她只能在胸前轻轻挥手回应，心里却用力挥着双手为他加油。

那天至今已经一个星期了。警方对里亚顿射杀事件的侦查工作似乎并没有太大的进展。

曜子尽可能不看报，也不看电视，但小孩子要看电视节目表，孝平回家时也要看没有看完的报纸，所以不能把报纸丢掉。报纸放在餐桌上时，曜子总会情不自禁地伸手翻阅；孝平看电视时，也经常会听到电视的新闻报道。

目前已经从子弹判断凶器是点三〇的步枪，但这种步枪和子弹也可能是狩猎用的，所以，令侦查工作产生了混乱。

警方对凶手一无所知，也无法确定狙击地点。报上的报道篇幅越来越小，电视新闻中出现的时间也越来越短，只有臆测不断增加。

根据目前曜子所看到的、所听到的说法，警方认为狙击地点很可能是K当初选定的，命运饭店正对面那家饭店的屋顶。由于一大片窗户玻璃已经碎裂，两名应召女郎也没有看到遭到枪击的那一刹那，日本警方目前仍然无法分析出弹道。

对于凶手到底是谁这个问题，大家众说纷纭。

最有可能的就是"滑雪袋男子"。有多位目击者证实，那天晚上，曾经有一名男子扛着不合时宜的滑雪袋，在现场附近走动（曜子好像也曾经看过他，但好像不是滑雪袋，而是装冲浪板的袋子）。目前，警方正在追踪这名男子的下落。

凶手是痛恨里亚顿这个人的组织所雇用的狙击手的说法仍然十分有力，但随着凶器是一般猎枪的可能性的出现，有人认为可能是日本黑道所为。因为，从里亚顿的房间内，发现了他习惯性吸食的可卡因。

就连和他同住一家饭店的韩国明星也成为八卦的主角。因为，有人认为他曾经服过兵役，应该对枪并不陌生。

只有外国人和黑道才会使用枪支——这是日本人的观点。

杀手或许是适合女人的职业。每个人都认为"凶手是男人"，从来没有人提及或许是女人的可能性。

曾几何时，艾德曾经对她说："曜子，你应该感谢自己生为女人。"

那时候，她正在练习站着射步枪。

"站立射击的时候，女人比男人更有利。因为女人的骨盆比较大，骨盆的位置也比较高。女人天生就有一个枪座，不妨把左侧手肘架在腰骨上射击看看，绝对打得很神准，任何男人都望尘莫及！"

美国对这个事件的反应并没有晨间谈话节目的评论家所担心的那么强烈，虽说他是下届总统候选人，但原本就是昙花一现的角色。而且，他在美国的形象并不像在日本所宣传的那么清廉，在美国人眼中，他是个喜欢沽名钓誉的"大老鼠"。

曾经以他为中心人物的环保团体和政治团体看到美国政府

的迟钝反应，认为政府参与了暗杀行动，在各地举行了抗议游行。里亚顿的妻子声泪俱下地发表声明的大动作，也引起了广泛的讨论。

然而，当最后得知里亚顿经常吸食可卡因，而且还叫了两个应召女郎回饭店这些事，强烈要求追究责任的声浪也在转眼之间平息了。

里亚顿的妻子丢下结婚戒指后，从媒体舞台上消失了，各大团体也露骨地想和其实是大毒虫、大色情狂的前领导人划清界限。

媒体越是如火如荼地报导这则新闻，身为真凶的曜子越觉得整个事件似乎和自己毫无关系。电视和报纸上每天都披露"新事证"，介绍"新见解"和"前所未有的大胆推理"，曜子越来越没有真实感。

随着手指扣下扳机时的触感渐渐淡薄，狙击那一刹那的记忆渐渐模糊，她开始觉得，那天晚上所发生的事是自己做的梦，甚至觉得真凶就是媒体所说的"滑雪袋男子"。

没错，那是梦。曜子好像念咒语般告诉自己。只要封闭在心里，细心锁好，就万事大吉，就像以前一样——以前一样过日子。

游泳学校结束后，就要和秀太一起吃早上就和他约好的冰淇淋，差不多也该为他买忍耐很久的新贴纸了。

回家后，还要整理一下庭院。站在庭院时，都会情不自禁地看窗户。曜子不想看家里的窗户,这个星期还没有去过庭院。

不能一直这样下去。最近气温逐渐上升,杂草越来越多了。曜子的小庭院内已经很久没有摘花茎了,水和肥料也不太充足,所有的花都快枯萎了。

傍晚要和珠纪一起练习做料理。昨天,珠纪用好像下了重大决心的语气问曜子:"后天我可以找同学来家里吗?"

她努力克制因为欣喜而开怀大笑的表情。她要亲自下厨做菜请同学吃,据说是目前班上流行的"料理派对"终于轮到她当女主人了。进了国中后,始终无法和同学相处愉快的珠纪终于找回了往日的笑容。

这个家庭没有问题。孝平是唯一的、小小的美中不足。

孝平和以前的同事一起投入的新事业最近陷入了瓶颈。孝平说,原本答应帮他们制造产品的公司不知道为什么突然变卦了。他又陷入了被害妄想症,说是他准备离开的制药公司从中作梗。

"刚起步时,或许只是一家小公司,但他们担心我们日后会不断成长。卡夫曼好像真的盯上我了。"

孝平仍然以为美国派来的新董事长讨厌自己。在美国人眼里,日本人都长得差不多,根本不可能在几千名员工中,记住区区一个主任的长相。

他已经递了辞呈,只好辞去工作了,但目前还无法预测新事业的后续发展,曜子想劝他另谋他职。

虽然孝平说不用投资,但也因此经常沦为共同经营者安井先生的跑腿。他常常为此向曜子抱怨——危险，危险，太危险了。

曜子无意将钱投资在"虎山"上。

曜子还没有收到K的四万美金余款。这是因为她最近每天都在十一点二十五分之前就出门，完全没有接到任何联络。

那些钱我不要了。我执行这项任务不是为了钱，而是之前向K暗示的，为了预防危害到自己的家人。曜子这么告诉自己——她努力这么告诉自己。

最近在看报纸的时候，曜子很少看社会新闻，总是在看征人广告。

大楼清扫工，时薪九百五十圆。

柜台接待人员。每周三天以上，工作时间、日期自由。

急征厨师、厨师学徒！欢迎无经验者。

自己先找一份工作，再帮孝平找一份新工作。然后，恢复和以往一样的生活——然而，这只是梦想。

只要这么想，就可以令心情感到轻松。

只要这么想，即使在只有小孩子和教练才能入内的游泳池畔，看到拿着洋芋片的袋子、兴奋地看着教练比基尼泳裤隆起部分的奥斯卡·科内里斯，在只有墙壁的背后传来咬苹果的声音，闻到动物系古龙香水味道时，也不会特别在意。

17

"妈妈,那就拜托你了。"

珠纪用大人的口吻说完,单手甩着皮包,去补习班参加春季辅导了。曜子和她约好,下午会帮她为料理派对做准备。珠纪已经不需要为她操心了。昨天教她削马铃薯和洋葱切碎的诀窍时,她都很顺从地虚心受教。就好像以前常常觉得母亲的一举一动都像在变魔术般,她对曜子的利落动作发出感叹的声音。

"今天我不回来吃饭。"站在玄关的孝平也似乎浑身是劲。星期六虽然是公司休息的日子,但他要去和安井一起讨论工作上的事。孝平的事,令曜子感到担心不已。

"我出门了。"秀太去力也家玩后,家里只剩下曜子一个人。

曜子半闭着眼睛,快速地翻阅了报纸,确认只有报纸的一角刊登了有关里亚顿的新闻。这是她每天最不想做,却又不得不做的工作。如今,只有在周刊杂志的广告标题中,才会看到里亚顿的名字。这个国家的人太喜新厌旧了,不断追求新的八卦新闻。

如今的曜子反而视之为一种美德。

当曜子翻着求职广告时,时钟的时针指向了十一点。如果K在这个时间打电话来,就要好好和他谈一谈。虽然她每天抱着这种想法,但每次接近固定的时间,她就匆匆忙忙地起身做出门的准备。

当她在盥洗室擦口红,准备出门买菜时,听到玄关的门铃响了。

秀太应该不会这么早回来,难道他和力也吵架了?

曜子打开门,却没有看到任何人。

玄关门口放了一个纸箱。那是专门用来包装的纸箱,箱子上既没有文字,也没有任何图案,市面上到处都有卖。上面虽然有宅配的送货单,但曜子早就猜到,单子上不会有寄件人的名字。

她穿了拖鞋,冲到巷子,刚好看到一辆和住宅街狭小巷道极不相衬的黑色大车开过去。车子很快就转弯了,没有看到车牌号码。

希望纸箱里装的不是美国龙虾。如果又谎称中了奖,连孝平也不可能相信,恐怕只有秀太会相信。

在拿起纸箱的时候,曜子知道至少里面装的不是美国龙虾。纸箱的分量很沉重。搬进厨房,打开一看,里面装的是坎贝尔的什锦罐头。

奶油蛤蜊汤、虾汤、西红柿汤、奶油洋芋。曜子所熟悉的美国罐头像通俗艺术海报般排在面前。

曜子把罐头——拿了出来，拿在手上摇晃着。第三罐明明是西红柿汤，罐头却发出咚咚的坚硬声音。虽然不知道他们是用什么方法把罐头的盖子焊接回去的，但里面装的应该是钱。

我不要钱——虽然脑海中这么思考，但另一只手仍然寻找着开罐器。

正当她准备打开罐头时，罐头突然震动起来。坎贝尔的西红柿汤罐响起了《雨中旋律》的音乐。

曜子刚才就感到纳闷，觉得纸钞应该没有这么重，原来又是故技重施。

好吧，这一次，干脆把话说清楚。

曜子拿起开罐器，思考着当初是什么时候，在哪里学会这首乐曲。

罐头刚打开，原本听起来感觉很遥远的《雨中旋律》的乐曲顿时变得清晰起来。两捆纸钞包在响个不停的手机外侧作为保护。这次的手机和上次的外形稍有不同，但又是红色。应该是年轻女孩喜欢的款式。

打开手机盖，待机画面变成了彼得兔正在吃胡萝卜的动画。到底什么时候才能不把我当小女孩！曜子按下按键，让手机铃声闭了嘴。

——达姆．尼．尼杰多．科里可．玛吉。

放在耳边的手机中，传来的外国话仿佛像是会带来灾难的咒语。曜子不知道他的发音到底是否正确，但听起来像是将水倒进堵塞的排水口时冒泡的声音。

这句话到底是什么意思？虽然K曾经告诉她，那是斯瓦希里语，但曜子完全不知道是哪一个国家的人所使用的语言。美国人对英语以外的语言没有兴趣，或许K不懂到底是什么意思，只是照本宣科。

——达姆．尼．尼杰多．科里可．玛吉。

听他的声音，似乎已经忘了那天晚上他曾经慌张得连这句暗号都来不及说。他的声音像往常一样从容不迫，强势的态度令人感到紧张。

"不用来这一套了，反正没有人听我们说话。况且，在这个国家，你的南部口音就已经是暗号了。"

曜子故意想要惹恼K。其实，K的英语很容易听懂，元音拉得特别长，略带鼻音的南部发音并不是很严重，有点像电影里扮演南部人的演员说话的口音，让人觉得他或许只是为了掩饰自己的真实身份而故意这么说的。

——嗯多多．瓦．鸟卡．尼．鸟卡。

K自己说出了回答的暗号，仿佛这是十分重要的仪式。然后，用好莱坞式的南部口音说：

——我本来想从你的嘴巴里听到这句话。你该不是忘了吧？小女孩。

"有时候几乎快要忘了。因为，我根本不了解其中的意思。到底是什么意思？难道第一句暗号是在问：我是不是一个愚蠢的老头子？接下来那句是回答：不，你是个愚蠢到极点的死老头子。"

曜子指桑骂槐地咒骂着，她很想激怒这个男人，她希望可以像那天晚上一样，撕下他故作镇定的假面具。如此一来，自己就可以逃离那个压制自己，令自己紧张，试图控制自己的这个声音，逃离这个声音的诅咒。虽然二十五年前就已经听过了，但每次听到这个男人的声音，曜子握着电话的手总是忍不住冒汗。此时此刻也不例外。

——小女孩，你想知道这句话的意思吗？

他丝毫不理会曜子的挑衅，甚至让人感受到他的笑意。

——那是一句很有诗意的话。

"不，算了，我和你已经无话可说了。永远都无话可说了。"

——你怎么了？今天的心情好像特别差。自从那次之后，我们还没有好好说过话。你欢迎客人的方法实在太令人惊讶了，没想到，你会在那里招待滴奇滴奇……

他又像往常一样开始绕着圈子说话。他在说"那里"时，似乎窃笑了一下。也许，他在电话的彼端挤眉弄眼，意思是说，这是他们两个人的秘密。虽然日本警方还无法确定狙击地点，但即使知道，曜子也不会感到惊讶。

——你是怎么把长菜带过去的？

这句话却令曜子感到意外。听他的口气，似乎真的不知道。曜子还以为自己那天的行动从头到尾都受到了他的监视。

"你想听吗?就放在明显的地方,如果想要隐藏,反而容易遭到怀疑。这不是你二十五年前教我的吗?"

——你还记得,真是太荣幸了。我很高兴,真的很高兴。

"我把步枪像扫帚一样倒着拿,假装在扫地,就这么带过去了,别人反而没有注意到。"

曜子没有用暗号,直接回答。她已经厌倦了K的三流戏码。

这一个星期以来,曜子无论做任何事,都会确认自己有没有遭到跟踪,是否有人偷偷地在监视自己的房子。

去超市的时候,会故意走去没有人烟的家电区;走在商店街时,即使没有事,也会故意走进小巷,在转弯后,埋伏在那里;走过形迹可疑的车子前时,会假装补妆,打开粉饼盒,观察车内的情况;在阳台上晾衣服时,就会从晒着的床单缝隙观察斜对面的公寓窗户是否有不自然敞开的情形。

然而,她没有看到警察的身影,也没有看到更令她感到害怕的K的手下。如果说,粉饼盒的镜子有照到任何人的身影,那就是克雷格·里亚顿只剩下一个洞的耳朵流血的样子。

从警方完全没有掌握正确的侦查方向来看,监听住在东京郊区的平凡家庭主妇家的电话,比去搜索韩国男明星位在首尔住宅的可能性更低。根本不把日本警察放在眼里的K早就知道了这一点,他之所以装模作样地继续使用暗号和暗语,只是乐于听到曜子说出他所教导的回答。

"子弹放在鼻孔里。不好意思,我没有用你送我的全金属包覆子弹,因为有一股臭味。"

——真不好意思。因为之前放在美国龙虾里的关系。早知道,我应该放在佛罗里达柳橙里。

他的计划没有成功,K不仅没有生气,反而似乎难掩兴奋。他总是这样。不知道为什么,曜子每次责备这个男人,他就显得格外兴奋。

——摩天轮是你一开始就计划好的吧?好主意,虽然有点风险,不过,最重要的是,结果很理想。

他也不再用暗语说话。在称赞的同时,也不忘责备曜子违抗命令。

——小女孩,你真不愧是艾德的外孙女,创意无限,在杀人方面的创意……

K更加深谙激怒他人的谈话之道。不,在他那个行业的工作谈话中,或许这是很正常的称赞,或许他真心以为曜子会为此感到高兴。

K从来不会自己下手,不知道他如何理解夺走他人性命的这种行为。只是做生意而已?就像是孝平的公司因为工作的关系裁员而已吗?死人的幻影应该不会纠缠他,就好像从来没有人听说过肯德基爷爷害怕鸡的亡灵。

"听到你的称赞真是太荣幸了。我可以认为工作成功了吗?钱我已经收到了,应该没有其他事了吧。"

曜子拿起丢在流理台上的纸钞。四百多万。曜子结婚后,第一次拿到这么一大笔钱，然而，即使把两叠钞票放在一起，也和平时买的嫩豆腐的厚度差不多，重量也不相上下。纸钞这种令人感到悲哀的单薄和轻巧像悔恨的针，刺入曜子的胸口。

——不好意思，才这么一点点。这是根据上周末纽约汇市的行情算出来的金额，比昨天的汇率多了一百五十美金。

曜子想尽快挂电话，K似乎觉得意犹未尽。他很快地说出下一句话，好像在阻止曜子说出道别的话。

——对了，为了聊表心意，请你收下额外的奖金。放在五谷饼干（cereal cookie）里。

五谷饼干——曜子竟然听成了连续杀人魔（serial killer）。

这个星期内，曜子看了平时很少看的报纸，也看了电视的新闻报道。

"杀人"、"战死"、"杀戮"、"意外身亡"、"死者人数"……每当这些文字和词汇映入眼帘，传入耳膜，她都觉得有一把枪对着自己。她深切感受到，原来这个世界上有这么多"事件"都是让人失去生命。

在幼儿园和游泳学校遇到其他太太时，她也努力不捂住耳朵，参加她们的聊天。幸好，那些太太对从来没有听过名字的外国人的暗杀事件毫无兴趣，话题总是围绕着嫌犯刚好在同一天遭到逮捕的女童杀人案，以及几天前，造成无数死亡的火车出轨事故。每个人都对"事件"的发生感到遗憾，相互确认着杀人的手法有多么残忍，以及到底死了多少人，仿佛庆幸这种不幸和自己、自己的家人无关。

如今的曜子——正确的说，从二十五年前开始——无法做到这一点。为别人带来死亡——最糟糕的不幸——的人，没有资格喜滋滋地讨论"死亡"的话题。曜子只能在附和着"好过分，那个孩子还那么小"、"那种凶手应该处以死刑"之类的谈话同时，想象着那个嫌犯玩弄的那具尸体的冰冷。"听今天早晨的新闻报道说，死亡人数已经超过二十个人了。"在听到这种话频频点头的时候，曜子的脑海里想象的是超过二十多个死亡造访那一刹那的二十多个黑暗。

五谷饼干，那是和汤类罐头放在一起的细长形袋子。曜子心不在焉地看着袋子，K好像在争取时间般地说道：

——如果你还没有打开，不妨打开来看看。也许我弄错了，不小心把别人寄给我的请款单装了进去。

曜子用肩膀夹住手机，把袋子里的东西倒进装饼干的盒子，发现除了饼干以外，还有一沓钞票。这半个月中已经看惯钞票的曜子，立刻猜到了大致有多少钱。一万美金。差不多一百万出头。

"我差一点当成干燥剂了。那我就不客气地收下了。"

明知道无功受禄，却仍然冷言以对，暗示K无论奖金和继续交谈都无法让自己感到高兴。不知道这是否多少发挥了一点效果，K沉默了下来。

"那就这样——"

曜子无法说出"再见"这句话。她明明不想多说一句话，也不想听对方多说一句话，却无法就这样说"再见"。

为什么？对曜子来说，对方或许是这个世界上，唯一认识艾德的人。虽然无论聊多久，对方也不会谈起有关外公的回忆，然而，一旦挂上电话，就好像剪断了曜子和外公艾德之间唯一的细丝。

即使是想要遗忘的过去，也有令人怀念的回忆。在希望消除在美国那段日子的记忆同时，曜子也有另一个念头。她希望可以巨细靡遗地记住艾德的音容笑貌，也想进一步了解艾德的往事，更想进一步了解艾德的心情和他真正的"工作"——她不想用白色油漆重新粉刷自己度过的十年期间，变成一个空房间。曜子仍然无法狠下心丢弃艾德的Remington M700。

不必道别，直接挂上电话吧。正当曜子正准备勉强自己把手机从耳朵旁移开时，K开了口，仿佛及时地潜入曜子内心的缝隙。

——你愿不愿意再接一次任务？

原来是这么回事。不然，他怎么可能支付什么额外奖金。再接一次任务？开什么玩笑。不能再增加尸体和幻觉了。曜子后脖颈的头发竖了起来，从刚才就感受到身后有人。

——地点当然就在日本。和上次一样，可以当天完成。这次的工作很容易。

他在提到"TOKYO"时的发音已经带有日语的味道了。

K似乎一直住在日本，向她发出指示。他到底打算在日本多久?虽然不知道他到底在哪里,但赶快回自己的家吧。

K似乎察觉到曜子的想法,很快说道:

——等一下,等一下,先不要挂断。Listen up,曜子。

他没有说"listen to me",而是说"listen up"。艾德也经常这么说,曜子正想把手机从耳边拿开的手停了下来。

——我说容易是有理由的。对方很合作。我不是说对方有人协助的意思,而是当事人很合作。

曜子用手指寻找着电源按键,然而,手指却黏在手机上无法动弹。为什么无法动弹?扣扳机时不是很简单吗?

——委托人自己希望遭到枪杀。你能相信吗?委托人没有勇气自杀,所以付钱请人打穿自己的脑袋,就好像送披萨一样。真是天大的笑话。

说着,K真的轻声笑了起来。

——怎么样?这根本就是鹿主动跑到准备打鹿的枪口前。是不是很不错?

"No fucking shit!既然这样,你干吗不自己去办?"

——你说话怎么这么粗鲁,艾德听到了会叹气。

拜托你,别提艾德的名字。

——曜子,你今天不太对劲。

不要用英语发音叫曜子这个名字。

——你和老公吵架了吗?他也真辛苦。

他说话的语气,好像在谈论他也认识的人。

"……什么意思？"

——不，没什么意思。如果惹你不高兴，我道歉。我没有特别的意思。

曜子原本想追问下去，但立刻回过神，闭上嘴巴。如果这么做，就中了对方的圈套。才不会上他的当。这是K的惯用手法，他总是意有所指地令对方产生怀疑和恐惧，最后乖乖听命于他。

"你最喜欢的外公成为全美国人痛恨的对象也没有关系吗？"

"万一失败，我不知道能否压制住想要追究你责任的声音。"

当初接下里亚顿的工作，也是因为担心家人会受到威胁。然而，我不会再受骗上当了。不管是不是对着想要自杀的人开枪，都和我没有关系。

况且，现在K有能力对自己和家人造成威胁吗？在完成里亚顿的工作后，曜子终于了解了这一点。

二十五年前，从俄克拉荷马前往明尼苏达州的圣克劳德市的途中，以及到达当地后，曜子经常感受到时常挂在嘴上的"我的工作人员"的影子。然而，这次好像没有什么人。

和上一次相比，这次的计划很粗糙。虽然曜子不想提起，但K提供的报酬也很少。曜子不知道这次的新任务可以让K进账多少，但曾经处理过肯尼迪暗杀事件的男人怎么会停留在日本，接受个人的委托？

K是不是老糊涂了？他的事业是否每况愈下？曜子无从得知这些工作是经由什么途径委托他，应该是这么一回事——在日本期间,听到了有关"容易的工作"的消息,想顺便多赚一票。然而,在这个国家,曜子是他手上唯一的牌。

不要说无法加害于人,他应该自顾不暇吧。

——这次的报酬比上次更理想。

他的声音好像在用钞票抚摸曜子的脸。没什么好害怕的。曜子用把钱丢回去的气势回答:"我拒绝。"

——十万美金。不,十五万美金怎么样?

K的声音有点惊慌失措。果然不出所料,曜子觉得自己稍微撕下了K的假面具。

"No fucking shit!"

K不再纠正曜子,在电话的另一端发出叹息。

"我再提醒你一次,不要再来烦我,还有我的家人。"

——太遗憾了。真是太遗憾了。

K恢复了平素的冷静——或者说是假装已经恢复。

——我会再打电话给你。如果你改变主意,随时告诉我。

"不用你操心,不必再打电话给我。"

K似乎还想继续说下去,曜子似乎听到他在电话彼端重重地叹了一口气,所以,她没有说再见,就挂断了电话。曜子凝视着待机画面上的彼得兔很久。

《彼得兔的冒险》是曜子从日本带去美国为数不多的绘本之一,当她去了美国后,才知道真正的故事比只出版了一本的日语版更长。之后,她看了艾德帮她买的英语绘本,知道了故事的后续发展。

K应该是听艾德提起过这件事。二十五年前，他就是把曜子使用的Colt SAA Peacemaker枪装在彼得兔的布娃娃中寄来的。难道他以为曜子会高兴吗？当天，曜子就把即使在十六岁后，仍然一直珍藏在书架上的整套彼得兔的书都丢掉了。

看了一下时钟，发现已经正午了。我刚才想做什么？四十岁后，曜子发现自己越来越健忘。曜子好像在擦化妆水一样，用手掌拍着自己的脸颊，努力回到日常的现实生活。

曜子吃着五谷饼干，把纸钞藏进了米糠泥中。然后，把装了水的锅子放在瓦斯炉上。那是福田家最大的一只锅子。

她咬着指甲，等待锅子里的水煮沸。

当锅子内发出咕咚咕咚的声音后，她仍然继续等待着。

直到锅盖微微跳动时，她才戴上厨房手套打开盖子。然后，抓起手机。

"Goodbye。"

她打开手机盖，丢进沸腾的锅中。她似乎听到小小的红色机器发出了哀号，带着南部口音的哀号。

锅中的沸水吞噬了冰冷的机器后平静下来。曜子看着手机沉入锅底，键盘的缝隙中喷出许多小气泡后，盖上了锅盖。

短暂的平静后，锅内再度开始沸腾。曜子静静地听着这个声音，直到即使切断电源后，仍然响个不停的《雨中旋律》的乐曲在脑海中消失。

18

"可以了吗？"

珠纪停下翻炒的手问道。锅中的洋葱末已经出现微微的金黄色。

"嗯，再稍微炒一下。要有耐心，耐心。用小火慢慢炒洋葱是关键，你不必一直翻炒，只要在一旁看好，不要炒焦就可以了。"

珠纪听话地点点头，转头看着锅子，用好像在观察化学实验般的眼神注视着洋葱。她握着锅铲，好像等待发球的桌球选手。

多久没有和珠纪一起下厨了？是不是珠纪在国小四年级时，曾经说要挑战在家政课学到的炒青菜之后，就不曾一起下过厨？

那一次，珠纪不小心被菜刀切到手，结果，几乎都是曜子做的。珠纪和今天一样，负责翻炒的工作。那时候她的个子还很小，只能站在浴室的小椅子上。

如今，她已经不需要小椅子当踏板。这一年来，珠纪长高了不少。虽然还差曜子半个头，但在不久的将来，应该会超越比日本女人平均身高略高的曜子。

珠纪从小就是一个手长脚长的孩子，圆脸和眼珠很大的五官比较像孝平，但身材却和曜子十分相像。她的身体不会过瘦，如果像秀太一样，从小学游泳，或许可以成为不错的游泳选手。

修长的手指也是曜子的翻版。小时候，珠纪曾经学过钢琴，但她不喜欢，很快就放弃了。如果她的修长手指从小锻炼，或许——

珠纪误以为她自己太胖了，其实，她不光长高了，身体也渐渐丰腴，更有女人味。绑着蝴蝶结的围裙绳底下，是与生俱来的枪座。虽然还稍嫌稚嫩。

"差不多了吗？"

珠纪又问道。曜子停下正在挑虾子泥肠的手，向锅内张望。

"嗯，不错。"

今天，珠纪要招待客人的是福田家根据Cajun料理中的秋葵汤所改变的独创秋葵咖喱。

"秋葵汤"是利用秋葵和辣椒煮出具有辣味的浓稠汤头，再将肉和蔬菜加入炖煮，淋在饭上食用的料理。刚结婚时，曜子不知道怎么煮咖喱，就在食谱和咖喱相似的秋葵汤中加入咖喱粉。没想到，孝平直呼好吃。即使曜子煮得不好吃，孝平也会说"好吃"，但曜子可以从他的食量中判断真伪。从此之后，这就成为福田家的特色咖喱。

旁边的平底锅中正在炒当做咖喱酱使用的小麦粉和咖喱粉。

和咖喱粉一样，也要用小到不能再小的火慢慢炒。整个厨房内的香味就是来自这里。

闻到自己的料理香味是曜子的幸福之一。每次在料理做好后，她却闻味道闻饱了。

"小心看好平底锅，要有耐心，有耐心地炒，炒到觉得烦为止。"

"妈妈，你今天一直说要有耐心。"

"煮炖菜的时候要有耐心，炒菜时要迅速，这是基本，你要记住。"

三两下就完成的炒菜在忙碌的时候很方便，但曜子更喜欢花足够的时间，看着锅里的菜慢慢炖煮的样子。

将炒好的咖喱粉和小麦粉倒进锅子，把鸡胸肉和虾子放进去。今天，还特地很奢侈地加了鲜贝。

"接下来呢？"

"再加鸡汤。啊，我忘记把鸡汤块放进热水溶解了。"其实，曜子是故意忘记的。她想让珠纪动手。"珠纪，你赶快准备一下。"

"要多少？"

被问到"要多少"时，家庭主妇往往不知所措。因为，平时向来都是用目测，而且，常常比磅秤更准确。

"嗯，热水差不多六杯半吧，鸡汤块嘛，平时都放四个，今天放七八个吧。"

"七个还是八个？"

七个或是八个都没什么差别，但曜子还是回答说："你自己尝一下后决定吧。"

珠纪将鸡汤块一一放进容器内的热水中，每加一块，都会尝一下味道。已经把材料放在锅里煮了，最好动作快一点，但曜子并没有催促她。做料理要靠经验，必须凭着舌头和手的感觉，在失败的过程中学习。炖咖喱时，即使步骤稍微有点乱，问题也不会太大。咖喱酱的辣味可以盖过大部分的失误。

鸡汤终于完成，倒进了锅里。

"是不是要用大一点的锅子？"

珠纪说的没错。加入超过一公升的鸡汤后，锅子差不多快满出来了。今天，珠纪邀了四个同学回家，再加上家人吃的分量，所以，咖喱的量是平时的一倍。

"对啊，但是那个锅子不能用了。"

曜子不想用煮过K的手机的锅子制作料理。那已经是不可燃垃圾了。

锅里的材料沸腾后，加入秋葵。和现成的咖喱酱相比，咖喱粉和小麦粉的口感不够柔顺，需要用秋葵的黏汁加以弥补。

之后，再用小火慢慢炖煮。整个厨房内充满刺激食欲的咖喱味。

这时也需要"耐心"，但珠纪迫不及待地把汤汁装在小盘子里尝味道。她偏着头，把小盘子递到曜子面前，用好像等待考试结果般的眼睛看着曜子。

我来尝尝。

嗯,很好吃。看到曜子用力点头,珠纪高举双手,在瓦斯炉前跳了起来。

"太好了!"

对珠纪来说,她煮的这锅咖喱是致胜关键。这是她和始终格格不入的同学成为好朋友所跨出的第一步。

"鸡肉怎么样?煮软了吗?"

珠纪又拿出一块鸡肉尝味道。这或许是她肚子饿了,自己想吃。可能是紧张的关系,珠纪早餐只吃了几口。今天,去补习班春假辅导时所带的便当也剩下一半。

珠纪咬了一口带骨鸡肉。看到有一点点焦黄的鸡皮和饱饱地吸收了酱汁的金黄色肉块,不必品尝,就知道保证好吃。

曜子用左手的大拇指和食指做成一个圆形。珠纪再度跳了起来。曜子不光是用肢体语言,也对她说出称赞"Very good"。

珠纪的双眼顿时亮了起来。

"妈妈,你的英语太标准了。"

惨了。曜子本来打算用日语发音的,但舌头居然太灵活了。"妈妈,你在美国住过,英语是不是很棒?"

"没有,根本没这回事。"

"我听北海道的奶奶说,你和爸爸结婚时,英语说得比日语好。"

"怎么可能?"

婆婆似乎还记得曜子第一次去孝平家拜访时,无法用日语的发音说出"芦笋",而是说"asparagus"这件事。

"我只在那里住了一小段时间,而且,那时候我还很小。"

"一小段时间是多久?"

曜子一时词穷。她虽然告诉过珠纪和秀太,自己曾经去过美国,但并没有说在那里住了十年。因为,这十年发生了太多让她无法启齿的事。

"在我这个年纪的时候,你是在日本还是美国?"

暂且不管每次去海水浴场,以为只要游过大海就可以到美国的秀太,珠纪已经不是可以随便敷衍、隐瞒的年龄了,差不多该告诉珠纪真相了。当然,有关射击训练和"任务"的事例外。曜子无法把自己的十年变成苍白的、空无一物的房间,只要柜子留下一个绝对不能打开的抽屉就够了。

曜子坦诚地回答:"在美国。"

"哇噢!"珠纪像外国人一样摊开双手,兴奋地叫了起来。不知道是不是从她的英语会话老师那里学来的。"那你为什么没告诉我?"

曜子想了一下,回答说:"我本来打算等你长大一点再说,现在还不是时候。如果我现在告诉你,你就会问我有关英语的问题。你才刚开始学,我不希望你学到妈妈带着乡下腔的英语。"

但曜子有绝对的自信,至少比英语会话教室的澳洲籍老师的英语更标准。

"下次你教我英语习题。"

"你看吧。所以，我才不想告诉你。"

总有一天，要告诉孩子们自己曾经在美国生活的事——曜子很害怕这一天的到来，但一旦说出口后，发现比她想象中简单多了，仿佛心里的大石头突然放了下来。

"好啊。只要你不嫌弃妈妈的英语像奶奶的北海道腔。"

珠纪笑脸以对。脑海中始终回响着《雨中节奏》的曜子一直对着兴奋不已的珠纪露出勉强的笑容，这一刻，终于发自内心地笑了起来。

往日的平静终于再度降临我家了。曜子在心里想道。

曜子的内心仍然有许多秘密的大石头，但这些必须由曜子独自承受，和家人没有关系。只要当做自己一生的秘密，封闭在内心，带进坟墓就好。

"动作快一点，还要做色拉和甜点。性急的同学可能差不多该上门了。"

时钟指向下午五点。约定的时间是六点。

"Yes，sir."

珠纪甩着锅铲回答说。曜子摇晃着食指。

"不对，这种时候要这么说。"

曜子秀出从来没有在小孩子面前说过的，在俄克拉荷马学到的英语。

"Yes, mom."

五点五十分。玄关的门铃响了。

珠纪拿下围裙冲了出去。"其实她们并不是我的好朋友，所以我也有点伤脑筋。"虽然珠纪有点装模作样，但其实她很高兴可以第一次邀同学来家里做客。她走向玄关时，情不自禁地跳了起来。

玄关传来珠纪很有礼貌的声音。应该不是她的同学。

到底是谁？曜子也走向玄关。

浑圆的肩膀上是一头棕色的鬈发。是力也的妈妈。她把去她家玩的秀太送了回来。

"不好意思，还特地麻烦你送过来。让秀太自己回家就好。"

秀太像别人家的小孩一样，躲在力也妈妈的背后。对秀太来说，大他七岁的姊姊已经对他造成很大的威胁，更何况今天会有四个姊姊的同学要来家里，他从早晨就开始提心吊胆的。

"没关系，反正我刚好要去上班。秀太一个人回家时，都会去公园的沙坑练习游泳。"

力也的妈妈是在酒店上班的单亲妈妈，她丰腴的身体和大嗓门很像多丽丝。她对别人家的孩子也直呼其名。

"秀太有没有捣蛋？"

"还好，他们自己在玩。啊，还有一件事。真受不了他把贴纸贴在墙壁上，我家的房子是租的。"

"对不起,我会好好骂他。"

"我已经骂过他了,也打了他的手背。"

力也妈妈看到小孩子不乖,即使是别人家的小孩子,她也会训斥。曜子正是欣赏她的这一点,和她结交成为朋友,但其他太太讨厌她的这种个性。所以,除了曜子以外,她和其他妈妈都很疏远。老实说,曜子除了力也妈妈以外,也没有可以称为朋友的人。

秀太从力也妈妈的背后探出头,诚惶诚恐地向家中张望着。

"……我可以进去吗?"

"那当然。"

秀太莫名其妙地说了声"打扰了",才脱下鞋子。力也妈妈发出豪爽的笑声。

准备工作在六点整告一段落。

桌子上放了五人份的餐盘。前一刻才完成的空心面色拉装在大碗中。珠纪忙不过来,最后由曜子帮忙准备了甜点的水果。吃完饭后,用冷冻库里的冰淇淋做成水果冰淇淋。

秀太时而在客厅里走来走去,时而抱着抱枕坐在沙发上;一下子开电视,一下子又关掉,显得格外心神不宁。二楼用折叠帘隔开的小孩房今天特地为了珠纪开放,秀太无处可去。他似乎很紧张,即使在地毯上练习自由式,练了没几下就停了下来。

珠纪很自豪地看着餐桌,每隔一分钟,就看着墙上的时钟。

"妈妈，装麦茶的杯子会不会太孩子气了？"

珠纪偏着头，看着印了卡通图案的杯子。那明明是她最喜欢的杯子，竟然还假惺惺地言不由衷。

"那你去拿你喜欢的杯子吧。"

六点十分。玄关的门铃还没有响。

"怎么那么晚？"

曜子抬头看时钟后嘀咕道，珠纪赶紧否认说："她们要先碰面后一起来，可能有人迟到了。"

六点二十分。曜子开始有点担心。虽然她们还是小孩子，但开学后，就要升上国二了。天色已经暗了下来，从车站走到福田家的那段路没什么人。

"可能是我没有说清楚怎么走，而且，我们家离车站又那么远……"珠纪的口气，似乎在为迟到的同学辩解，"我去附近找找看。"

说完，她就准备出门。曜子制止了她。珠纪和其他同学一样，已经是年轻小女生了。

"要不要打电话问一下？"

珠纪摇摇头。"……我不知道她们的手机号码。我的手机是预付卡，即使知道她们的电话也没有用……"

已经超过六点三十分了。门铃终于响了。珠纪从椅子上跳了起来，冲向玄关。

原本打算自己去开门迎接的曜子松了一口气，拿下绑着头发的丝巾，左右摇了一下头，将头发稍微整理了一下。平时曜子在家时不化妆，今天为了女儿的面子，还特地化了妆。

曜子等待珠纪欢呼的声音，却始终静悄悄的。只听到用力关门，有人倒在地上的声音。曜子慌忙冲到玄关。

孝平趴在玄关口。珠纪不敢靠近，在稍远的地方低头看着他。

"怎么了？"

孝平没有回答，身体也没动。珠纪看着曜子的脸已经失去了刚才的笑容。她的脸上没有表情，用力咬着嘴唇。珠纪只有在生气的时候，才会做出这种表情。

曜子将手伸向倒地的孝平的肩膀。当她靠近时，终于了解珠纪生气的原因了。孝平的身体发出酒臭味。他似乎已经喝了很多，浑身酒气冲天。

"喂，起来一下。"

曜子摇着孝平的肩膀，他发出"哦唔"的打嗝声音，趴在地上，一动也不动，难过得不停打嗝。哦……哦唔。

如果他在玄关呕吐，今晚的派对就全毁了。为了女儿的名誉，必须先把这种父亲藏起来。

先让他站起来。曜子把孝平的一只手绕到自己的背后，把右肩伸进他的身体下，使他的身体离开地面。然后，拉住他的右手，把他的身体往上顶。和扛小牛时的要领相同。

孝平一站起来就咆哮起来。

"我要睡觉。睡觉了。我说要睡觉就睡觉！"

他大声叫着，根本不知道自己说话的音量。

"你小声点。"

"睡觉。睡觉。睡觉。"简直就像吵闹的小孩子。

"我们去二楼。你去哪里喝酒？和安井先生一起吗？你应该知道，今天珠纪的同学要来家里。"

"王八蛋。"

"你光说王八蛋，我怎么知道发生了什么事呢？"

"他妈的。"

真是够了。你才是shit。明明喝一小瓶啤酒就会满脸通红，还以为自己是海量。

孝平在楼梯上还很神气，一到二楼，他就打了一个带着腐烂水果臭味的嗝，很没出息地说："……呜呜，我要吐了。"

曜子无奈之下，只好把他带去二楼的厕所。当曜子一打开门，他就倒在地上，抱着盖子还没掀开的马桶。

"你振作一点。"

曜子也在狭小的厕所内蹲了下来。因为今天珠纪的同学要来家里，她穿了一件在居家服中比较漂亮的裙子。

"王八蛋，王八蛋。"

"你不是要吐吗？"

"他妈的，他妈的，他妈的。"

以前，孝平从来没有喝得这么酩酊大醉过，外公艾德无论再怎么醉,身体都不会松懈下来,所以,曜子不知道怎么对付喝醉酒的人。曜子正在发愁,孝平用拳头捶着马桶。

"你安静一点,珠纪的同学等一下就来了。珠纪太可怜了。"

孝平把脸颊靠在马桶上,用失焦的双眼抬头看她。

"到底发生了什么事?"

"那家伙……安井……"

他又要数落安井了,又要说什么共同经营只是说说而已。既然这样,干脆不要去那家新公司就好了。

"既然你满嘴抱怨,就不要创立什么新公司了。"

因为打嗝而嘟着脸的孝平说:"……公司已经完蛋了。"

"什么意思?"

他再度用拳头捶着马桶。曜子抓住他的手腕,迫使他停止。曜子的腕力比孝平强,当孝平发现被曜子握住的手无法动弹,便把贴在马桶上的脸转向另一侧。

"……安井逃了。公司也没了。"他的态度和秀太说"力也回去了,今天没办法玩了"时的样子如出一辙。这种人怎么可能开什么公司?

"那也没办法。"

听到孝平的话,曜子反而松了一口气。虽然他失去了工作,但总比所谓的暂时不支薪的创业好多了。不妨当做是在人生路上付了一点学费。

"怎么办？"

"没怎么办，再去找新的工作吧。我也会去找工作。"

如果可以，曜子不想动用米糠泥中的那些钱，但也没有勇气丢掉。

"……保证人。"

"保证人？"

"我是他借钱和租东西时的连带保证人。"

"什么意思……？"

孝平一副豁出去的口吻说："……反正，说到底，就是必须由我还钱。"

什么？

"你不是说，不需要你投资吗？"

"我不需要投资，但把名字借给他用。"

曜子虽然对日本社会的风俗习惯和商场的事不太了解，但也大致猜到了是怎么一回事。孝平一开始就被人利用了。孝平的合作伙伴——只有孝平相信是这么一回事——安井先生当初拉他一起合伙，是为了在万一投资失败时，找一个替死鬼。曜子不想承认这个事实，但比谁都清楚，这个替死鬼就是自己的丈夫。虽然他可以令人感到温暖，感到平静，却不是在战场上值得依靠的伙伴。

"是之前的公司从中作梗，因为他们搞破坏，才会打乱我们的计划。"

又来了,他的抱怨也了无新意。孝平忘记了自己要呕吐,好像在说梦话般地喋喋不休。

"听说,那家公司虽然合并了,但营运不是很理想。CEO慌了手脚,他不想看到被他们裁员的员工事业成功。呜呼。"

曜子不想听这种男人自以为是的超乎实际情况的妄想。

"不对,问题在安井和你身上。"

"我该怎么办?"

孝平终于转过头,没想到却抱着曜子的腿。真是够了。我不是你妈妈,如果因为在外面受了委屈,就回来哭诉、撒娇,有什么出息?

曜子推开孝平的手。在此以前,曜子因为内心有秘密而感到愧疚,即使是实现可能性很低的梦想,也尽可能支持他,但如果只是爱撒娇的小孩子的游戏,就没有理由支持他。

"你说……我该怎么办?"

他似乎期待曜子的安慰。当他张嘴时,曜子把手伸了进去。曜子的手指很长,轻而易举地碰到了他的喉咙口。

呜哦。孝平发出呻吟的同时,曜子用手肘顶开了马桶盖。然后,用另一只手把孝平的头推进马桶内。

曜子一边抚摸着正在呕吐的孝平的背,一边严厉地说:"我告诉你到底该怎么办?首先,把胃里的东西吐出来,然后去盥洗室,用冷水洗洗脸,直到脑筋清醒为止。然后,用自己的脑袋想一想,想出一个最佳方法。不管是去找安井先生也好,或是找债主、租赁业者交涉。"

"但是……"

"但你不得不做。"

"……我……做不到。"

"做不到也要做。因为,没有人能够代替你,你也不能逃避。怎么样?有没有比较舒服一点?"

孝平用卫生纸擦着嘴巴,像小孩子一样用力点点头。

"太好了,那就站起来吧。"

曜子用手指着孝平的脸,孝平战战兢兢地站了起来。虽然很想亲吻他的脸颊,但看到他嘴角还留着呕吐的痕迹,还是决定放弃这个念头。曜子用介于温柔和用力之间的力道拍了拍他的脸,用嘴唇碰了碰变红的地方。然后,轻声地说:"没关系,即使钱被拿走了,也不会死人,又不是遇到持枪抢劫的强盗。没关系,no problem。不管是你、我,还有珠纪和秀太都没有问题。"

曜子的食指好像枪口般指了指门外,孝平慌忙冲进了盥洗室。

饭厅内,珠纪趴在餐桌上哭泣。

"珠纪,对不起,爸爸喝醉了。"

这次,她抚摸着珠纪的背。珠纪带着哭腔说:"……没关系。"

"我会叮咛爸爸,叫他不要出来见你的同学。"

"我已经说没关系了。反正,谁都不会来的。"

原以为珠纪是为孝平的事感到伤心，现在才发现并不是。一看时钟，发现已经快七点了。

"……绝对不会有人来了。"

"啊？"

"……我就觉得奇怪，大家突然对我客气起来……还说要来我家……我被她们骗了……大家一起骗我，就是为了看我的笑话。"

曜子摸了珠纪的背十次左右，才听懂她的意思。

这也是一种欺侮的方式吗？这些小孩子会做这种事？

点缀色拉的小西红柿突然变得很刺眼。珠纪的呜咽变成了号啕大哭。

"我不想去学校了。"

秀太瞪大眼睛，胆战心惊地把手放在姊姊的肩膀上。珠纪摇晃了一下身体，把他的手甩开了。

珠纪继续哭泣着。盥洗室再度传来呕吐的声音。秀太也含着眼泪。

为什么？这个家不是恢复了平静吗？难道这是对我的惩罚吗？曜子也很想哭，但她不会哭出来。就好像枪支有保险杆般，她也接受了抑制泪腺的训练。

艾德是俄克拉荷马为数不多的天主教徒，但并不是虔诚的信徒，也不会像多丽丝一样，在吃饭前向天主祈祷。偶尔会好像突然想起来似的去教堂走一走。有时候一个人去，有时候也会带曜子一起去。不知道那时候艾德在祈祷什么？在向谁祈祷？

在教会时，神父在弥撒结束后，总会这么说："祈祷吧。只要祈祷，上帝就会饶恕你的罪行。"

上帝不饶恕我也没有关系，我早就做好了下地狱的准备。因为，一旦我去了天堂，就无法见到艾德了。虽然不知道是谁在天上看着我们人类，但如果要惩罚，就惩罚我一个人好了。

曜子的脑中响起一个开关的声音，有点像步枪松开保险杆的声音。

她用手摸着珠纪的脸颊，让她抬起头。

"不要再哭了！"

珠纪听到曜子的声音吓了一跳，顿时停止哭泣。

"秀太，不好意思，请你留在家里看家。如果爸爸想睡觉，你可以踢他的屁股。"

秀太虽然已经习惯被骂，却被曜子的语气吓到了，用力点点头。珠纪含着泪水看着曜子。

"……要干吗？"

要迎战。哭泣无法解决任何问题。

"既然她们不来，我们就去接她们。来，站起来。"

曜子握住珠纪和自己一样的修长手指，就好像握住Remington枪一样。

"告诉我，你同学家住在哪里？"

19

往浴室内一看,看到了孝平的背影。他蹲在莲蓬头下,好像站在瀑布下的修行者般冲着水。曜子小心地挤进狭小的浴室,以免弄湿衣服,然后,扭动开关,把淋浴切到水龙头。

孝平惨叫起来,曜子对着他裸露的背部说:"车子借我一下。"

"喔,喔喔。"已经酒醒的孝平回答说。在曜子关上门时,才听到他讶异的声音:"咦?但是……"

珠纪说要去换衣服后,就一直没有从二楼下来。已经过了差不多十五分钟了。

曜子打算就穿身上的衣服去找珠纪的同学,也不想补妆。一旦打扮梳理,内心的怒气就会平息,对方就会小看自己,上战场不需要打扮。

"珠纪。"曜子站在楼下叫道,却没有听到回答。她走到楼梯中间,正准备再度叫她,却不禁偏着头。因为,从房门紧闭的珠纪房间,传来音乐的声音。

进入国中后，珠纪听的音乐兴趣突然变得成熟起来，从她房间里传出来的，通常都是曜子陌生的外国流行歌曲，但她听过这首曲子。

之前是在哪里听到的？对，是珠纪之前经常看的，曜子也在不知不觉中记住的连续剧主题曲。今天，珠纪把音量开得特别大。

一种不祥的预感油然而生。曜子冲上楼梯。

珠纪看的那部恋爱连续剧是以悲剧收场。最后，女主角选择结束自己的生命。

曜子没有敲门，就推开珠纪的房门。

房间内很暗。黑暗中，播放着伤感的旋律。

凭着对自己的家了如指掌的家庭主妇的利落动作，曜子打开了灯。

房间的窗户敞开着，夜风吹拂着蕾丝窗帘。窗帘被拉到一旁，露出了木制的窗帘轨道。

珠纪根本没有换衣服。

"珠纪！"脱口而出的话变成了一声惨叫。

珠纪站在窗帘轨道下，手上拿着皮带。那是去年她和曜子一起去牛仔裤商店时，第一次为了搭配大人用的牛仔裤所购买的。珠纪茫然地仰望着天花板。

"你在干什么？！"

在说话之前，曜子的身体已经采取了行动。在她话音刚落的同时,已经紧紧抱住了珠纪的身体。

珠纪的双腿一软。曜子也跟着跪了下来,她抱着珠纪,坐在地上。

曜子的心快碎了。空气无法进入肺中,大脑停止思考,嘴巴说不出一句话。唯一可以活动的双手用力确认着珠纪的体温。

珠纪的魂魄似乎已经飞离她的身体,似乎根本没有听到曜子开门的声音。她盯着突然打开的灯拼命眨眼,转头看着曜子后,双眼终于聚焦了。然后,好像触电一样,把皮带丢在一旁。

"不是,不是这样的。我不知道该换什么衣服……"

"听你在胡说八道……"

曜子说到这里,就再也说不下去了。她紧紧抱着珠纪,在心中继续说道。拜托你,不要做这种傻事,再也不要做这种傻事了。妈妈会保护你,妈妈可以抛弃自己的生命保护你。

"我想穿牛仔裤去,所以在找皮带。"

音乐刚好进入变奏部分,好像在嘲笑珠纪的借口。在连续剧的最后一集,当这首旋律响起时,珠纪是不是哭了?当时,曜子抱着袖手旁观的态度,觉得这孩子真早熟,如今却感到羞愧。当时,珠纪所看到的并不是爱情故事。

曜子用肩膀调整呼吸后,抓着珠纪的手臂,把她身体转了过来。

"拜托你,不要再胡思乱想了。"

"妈妈,好痛,我真的没有啦。"

"珠纪，看着我。看着我的眼睛！"

珠纪看着曜子的眼睛，泪水突然从她那双很像孝平的眼睛中流了下来。

"我不是真的想这么做。相信我，我只是突然有这种想法，只是想试试看，真的只是想试试看而已。"

这应该是她的心里话。但是不行，绝对不允许这种事发生。

"但是，珠纪，即使只是抱着游戏的心态，也不可以有这种想法。有一天，游戏会变成真心，所以，绝对不要再做这种蠢事。"

珠纪放声大哭起来。她已经毫无顾忌，好像要把积在心头的郁闷一吐为快。

邻居二楼的灯亮了。曜子关上窗户，关掉了CD的开关。秀太一定在楼下不知所措地徘徊。曜子把门也关了起来。然后，再度抱着珠纪的身体，让她尽情地哭泣。

曜子能够体会她的心情。她在珠纪这个年纪的时候，曾经好几次把枪口对着自己的脑门，心里计算着如果自己死了，谁和谁会感到难过，或是想象着曾经为难自己的人会因为后悔而深受折磨。

这种时候，虽然内心充满悲伤，内心的角落却有一种酸酸甜甜的感觉，就好像在辛辣料理中加入的菠萝。只要手指挪动十分之一英寸，自己就可以成为众人的主角，虽然那一刻十分短暂——她无法轻易摆脱这种诱惑。

九岁的时候,她想起了冰箱里的香蕉奶油派,摆脱了这个诱惑;十三岁的时候,她想象着翌周艾德要教她开车的事,才克服了这个念头;十六岁时曾经发生过两次,第一次想起了初恋男朋友的脸,另一次想起了在医院病床上等待自己的艾德。那是完成奥斯卡·科内里斯的"任务"回家的当晚。

三十二年前,如果冰箱里没有香蕉奶油派,或许就不会有现在的曜子。艾德应该没想到,他不仅教会曜子杀人的工作,也带给她可以轻松自杀的手段。

这种时候,很庆幸是在日本,不像在美国那样,家里到处都有简易自杀装置。曜子环顾珠纪的房间,检查是否有其他会令珠纪鬼迷心窍的东西。

房间整理得很干净。珠纪打算招待同学吃完晚餐后,来她房间玩,书桌的角落放着游戏盘和扑克牌。孩子气的布娃娃,以及可能被同学嘲笑的偶像照片已经收了起来,不见踪影了。取而代之的是用胶带把时装照片贴在墙上,使自己感觉更成熟。这些从杂志上剪下来的照片已经被从窗户吹进来的风剥落了。曜子眺望着珠纪的房间,长期以来,一直紧紧封闭的泪腺终于决堤了。

曜子观察着水幕外侧模糊的房间,像珠纪小时候那样,轻轻拍着她的背,慢慢地,维持和心跳相同的节奏。

"我知道,现在对你来说,和同学之间的关系很重要。但以后你一定会觉得,自己为什么会为这种小事烦恼。真的,妈妈向你保证,这是大人唯一可以充满自信告诉小孩子的事。"

珠纪的哭声渐渐平静下来。曜子抚摸着珠纪比平时梳得更整齐，又用最心爱的橡皮圈绑好的头发，继续说道。

"你的烦恼不是因为你造成的，所以，不要试图自行解决。那是爸爸和妈妈的错，没有及时了解你的心情。交给我吧，我会解决你的烦恼。"

珠纪用带着哭腔的声音问道："怎么解决？"

珠纪的呼吸吹到曜子的胸口，感觉痒痒的。

"去你同学家，然后把她们带来我们家。"

"算了，这么做也没有用。"

"不，这正是解决的第一步。"

楼下传来孝平的声音。"喂，怎么了？我刚才听到珠纪的声音，又和秀太吵架了吗？"

秀太的声音也从楼下传来，"我在这里啊。"

"咦？"

"爸爸，你不穿裤子，小心姊姊骂你。"

"啊哟，对喔，惨了，惨了。"

"你的鸡鸡晃来晃去。"

真受不了这对父子。然而，对曜子来说，听到孝平完全在状况外的傻气声音，比他说任何话都有效。珠纪一脸错愕的表情。

"你并不孤独，有妈妈，还有爸爸——"

——鸡鸡晃来晃去，晃晃晃。

"还有秀太。"

20

"妈妈,你会开车吗?"

走出玄关后,珠纪不安地问道。在说这句话之前,她已经换好了牛仔裤,系上皮带,把小狗形状的外出用包包像布娃娃般地抱在胸前。

"当然。"曜子甩了甩手上的钥匙。

"你不是没有驾照吗?"

在日本是没有啦。曜子坐在驾驶座上,打开副驾驶座的门,向珠纪招手。

"别担心,很多人没有通过英语鉴定,英语也可以说得很好。道理是一样的。"

好像不太一样。珠纪也偏着头感到纳闷。

"反正,现在不可能拜托爸爸开车。你要喝醉的爸爸,还是精神百倍、干劲十足的妈妈开车?"

曜子努力用开朗的语气说话。珠纪将原本偏向左侧的头偏向右侧。

"来come on。"

曜子用英语发音叫了一声，珠纪才勉强坐上车。总之，曜子想把珠纪带出家门。珠纪似乎对自己受到曜子的气势影响而出门这件事开始感到后悔。

曜子调整好驾驶座椅。曜子的腿比孝平稍微长一点，所以，必须将座椅稍微向后挪一点。福田家的汽车是七人座的RV车，但比曜子以前开的小货车小多了。

在艾德的农场，从牛舍去玉米田时，也需要开车才能到达。所以，曜子从十三岁时就开始开车。这是她第一次开自排车，不过，她平时在一旁看孝平开车，知道大致是怎么回事，应该不会有问题。

曜子围着沾到咖喱酱的围裙出门，她翻找着围裙的口袋。

"这个给你喝。"

她拿出一罐坎贝尔的蔬菜汁放到珠纪手上。那是她出门时放进口袋的。

"什、什么啊，这是干吗？"

"你早餐吃得很少，中午的便当又没吃完。我们现在要去敌营，如果不吃点东西，就没有力气。至少要摄取一点蔬菜。"

"为什么要喝蔬菜汁？"

"维生素可以使神经变得更敏锐。"

"那还不如喝维达果冻汁。"珠纪嘀咕道。她已经恢复了往常的满口抱怨，看来，她已经没问题了。也许是因为刚才尽情哭过的关系，身体内不好的东西也随着泪水一起流走了。

最后，珠纪还是打开了罐头。"好恶心，味道好浓。"

是日本的蔬菜汁太淡了，坎贝尔的蔬菜汁令曜子感到怀念。去俄克拉荷马后不久，艾德发现曜子吃得很少，每天早晨都把蔬菜汁放在桌上。曜子模仿艾德当时的语气对珠纪说："饮食很重要，就好像车子没有汽油就没办法开一样。"

艾德的话还有下文。"我在战场上的时候，每次吃饭，都会觉得这或许是我这辈子的最后一餐。只要这么想，即使像水泥块一样的马铃薯泥，也会觉得美味可口。"

放下手刹车，把排挡打到D的位置，踩下油门。左脚忍不住寻找着离合器。

"出发了，系好安全带喔。"

曜子正准备开出车库。

嘎啦嘎啦嘎啦。

这个声音令腹部也产生了震动。擦到车身了。正在喝蔬菜汁的珠纪"啊"的惨叫起来。

刚开到路上，另一侧车身又发出了不祥的声音。应该是电线杆上的螺丝刮到车身了。

刺……

接着，听到了孝平从家里发出的惨叫声。

"可以吗？"

"别担心，没问题。"如果有问题，就是曜子从来不曾有过

257

倒车入库和纵向停车的经验。因为，在俄克拉荷马，根本不需要这么做。

如果是艾德开车，他一定会骂"难道这是猫径吗？"曜子驶过住宅区的小巷，来到大马路上。

和小货车的沉重方向盘相比，RV的方向盘很轻，简直就像在转水龙头。

曜子一直暗自提醒自己"往左开，往左开"，以免因为以前的习惯驶入右侧的车道。她想打方向灯，右手悬空摸索着，才想起这辆车的方向灯在另一侧，而且，她发现根本不需要一直变换车道。

"没问题吗？"

坐在副驾驶座上的珠纪好像在问手上握着的果汁罐。她担心的不是曜子的开车技术。

"我们去接她们，会不会被她们笑？如果她们说不想来我们家呢？我明天去学校多尴尬。"

"那就转学吧。"

"事情有这么简单吗？"

"就是这么简单。到处都有学校可以读。"

"妈妈，你今天好像不太对劲，和平时不一样。"

"是吗？"

曜子自己也搞不清楚。她觉得，不对劲的是以前的自己，现在的自己才是真正的自己。

马路上没什么车子，曜子用力踩下油门，车子不断加速。她觉得皮肤下，好像有什么东西蠢蠢欲动。化着淡妆的脸上，粉底已经裂开、剥落，即将露出素颜。这张素颜并不是平时在镜子中所看到的那张脸。

不光是珠纪的事，也许，自己的事更值得担心。曜子突然这么想到。她完全不知道自己到底有什么打算。曜子和珠纪不一样，她具备了特殊的装置，只要手指移动十分之一英寸，就可以消灭自己。

算了，别想这么多了。反正是杀手的人生，怎么样都无所谓。

来到大马路上，一切都很顺畅。开自排车简单到让人觉得不过瘾，空着的手脚感到很空虚。曜子在脑海中复诵着隐约还记得的交通标志，不断祈祷着不要遇到被孝平称为"捕鼠器"的警车。

珠纪从来没有去过任何一个同学家，所以，只能从班级名册上查到所有人的地址。暂且不管其中一个住在神奈川县的同学，其他同学的家离曜子他们的家并不远。

"要不要先打电话？"

听到珠纪的问话，曜子摇着头。"不行，不行，到时候，她们可能会假装不在家。"

"她们可能还没回家。"

"不去看一下怎么知道？我这里还有一罐蔬菜汁，你还要吗？"

"不用了。"

她们先去珠纪口中的"萌音"家里。这个同学是班上的大姐头，这次也是她指定要珠纪当这次餐会的女主人。

"她平时连正眼都不看我一下，前几天，突然笑着走到我面前。一开始，我就觉得奇怪……但是，我想她们好不容易愿意和我做朋友，就觉得很高兴……也就没把这些事放在心上……"

珠纪说话的声音再度带着哭腔，曜子准备打开收音机。没想到，突然送出暖风。原来搞错了，把空调的开关打开了。

"珠纪，拜托你帮我关掉。"

"果然还是平时的妈妈。"

萌音是归国子女，英语成绩在班上数一数二，弹得一手好钢琴。经常像外国人一样唱一些班上流行的外国流行歌曲，成为班上同学羡慕的对象。

原来如此。看来，珠纪提出想读英语会话教室，并不光是因为可以见到小学时的同学而已。

原来是这个叫萌音的女孩让珠纪伤心，要好好记住这个名字，还有她家的地址、电话。K不喜欢留下纸条，曜子必须将所有关于"任务"的信息都牢牢记在脑海里，想忘也忘不了。至今，她仍然可以说出奥斯卡·科内里斯家的地址和他的经历。

曜子打算先去萌音家，再和其他同学联络。

不管时间已经几点了，即使拖，也要把她带回家，让她吃珠纪煮的咖喱。如果她敢说不要……

玩弄他人的人，即使是小孩子也不能原谅。即使她说是开玩笑也不能放过她，玩笑总有一天会变成真的，必须让她知道，要对自己的所作所为付出代价。

小林萌音家和福田家不同，那幢豪宅似乎在告诉别人："我们就是有这样的财力，可以让女儿读著名私立国中。"铁栅栏上长满了蔓藤玫瑰，铺着草皮的宽敞庭院放着花园桌椅。如果放在曜子家，会占满整个庭院。或许是不喜欢小林这个稀松平常的姓，大理石的门牌上标识的是英文拼法。

曜子把车子驶进大门，停在空地的角落。

"我看还是算了。"珠纪不肯下车。她被萌音家的豪华吓到了。"因为，她一定会说不想来，到时候该怎么办？"

曜子熄了火，拍了拍手臂说："凭本事。"

"……凭什么本事？"

"By force。Force就是力量，你应该在英语会话教室学过吧。"

珠纪瞪大眼睛，然后，好像等待注射般伸出自己的纤细手腕，低头看着。

"对了，珠纪，我教你一件事，你把袜子脱下来。"

"要干吗？"

"穿牛仔裤时，不穿袜子感觉比较成熟，而且，会让别人觉得你是很急着来接她们。"

曜子从围裙口袋里拿出另一罐果汁。

"我不要喝蔬菜汁了,妈妈,你自己喝吧。"

"不是,你把这个装进袜子里。"

"啊,袜子会变松。这双袜子是新的耶。"

"没关系,下次我去Jean Mate帮你买一样的。"

珠纪嘟着嘴巴,但还是听从了曜子的指示,把罐头装进横条纹的袜子中。她仍然翘着嘴巴,端详着手上的袜子。罐头的重量把袜子拉得很长,下垂的部分鼓鼓的,看起来像铁锤。

"这是什么?要干吗?"

这是black jack。这是三双一千圆的化纤袜,弹性稍微差了一点。

"这是妈妈的秘密武器。你要和咖喱的制作方法一起记住,来,我们走吧。"

曜子接过black jack下了车,珠纪赶紧脱下另一只袜子赶了上来。她还是像以前一样满嘴抱怨,但今天却特别乖巧顺从。也可能是因为曜子难得这样用命令的口吻说话的关系。

小林家的围墙下半部是砖瓦,上半部则是像铁矛般的铁栅栏,曜子站在围墙前。如果是白天,缠绕在栅栏上的玫瑰看起来应该是更明亮的颜色,但在此刻街灯微光的照射下,看起来像是刺眼的鲜血颜色。

"珠纪,你看好了。"曜子对着玫瑰挥动右手。

曜子对准的是比她身高更高的位置。以前,她在练习时总是把美国男人当成假想敌,所以,总是练习如何击中对方的脸部。

随着一声尖锐的空气声，玫瑰从枝头消失了，红色花瓣在夜空中飘舞着。

"怎、怎么了？"

珠纪瞪大眼睛看着散落在地上的花瓣。

"小时候，我的外公教我的。这是遇到意外状况时，保护自己的武器。武器的名字叫black jack。"

"武器？"

"但不可以用来攻击别人，只能用来防身。如果你必须保护自己时，就要用这种方法。"

曜子并不希望珠纪使用，但仍然希望她知道自己可以迎战，希望她知道，一开始就哭，和作战之后才哭是两回事。

曜子把black jack交到珠纪手上。"珠纪，你试试看。"

"但这些花……是别人家的……而且开得这么漂亮，不是很可惜吗？"

真是个善良的孩子。因为曜子以前就是这么教育她的。珠纪连小虫子也不敢杀。

但是，珠纪，你知道吗？想要让一朵花美丽绽放，必须消灭无数害虫。

差不多该告诉珠纪，光靠善良可能无法生存。

"你只要对准枯萎的花下手就好。这家人可能不知道，必须随时把已经开过的花摘掉。否则，就无法开出新的花。"

珠纪担心地四处张望。没关系，闲静的住宅区内没有人影。

珠纪举起black jack。或许她自己没有意识到，她瞄准的目标和自己的视线平行，刚好是国中女生脸部高度的花。

珠纪挥动手臂。红色花瓣落地，玫瑰消失了。

虽然她不小心弯着腰，手臂却很有力。或许比曜子更有潜力。虽然不知道这种潜力可以派上什么用场。

"太棒了，我的小公主。珠纪，你不愧是外公的曾外孙女。我刚开始练的时候，比你差多了。"

珠纪一脸"妈妈，这样你满意了？"的表情，得意地挺起胸。以前，曜子可能也曾经有过这样的表情。对艾德来说，要让曜子有这种想法简直易如反掌。

"但你刚才腰部往后退缩了，我想，应该是你太犹豫了。一旦决定要使用这一招，就好像从锅子里捞起意大利面一样，不能有半点犹豫。否则，自己反而会被烫到，绝对不能让对方有任何可乘之机。"

曜子在珠纪面前竖起食指。"今天，你带着这个。我并不是叫你拿这个去打萌音。"即使打她也无妨。"你只要带在身上就好，当做是自己的护身符。这可以让你觉得，对方不能一味欺侮你，你也有反击的力量。"

珠纪顺从地把black jack装进小皮包里，但立刻噘起嘴巴。因为小猎兔犬的包包看起来好像腊肠狗。

曜子站在对讲机前，回头看着珠纪。曜子像拳击选手般在胸前握拳，做出势在必得的动作。珠纪也战战兢兢地做了相同的动作。

"我是福田,是百合园附属国中福田珠纪的妈妈。"

从玄关探出头的是一个和曜子年龄相仿的中年女人,梳着一头二十年前流行的长毛狮子狗的发型,身穿一件印着名牌标志的针织衫。正是曜子讨厌的那一种女人。

或许在家长会时彼此曾经打过照面,但曜子完全不记得了。对方似乎也一样。

"有事吗?"女人毫不客气地打量着身穿围裙的曜子。

"萌音在家吗?"

"在。"

珠纪在背后倒吸了一口气。在曜子耳朵里,听起来像是惨叫。对方似乎没有请自己进屋的意思,曜子自顾自地推门而入。萌音的母亲肥胖的身体向后仰,她还没开口,曜子就先发制人的对着她正准备说话的表情说:"我是来接她的。听说萌音今天要来我家做客,时间到了,还没有看到她来,所以有点担心。"

"我没听她提过这件事。"

家里传来几个少女嬉笑的声音。在二楼。珠纪又倒吸了一口气。原来大家都在这里。

萌音的母亲打量着曜子身上的旧牛仔裤。

"是不是搞错了?我只听萌音说,今天和同学在家里玩。"

"可不可以请你确认一下?"

"你突然上门,这……"萌音的母亲用眼神扫视着曜子围裙上的咖喱污渍，和那件只是穿旧，而不是古董的Levis牛仔裤，以及躲在曜子背后的珠纪，再度将目光移到曜子的脸上。

曜子努力挤出亲切的笑容，注视着她的眼睛。怎么样？我的浅棕色眼珠子很特别吧？我可是有来历的，经历了很多你想都想不到的事。

"请你去确认一下。"

曜子眯起眼睛，击发出视线的子弹。萌音的母亲缩起脖子，她那张八〇年代发型下的圆脸，挤出了双下巴。

"快啊。"

听到曜子像子弹上膛般简短的催促，萌音的母亲求助般地对二楼大叫："萌音，萌音。"

二楼传来不耐烦的声音。"干吗，我现在正在忙。"

"你班上有没有一个福田同学？"

刚才明明已经告诉她名字了，她竟然这么问。早知道刚才不应该打玫瑰，应该打断停在车库里的奔驰车标志。

"福田？谁啊？喔，是福田珠纪吗？如果她打电话来，就说我不在。"

嗝。珠纪在背后发出声音。二楼传来的嘲讽口吻已经说明了一切。萌音的母亲并没有露出尴尬的表情，用一副"我女儿这么说"的眼神看着曜子她们，耸了耸肩。然后，将视线瞥向门口。

她似乎在暗示，你们可以走了。怎么可能就这样善罢甘休？曜子也对她耸了耸肩。

"我相信应该不至于,但这该不会是校园的霸凌吧。如果是这样的话……"

"你这么说是什么意思?"

"什么意思?"

曜子再度看着她的眼睛,靠近比她矮十公分的对方的脸。曜子没有对她说:"等一下你自己慢慢思考。"而是对她偏了偏头。萌音的母亲赶紧移开视线。

她似乎已经想得够多了。在家长会上弹劾。向校方抗议。不出声电话。向左邻右舍散发黑函。这个奇怪的女人任何事都做得出来。

萌音的母亲从玄关走到楼梯下方,用像母鸡般的声音尖叫:"萌音,你同学来找你。萌音,萌音。"

听到母亲悲痛的叫声,楼梯终于传来下楼的声音。女孩站在楼梯中央探头张望着。那张脸好像老猫般满脸赘肉,实在搞不懂她父母怎么会帮她取萌音这个名字。少女的样子和她母亲一样不可爱。不过,在此刻的曜子眼中,即使对方是美少女,也不会觉得她可爱。

萌音对曜子露出好像在闻猫食味道般的表情,当她发现站在曜子身后的珠纪时,"啊"了一声,然后,露骨地皱起眉头。萌音的旁边探出三张脸。

"咦?福田同学。"

"怎么了?"

"你不是身体不舒服吗?"

其他三个人真的露出惊讶的表情。曜子用手指戳了戳身后的珠纪,但珠纪只发出"啊"、"嗯"这种只有曜子听得到的声音。于是,曜子代替她回答说:"她没有不舒服,我们是来接你们的。"

"咦?但是萌音说……"

"听说福田同学临时取消了,萌音还很生气。"

"不是这样吗?福田同学。"

三个人下了楼,萌音也很不甘愿地跟了下来。原来是这么回事,全都是这个女孩搞的鬼。曜子狠狠瞪着萌音,好像在瞄准Remington步枪的瞄准器。

萌音怄气地把脸转到一旁。曜子又戳了戳珠纪,但珠纪仍然只是"啊,嗯"地不敢说话。无奈之下,曜子帮她翻译。

"看来,好像出了什么差错。虽然时间有点晚了,大家现在一起去吧。"

"萌音,我们又上你的当了。"

"狼来了女孩。"

"什么?你又跟我们开玩笑了。"

其他几个少女纷纷数落萌音,但或许是因为担心惹恼萌音会有不良后果,她们责备的语气都很缓和,好像萌音和大家开了一个无关痛痒的玩笑。开什么玩笑!这是罪大恶极的恶行。而且,这些女孩中,没有一个人向珠纪道歉,更没有人对她表示同情。

曜子转向身后的珠纪,拿起装着black jack的皮包,让珠纪双手拿着。然后,对着她咬耳朵说:"不能让她们小看你,要反击。"

"呃——"

听到珠纪沙哑的声音,几名少女转过头。珠纪抱着皮包,努力挤出声音说:"请你们来家里,我今天煮了咖喱。"

萌音以外的三个人互看了一眼,转头看着萌音。曜子对着挤在玄关口的三名少女拍了拍手。"欢迎你们去我家。珠纪花了半天才煮好的咖喱,很好吃喔。"

在说"半天"的时候,曜子刻意加强了语气。然后,对着傻站在一旁的萌音母亲挤出一个很明显是假笑的笑容。

"否则的话……妈妈,你说对不对——"

珠纪说的没错。曜子心想道。今天的我和平时不一样,应该是为了保护女儿,体内藏着一把枪吧。

萌音的母亲擅自想象着曜子笑容背后的含义,抖动着下巴点点头。

"好,就这么决定了。走吧。"

靠在玄关墙上的萌音鼓起了脸。你的脸本来就胖鼓鼓的,即使再嘟脸也没有用。萌音尖声叫道:"不要,我不去。"

正准备去拿书包的另外三个少女顿时停下了脚步。

"为什么?"曜子对萌音露出笑容,但她的眼睛没有笑。即使萌音转过头,曜子仍然瞪着她的胖脸,好像要用视线在她的脸

| 269

上射穿一个洞。"你们不是约好了吗？"

曜子凑近萌音的脸，趁她还来不及后退的时候，就在她耳边小声地说："Get moving, bitch（动作快，贱人）！"

萌音张大了眼睛，她的眯眼变成了椭圆形。

"妈妈……"她不敢正视曜子，发出撒娇的声音，"我不想去。辰寿司等一下不是要送上等寿司来吗？"

曜子对着已经略微了解状况的萌音母亲，只说了一句话。

"半天……"

萌音母亲摇晃着双下巴，对和她像一个模子里刻出来的女儿说："没有关系啦，萌音，你也和大家一起去吧。"

曜子再度凑近靠在墙上的萌音，用带着美国南部口音的英语对她嘀咕了一句。萌音再度瞪大眼睛，逃也似的离开曜子身旁，跟上其他三个人的脚步。

"妈妈，你刚才对她说什么？"珠纪问。

"我叫她动作快一点，不然菜都凉了。"

基于对儿女的教育，曜子无法据实以告。无论如何，她不可能告诉珠纪，她刚才说的是"如果你再慢吞吞的，小心我把你的头塞进你的屁股"。

"好，终于到了！"

包括珠纪在内的五名少女铁青着脸下了车。或许是因为渐渐适应了开车，心情放松的关系，回来的路上没有注意看信号灯，在十字路口闯了两次红灯。

车内的气氛很僵。珠纪紧张得不发一语,曜子代替她和其他同学聊了起来,几名少女也只是简短的回答。这几个少女都听命于大姐头萌音,所以,萌音每次用鼻子发出"哼"的声音,或是咂嘴时,就会让车上的气氛降到冰点。

客厅内开着电视,秀太不管播放大人节目的电视,独自在地毯上练习游泳。或许是因为等太久了,他已经练太久的自由式和蝶式,今天居然在练蛙式。

"秀太,让你久等了。肚子是不是饿了?咦?爸爸呢?"

"爸爸出去了,说要谈工作的事。"

或许是曜子的耳光和接吻奏了效。

跟着珠纪走进饭厅的少女们仍然带着困惑的表情。萌音仍然一脸生气,用充满恶意的视线肆无忌惮地四处打量着房间。

其中一人发现了正在家里练蛙泳的秀太,大叫起来。

"哇,这个孩子是谁?"

"好可爱……"

秀太浑身紧张起来,双手双脚悬在空中,一动也不动。

"福田同学,这是你弟弟吗?"

"嗯。"珠纪回答。她脸上掠过一丝懊恼的表情,似乎觉得应该把秀太和那些孩子气的布娃娃一起藏起来。

秀太游着蛙式,逃到沙发后方。

"哇,他长得好像Keroro军曹。"

"他的背后有没有发条?"

看到秀太用铃木式仰游法消失在沙发后,少女们再度惊叫起来。紧张的空气顿时放松下来。秀太的威力不容小觑。

"你们尝尝看,可能不好吃吧。"

珠纪终于可以正常说话了。在车子上的时候,她的喉咙好像被堵住了,一句话也说不出来。还需要再加把劲。如果不充满自信,即使美食也会让人觉得难以下咽。这种时候,就要这么做。曜子好像为珠纪示范般地在一旁补充道:"很好吃喔,你们要多吃一点。"

"Looking unappetizing."

萌音嘀咕了一句。她打算向曜子挑战吗?竟然用美国东部口音说"看起来很难吃"。看到其他没有听懂这句话的少女向她投以赞赏的眼神,萌音哼了一下,瞥了曜子一眼。她以为曜子英语能力太差,才假装没有听到这句话。她又哼了一声,似乎在为刚才报一箭之仇。

曜子不想和小孩子太计较,但显然错了。萌音像小鸟一样吃了一小口,立刻把汤匙丢到一旁。

"Fucking poor food."

这句英语连国中生也能听懂,而且,还配合了肢体语言。珠纪的脸顿时紧张起来。太得寸进尺了。曜子打了一个响指,对着萌音摇了摇手。

"萌音,怎么可以说'难吃得像狗屎'这种脏话。而且,F的发音错了。应该说fucking。"

曜子的英语令少女们惊呼起来。这是为了珠纪。曜子还贴心地用英语介绍了咖喱所放的材料。

少女们很喜欢吃加了秋葵的咖喱。只有一个人例外。

同学们纷纷称赞珠纪的手艺,珠纪红着脸,拼命摇头、甩手。当有人问她怎么做时,她赶紧吞下嘴里的食物再回答。真是把她忙不过来。

秀太比咖喱更受欢迎。除了珠纪以外,其他人没有弟弟,拒绝在饭桌上和大家一起吃饭,坐在客厅茶几旁吃咖喱的秀太一举手、一投足,都会让三名少女尖叫连连。

"哇,他头转过去的时候,也可以看到脸颊耶。"

"啊,他把鲜贝放到旁边了,一定打算不吃。"

"秀太,想不想做我的弟弟?"

每次听到她们说话,秀太就拼命用汤匙把咖喱往嘴里塞,很想赶快逃去二楼。

"秀太,你不喜欢吃鲜贝吗?"

有人对他说话时,他就赶快把嘴里的东西吞下去。这种样子又逗得大家哈哈大笑。

虽然在珠纪眼中,秀太只是个会在家里练习游泳,到处乱贴贴纸的讨厌弟弟,但听到大家的称赞,不禁得意起来。

"弟弟都很吵。"她说这句话的口吻很得意。

只有萌音像一只老猫一样臭着脸,也几乎没有吃咖喱。

"这个味道好奇怪。"

"他根本不像Keroro军曹。"

身为大姐头的萌音一句话,就让热闹的气氛冷了下来。从刚才开始,就一直这样。

"这幢房子好像有一股臭味。"

曜子正用托盘为另一名少女送上第二碗咖喱饭,听萌音这么说的时候,实在很想用托盘打她的头。真是忍无可忍了。另一名像是二姐头的少女半开玩笑,却又语中带刺地说:"萌音最爱说谎了,这里哪有什么臭味,只有咖喱的味道。"

萌音瞪了那个少女一眼,站了起来。"我要回去了。"

曜子拼命克制拿着托盘的手心发痒,对萌音露出笑脸。

"多玩儿一下再走吧。反正明天是星期天,而且,你们今天也可以在这里过夜。"

"好啊。"住在神奈川的少女说:"我要和秀太一起睡。"

秀太好像松鼠般嘟着脸,把剩下的咖喱送进嘴里。除了那三名少女,珠纪也忍不住笑了起来。曜子也笑了。

一阵刺耳的声音打断了大家的笑声。餐盘从桌上掉到地上。地上都是咖喱。那是萌音的餐盘。

"啊!"萌音的叫声既没有慌张,也没有不好意思,而是扬起嘴角笑了笑,看着曜子。显然她是故意的。

"啊什么。"曜子把抹布塞到萌音手上,"这种时候,要先道歉。你已经不是小孩子了,也要自己整理干净。"

曜子仿效力也妈妈一样斥责萌音,萌音却不以为然,把抹布丢到地上。

"我们回家吧。"萌音对其他三个人说。看到已经和珠纪约好饭后玩扑克牌的三个人假装没有听到,突然大声咆哮说:"我们回家了!Hurry up!"

三个人相互看着,手足无措起来。珠纪张了张嘴,却说不出话。曜子克制住已经冲到喉咙口的话,决定袖手旁观。

"还有甜点,"珠纪终于开了口,"还有甜点,你们留下来吃吧。吃完甜点再走吧。"

另一名正在帮忙曜子捡摔破盘子的少女说:"不,我还要留下来玩扑克牌。"

另一个人也说:"我也要留下来玩。我已经和珠纪约好了。"

不知不觉中,她们已经从"福田同学"改口叫"珠纪"了。

住在神奈川的女生说:"秀太也一起玩吧。抽鬼牌应该会玩吧。"

秀太紧张得挺直了身体。他已经吃完咖喱了,正在等着吃甜点,所以还没有离席。

如果只是因为屈辱而身体发抖,还令人觉得可爱,但萌音好像猫被踩到了尾巴般大叫一声,把曜子准备捡的餐盘碎片踢到一旁。

曜子站了起来,双手叉腰,低头看着萌音。

"那你就一个人先回家吧。呃，你好像是叫夜音吧。"

"我叫萌音。"

"我送你。我正在整理，还需要一点时间，等我一下。"

曜子把打破的餐盘拿去流理台。然后，在去车库前，打开储藏室的门，拿出藏在最里面的纸袋。

即使走到车子旁，萌音仍然鼓着脸。因为其他人送她到玄关后，立刻进了屋，不一会儿，就传来了欢笑的声音。

"萌音，这不是出租车，你坐前面吧。"

萌音对曜子的话充耳不闻，坐在三排座位中最中间的位子。一坐下来，就打开手机。

第二次开出车库。这一次，车体上没有增加新的伤痕，就顺利来到马路上。

曜子从照后镜中看到萌音抱着手机不放，完全无意和曜子聊天。她似乎把曜子当成是接送专用的司机了。所以，曜子也像司机那样，默然不语开着车。

她可能在到处发简讯吧。萌音忙碌地移动着大拇指，不时地张大嘴巴打呵欠，用指甲抓着脖子。虽然她的外表只是十多岁的女孩，但举手投足和中年老头子没什么两样。

车子开了一段时间，曜子对着背后说："萌音。"

没有回答，曜子稍微提高了嗓门。

"你好像对我女儿很不友善。"

她仍然没有回答。曜子踩了急刹车。萌音的头撞到了前面的座椅，手上的手机飞到副驾驶座上。

萌音在后车座咂了一下嘴。可能她很习惯咂嘴，发出的声音令人火冒三丈。

曜子捡起手机，手机盖仍然打开着，可以看到屏幕画面上输入的文字。

"福田珠纪，自以为了不起，一定要制裁她。"

曜子本来还犹豫不决，看到这些文字，终于下了决心。她说话的时候故意压低嗓门，让萌音知道已经没有妥协的余地了。

"下车。"

"这是哪里？"

"我怎么知道。"

从位在郊区的曜子家出发后，又向郊外行驶了一段距离。林道的两侧都是杂木林，四周既没有人影，也没有车子。

"把手机还我。"

曜子把萌音的手机放进围裙的口袋。萌音哼了一声。这似乎也是她的习惯，很有气势的声音足以令人产生杀意。

"你在干吗？白痴。"

曜子拿起竖在副驾驶座上的塑料布，把里面的东西拿了出来，指着萌音的脸。

"我叫你下车，你没听到吗？"

萌音不以为然地看着眼前的东西。她似乎还没有意识到，顶在自己鼻子前的是步枪的枪口。

当曜子拉了一下枪闩,萌音的眼睛瞪成椭圆形,但立刻像老猫一样眯了起来,咬着嘴里的口香糖骂道:"Silly。"

她以为是玩具枪。Silly。曜子用萌音引以为傲的英语重复了一遍。

"Get out of。"

萌音一动也不动,用嘴里的口香糖吹着泡泡。看到她转到一旁像西洋梨般的脸,忍不住想要扣下放在扳机上的手指。

不行,不行。我在干什么。如果这么做,会弄脏车子。

打开后车座的门,抓着萌音的手臂,把她拖下车。

"干吗,很痛耶。你想干吗?"

"散散步吧。"

萌音皱起眉头,用歪斜的嘴巴发出声音。"啊?"

她的语尾上扬。这是十几岁女孩表达不满的独特手法,但曜子从来没有看过表达得如此透彻的人。如果珠纪发出这种声音,曜子一定会打烂她的嘴巴。

"你脑筋是不是有问题?喂——"

萌音从袖口露出的双手指尖放在嘴上,做出嘲笑曜子的动作。不知道她是从哪学会这个动作,但丝毫无法让人觉得可爱,只会让她的脸看起来更鼓而已。

"喂——"

惹恼了大人,后果可要自己负责。

"那里应该不错吧。"

曜子用Remington的枪口指了指杂木林。今晚的月亮特别圆，但树梢挡住了月光，杂木林看起来像是漆黑的洞窟入口。萌音的脸上第一次露出胆怯的表情。

"阿姨，你知道自己在说什么吗？"

她已经完全脱下了和同学在一起时所戴着的少女假面具，说话的口气根本和太妹没什么两样。

"当然知道。"

萌音的脸颊鼓得像气球一样。"我要回去了，你赶快开车吧。"

"你不要搞错了，我不是你的司机，而且，这是我家的车子。要不要开车，由我来决定。来，赶快走吧。"

"那你把电话还我，我要打电话给爸爸。"

远处出现了汽车的车前灯。没时间耗在这里了。曜子把萌音的手机从围裙口袋里拿了出来，在萌音还来不及伸手拿时，已经丢进了杂木林中。

萌音发出一声像哨子般的尖叫声，冲进了杂木林。

你要赔。如果摔坏了你要赔。萌音重复着相同的话，在杂木林中跑来跑去。刚才那辆车子的车前灯从身后扫了过去。

"喂，根本没有嘛。你要怎么办？白痴。我告诉你号码，你用你的手机打一下啦。"

她歇斯底里地说着号码，曜子当然充耳不闻。其实，曜子已经找到手机了，就在她的脚下。她对正不停地咂嘴，用脚翻弄着地上杂草的萌音背后说："萌音。"

"你赶快打电话啦！"

"拜托你，不要再找我女儿的麻烦。"

"你很啰嗦耶，白痴，动作快啊。"

"如果你不想和她做朋友也没有关系，不要去找她的麻烦就好，也不要去破坏珠纪和别人交朋友，可以吗？"

哼？黑暗中传来这个声音。她的确是惹恼他人的天才。

"你知道这样下去，珠纪会变成什么样吗？"

萌音慢慢转过头。树林里太暗了，看不清楚她的表情，只看到她的牙齿闪着白光。她应该皱着眉，歪着嘴吧。

"国小的时候，我曾经把班上一个讨厌的家伙赶走了。她退学后，现在仍然要定期看精神科。"

萌音窃窃笑了起来。站在曜子眼前的不是人，而是一个小恶魔。根本不值得同情。

"啊，找到了。"

曜子把吊了一大串像葡萄般吊饰的手机挂在Remington枪的枪身上。

"你看。"曜子拿到萌音的面前。萌音一伸手，曜子就把枪口收了回来。萌音又咂了一下嘴。

曜子好像引蛇入洞般地摇着枪，步步后退，把她引入树林深处。曜子刚才已经发现，在五六步的后方，有一棵树木倒了下来。那里有一棵树范围的空地，头顶上空空的，可以看到夜空。

从马路上无法看到曜子她们所在的这个位置,树枝也不会影响到Remington的长枪杆。

当脚后跟碰到那棵倒下的树木时,曜子停了下来。她将枪身一甩,把手机丢到空中。当手机来到萌音头顶上时,立刻接住了手机,然后,改变姿势,使萌音站在背对着倒下树木的位置。

"玩够了没有。"

曜子用Remington枪顶住了她皱起的眉头。萌音故意叹了一口气,用口香糖吹了一个泡泡,做出了投降的姿势。她的两手像白痴一样甩着。在美国,如果有人用这种方式投降,保证在一秒钟后脑袋开花。

"别再玩那把玩具枪了。简直难以相信,一把年纪的老太婆,还玩这种东西。"

她嬉皮笑脸地把口香糖从嘴里拿了出来,准备黏在枪口上。

"这是真枪。"

曜子把手机丢向夜空,萌音再度发出像哨子般的尖叫。

手机刚好丢在月亮的方向。

曜子将枪口瞄准那里,在手机的轮廓和满月重叠的那一刹那,扣下了扳机。

枪声震动了夜空。手机似乎膨胀起来,顿时粉身碎骨。掉落的碎片使树叶发出像雨声般的沙沙声。

然后,曜子把枪拿到萌音面前,让她闻硝烟味。笑容已经从萌音的脸上消失,她张大嘴巴,随后发出惨叫声。

281

"懂了吗？这是真枪。而且，不是打靶或是打水鸭的枪，而是专门杀人的狙击枪。如果你以为世界上的妈妈只有平底锅和熨斗，那就大错特错了。"

萌音步步后退，立刻被倒下的树木绊倒，一屁股坐在地上。曜子仍然把枪对准她。萌音嘴巴发抖，语不成声地叫着。

"妈妈妈妈妈妈。"

曜子将枪闩往后拉。由于周围一片寂静，枪闩发出的声音显得更加冰冷。

"我、我要告诉妈妈。还有爸爸、爸爸爸爸。"

"请便。但是，你要怎么说？说你同学的妈妈用狙击枪打你吗？你这个狼来了的孩子，谁会相信你的话？你是大家公认的大骗子。"

"警警警警警警警……"

曜子的手指碰到了扳机。

"警、警察，我要报警。"

"啊哟，这就伤脑筋了。那我可不能放你走。"

曜子把枪口放在萌音的额头上。萌音张大了眼睛和嘴巴。曜子挪动手指到千钧一发——只剩下百分之一英寸——的位置。

呵。萌音没有回答，却打了一个嗝，好像身体深处漏气的声音。

曜子原本只打算吓唬她。然而，她此刻感觉到自己很想扣下扳机。这是一种试图满足生理欲求的强烈冲动。这是在学习人世间的道理前,身体就已经学会的动作。对曜子来说,扳机的存在,就是为了让人扣下去,而不是松开。

她听到了隐约的水声。萌音的两腿之间冒着热气。她失禁了。她像婴儿一样,嘴巴张成四方形哭了起来。尿骚味令曜子回想起当年为珠纪和秀太换尿布的情景。曜子的手指在百分之一英寸的距离前继续迟疑着。因为,杀手像精密仪器般的手指已经变成了满是冻伤的母亲手指。

不行。现在必须变成机器。她郑重告诉萌音:"即使你从这个世界上消失,对我也没有任何影响。但如果我女儿有什么闪失,我会很伤脑筋,会很难过。"

曜子惊讶地发现,自己的声音比平时更低沉。

"我再说一次,你不许再动我女儿一根汗毛。听懂了吗?"

曜子的手指回到十分之一的距离,继续说道。

"很好。我随时都会监视你,因为,我并不是普通的妈妈,也杀过好几个人。如果你把今天的事告诉任何人,我马上就会把你干掉。"

曜子重复了好几次,直到即使无法听到别人说话的人,也可以牢牢记住这番话。

萌音一边哭,一边发出好像故障的机器般奇怪的打嗝声。她的精神状态可能出了问题。但曜子毫不在意。因为,萌音不是她的女儿。尽情地哭吧,至少要有珠纪曾经流过的一半眼泪。

21

"好烫、好烫。"

准备拿下锅盖的珠纪跳了起来,双手弯成了老鹰爪子的形状。

"小心,万一烫到了就惨了。"

曜子一边切着细葱,一边说道,但还是忍不住笑了出来。珠纪拼命拉着耳朵。在煮咖喱的时候,曜子曾经告诉她,万一手指烫到时,可以摸耳垂。结果她记错了。珠纪拉着耳朵问:"是不是差不多了?"

锅子里飘出香喷喷的味道。那是大蒜和西红柿的香味。今天晚上要吃美式海鲜鸡肉饭。

美式海鲜鸡肉饭是Cajun料理的主要菜色之一,煮一锅地道的美式海鲜鸡肉饭很费工夫,这种时候,就可以发挥家庭主妇的智慧。曜子省略了辣椒粉和月桂树的叶子,用盐、胡椒和伍斯特酱调味,用细葱代替在日本很难买到的斯卡林葱。因为珠纪说想学这道菜,所以,曜子明知道她会越帮越忙,还是答应教她。

"巴西利可不可以放进去了？"

"嗯，可以。"

加入巴西利后，熄火焖十分钟左右，最后再把细葱放进去就大功告成了。珠纪好像在测量自由落体速度的实验般，把切碎的巴西利慢慢丢进锅里。曜子纳闷地探头一看，原来她在用巴西利做出一个心形。曜子看着她问："最近学校怎么样？"

"嗯，马马虎虎。"

她的回答和以前一样，但回答的方式完全不同。如今，她的语气中带着兴奋。

这一天，是新学期开学后第二周的星期二。最近，珠纪回家的时间比以前晚。据说是因为放学后，经常和其他同学玩的关系，她们想找是否有可以从二年级开始参加的社团活动。

"啊，那个同学最近怎么了？就是上次来家里的——"其实，曜子记得她的全名，但故意假装忘了，不经意地问道，"就是先走一步，没有住在家里的那个圆脸同学——"

那天晚上，曜子把萌音送回了家。看到萌音哭成了泪人，不断打嗝的样子，她母亲像八〇年代的明星般迟钝地瞪圆了眼睛。曜子好像要在萌音的背上烙印般，用力按着她的背，只说了一句"她好像身体不舒服，我送她回来了"，就转身离开了。曜子不知道萌音到底有没有保守秘密。

第二天，曜子心里很紧张。在为留在家里住宿的其他同学准备早餐时，也很担心身穿西装的男子会突然出现在玄关，对自己亮出黑色证件（警察证）。

那天晚上，她把Remington枪藏在一个秘密地方。到目前为止，还没有客人拿着警察证上门。

"你是说萌音吗？"

"对，对，就是她。"

珠纪的表情顿时阴沉下来。

"萌音最近好像有点怪怪的。新学期开学后，她一直没有来学校，昨天终于来了，却不和任何人说话。一整天都坐在桌前自言自语，当她看到我的时候，突然惨叫起来。"

"真纪说，她可能有心病。小圆说了一件很奇怪的事——"

"什么事？"曜子准备从篮子里拿细葱的手停了下来。

珠纪迟疑了一下，倒竖着眉毛说："……听说，萌音在读小学的时候一直欺侮一个同学，结果，那个同学精神错乱了。有一天，突然从三楼的教室窗户跳了下去——"

"啊哟，好可怕。"真的太可怕了。这种事很可能在珠纪身上重演。

"虽然只受了伤而已，但现在没办法上学了。小圆说，萌音是受到了那个同学的诅咒。"

"真希望她的心病……可以好起来。"

虽然有点愧疚，但曜子并没有后悔。如果自己没有出手干预，精神错乱的就是珠纪。几个同学在家里住宿后，好不容易和珠纪变成了好朋友，如果珠纪再度遭到背叛，一定会受到比以前更大的打击。当时，曜子就觉得刻不容缓。

或许有其他更聪明的解决方法，但曜子想不出这种方法。因为，她只学过借由伤害他人保护自己的方法。

珠纪拿起装细葱的篮子，迫不及待地想要打开盖子。

"现在还不行。"

"好烫、好烫。"

浴室里传来秀太的声音。"海豚式打腿法！"

同时，还传来了水声。不必看，就知道他在干什么。孝平的声音也从浴室传来，但听不清楚他在说什么，应该是说"别玩了"吧。

过了十分钟。即使不需要用定时器，也可以正确掌握时间。这并不是因为家庭主妇对家事的熟悉，而是从少女时代就在身体中培养起的体内时钟。那是组装Remington枪的最低目标时间。曜子和珠纪差不多年纪的时候，第一次打破了十分钟。

"细葱已经够了，不需要弄心形啦。"

曜子问吐着舌头的珠纪："珠纪，我问一个假设的问题——"

曜子努力假装自然，却没有成功。她发现珠纪的表情紧张起来。

"什么？"

"新学期刚开始，很难说出口，"在对小林萌音做了那样的行为后，或许不应该再说这种话，"如果需要你转学，你——"

曜子比开枪时更紧张，小心翼翼地说出每一个字，以免子弹打进珠纪的心里。

"你有什么想法？把你的想法告诉妈妈？虽然我不知道能不能满足你的要求，但我想，我们应该好好沟通一下。"

孝平的债务总额十分惊人，总共有将近二千万圆。落跑的安井向地下钱庄借了设立公司的资金，孝平成为他贷款的保证人。

K的报酬和奖金根本无法填补这个大洞。照这样下去，不久就付不出珠纪的学费了。

珠纪露出严肃的表情，但那是因为放进锅里的细葱变成了星形。珠纪很干脆地回答："没关系啊。"

她已经十三岁了。曜子很小心地不在小孩子面前谈论有关钱的事，但珠纪应该已经察觉到父亲和目前福田家的经济状况了。

"比方说，读附近的国中也没有关系吗？"听附近的邻居太太说，那所学校素质很差，"我只是这么假设而已。"

目前还没有决定要让珠纪读那所国中。也许会卖掉这幢房子，搬去其他地方。

"没关系，我已经不是小孩子了，无论去哪里都没有关系。如果有人欺侮我，我就K他一顿。"珠纪说着，甩着已经空了的篮子，然后，好像在练习英语发音般地说，"用black jack。"

曜子的心脏好像挨了一颗子弹。但如果是这种子弹，她承受再多颗也没关系。最近，曜子的泪腺变得特别发达，她赶紧转过头，不让珠纪看到自己的脸，然后，用美国南部口音纠正了珠纪的澳洲口音。

"Black jack."

"Yes, mom, black jack."

秀太兴奋的声音和孝平响应的声音从浴室转移到更衣室。差不多该吃晚餐了。

"可不可以帮我把汤匙和叉子拿出来？还有杯子。"

看到秀太光着身体走出来，珠纪尖叫起来。

"秀太，你再这样，小心我帮你拍下来，传给你的同学。"

围着一条浴巾走出来的孝平打开冰箱。他从冰箱里拿出来的不是啤酒，而是麦茶。曜子告诉他，喝气泡酒没关系，但孝平说，在还清债务前，他要戒酒。看到他一口气喝下麦茶，发出喝完啤酒时那种回味无穷的叹息，真不知道他能够坚持到什么时候。

他不喝酒还有另一个原因。因为，等一下他要去上班。孝平现在白天在工地上班，每个星期有三天晚上去便利商店上大夜班。同时，也经常去职业介绍所找工作。他仍然没有放弃寻找安井，他为了向家人赎罪而拼命工作，但不知道他身体是否能够承受。最近，孝平瘦了，连黑眼圈都跑了出来。

曜子也准备出去工作。幼儿英语会话教室的工作条件很理想，但因为曜子是日本人，所以遭到了拒绝；她也应征了时间比较自由的食品试吃贩卖员的工作，却因为缺乏经验而没有被录用。最后，她决定去便当工厂上班，将从后天开始上班。

"要不要我帮忙?"

"不用了,没关系。你赶快先去穿裤子,不然珠纪又要生气了。"

"我本来想在洗澡的时候和秀太谈那件事……结果他在练海豚踢腿……我就说不出口了。"

夫妻两人商量后决定,首先两个人一起外出工作,看看能不能偿还每个月的债务。先卖掉车子,再视情况,看要不要卖掉房子。

如果还不行,只能让珠纪从私立国中转到公立国中,秀太也放弃游泳学校。说服秀太是孝平的工作。

"对不起,让你受苦了。"

孝平看着锅内,轻声嘀咕了一句。美式海鲜鸡肉饭的材料只有鸡肉、小香肠而已。照理说,应该放入虾子,以前在煮这道菜的时候也这么做。然而,对目前的福田家来说,十尾六百圆的虾子实在太奢侈了。曜子假装不经意地把鸡肉都装进了小孩子的盘子里。

"说了也没用。"

暂且不管那些债务,即使孝平被派去那家子公司,也很快会被开除。不久前,孝平突然把手上的求职情报杂志丢到地上。孝平平时不会这么做,曜子觉得很纳闷,事后拿起那本情报杂志一看,发现孝平以前任职的制药公司正在募集主管。一整页的花哨广告上写了这样一句话。

"新酒要装在新皮袋里。"

这是《圣经》上的话。应该是一旁登着大头照的美国CEO的创意吧。令孝平恨得咬牙切齿的这个叫肯尼斯·卡夫曼的男人，的确有一双像圣诞老公公般的圆眼，但那双蓝色的眼睛很冷酷。

新酒要装在新皮袋里。

以前，曜子在教堂听到这句话时，不了解其中的意思。在还没有酒瓶的时代，葡萄酒都会装在皮袋里保存。如果将还在发酵的新酒装在旧皮袋里，发酵过程中膨胀的气体压力就会把旧皮袋撑破。曜子只记得听到神父这样的解释时，她还在想，不知道胀破的那一刹那是怎样的感觉，就像用枪打西瓜那样四溅吗？

原来如此。原来这句话可以用在这种场合。孝平真可怜，竟然被那个老人视为旧皮袋。

不光是孝平，向外公学习生存之道的曜子也绝对是旧皮袋。曜子环顾着刚买了新家具的狭小客厅和饭厅，不禁想道，也许，我们在旧皮袋里装了太多新酒了。

秀太很喜欢吃加了小香肠的海鲜鸡肉饭，拿着汤匙大声欢呼起来。珠纪发现曜子和孝平的盘子里没有鸡肉，偷偷地把鸡肉放在他们的盘子里。当珠纪看电视时，孝平又放回了珠纪的盘子。

曜子把四季豆汤端到桌上，海鲜鸡肉饭和四季豆汤很速配，而且，既营养又经济。

在电视广告时，秀太转台了，珠纪抱怨了很久，孝平喝着麦茶，很勉强地发出"呜哇"的叹息。

曜子也拿起了汤匙。虽然经历了很多事，但此刻至少是一家四口平静的团聚时光。

不，不是四个人而已。曜子的汤匙停在半空中。

房间内有六个人的人影。

餐桌对面，奥斯卡·科内里斯抱着洋芋片的袋子坐在客厅的沙发上，他缺损的头面对着餐桌。

看到秀太转台时，科内里斯显得很不满。他喷出的脑浆依然像是色泽很差的白咖喱酱汁。

围着一条浴巾的克雷格·里亚顿站在内侧的窗边，刚好在珠纪视线的前方，当然，珠纪并没有像看到孝平洗完澡走出来时那样惊叫。里亚顿今天仍然不知道他的手机已经被打飞了，正在和某个人通话。他的嘴巴张成O形，竖起只剩下鲜红色的洞的耳朵。

对前足球选手来说，里亚顿的个子并不高大，小腹也突了出来，但看电视看腻的科内里斯张大的眼睛似乎在对他的裸体投以热切的视线。

好久不见。这么长时间没出现，还以为你们两个人不会再现身了。见到你们很高兴。

曜子发现，自己并不是旧皮袋，而是没有酿好的葡萄酒。无论怎么努力，也不可能被装进新皮袋。

22

　　托着下巴，茫然地望着窗外，发现天空的颜色一天比一天更深了。最近这几天，只要一到上午十一点，她就会坐在饭厅。

　　两星期前，每天一到这个时间，她都会借故外出。实在无事可做时，就借用珠纪的MD随身听，把音量调到最大，走去庭院内。所有这一切的行为，当然都是因为不想接到K的电话。

　　如今却基于完全相反的理由坐在餐桌旁。当曜子向便当工厂提出，因为无法上早班，所以想换到下午班时，就突然遭到了开除。

　　当她的视线从窗外移向小茶几时，放在上面的电话就响了。铃声响遍整个房间。那是因为曜子把铃声音量调大了，听筒的声音也调大了。

　　——喂，曜子吗？是我啦。

　　婆婆昌枝的声音像牛叫般悠闲。

　　——这里的积雪已经融化了，福寿草差不多快开花了，东京怎么样？

樱花已经凋谢了，有些性急的家庭已经挂出了鲤鱼锦旗，天空蔚蓝得令人感到刺眼。

"东京也温暖多了。"

——福寿草已经开花了吗？

"嗯，应该吧。"

——喔，是吗？

婆婆像往常一样，发出受伤的声音。曜子赶紧补充了一句："托您的福。"

——我听说了。孝平是不是辞职了？那孩子没有耐性，真是拿他没办法，让你受苦了。

"不，没这回事。"

——曜子，如果你不介意，不妨大家一起搬来这里住。北海道是个好地方。只是福寿草还没有开花，你不用客气，我们是一家人。

孝平说，不会向老家哭诉，但他这个人，不仅喜怒哀乐形于色，从声音也可以听出他的想法。婆婆已经感受到孝平和曜子的困境。

我们是一家人——对自从艾德死后，始终独立生活的曜子来说，这句话打动了她的心。然而，不能依赖他们。孝平的老家并不富裕，虽然有一片相当于曜子他们家几百倍大的农地，但那块土地的价值应该还不如这幢房子。

"别担心，我们可以应付。孝平最近也很卖力，说在找到新工作前,都会好好努力。"

——我会寄芦笋给你们吃。对不起,我们帮不上什么忙。啊,对了,用芦笋做醋泡菜也很好吃。做法很简单,只要把醋、味精和酱油一起放在锅里,和芦笋一起煮就好了——

曜子很感谢婆婆的心意,但她不想聊太久。

"妈,不好意思,我正赶着出门,等一下再打电话给你。"

——喔,没关系,没关系,我也没有其他的事。我会把料理的方法写在纸上,一起放进纸箱。记住喔,要用醋、味精和酱油一起煮。

时间已经十一点十五分了,距离K经常打电话来的时间只剩下十分钟。这三个星期以来,K应该多次在这个时间打电话来过。即使在庭院用随身听塞住耳朵,曜子敏锐得令她感到讨厌的听觉也捕捉到了电话铃声。

虽然她曾经犹豫过,但最后还是认为,这是唯一的解决方法。因为她终于体会到,最适合自己的,既不是教那些连日语都还不会说的幼儿说英语,或是把冷冻的绞肉汉堡煎出很好吃的样子,更不是把小菜装进输送带上的便当里。

这个世界上,有些人的语言能力特别强,也有人擅长推销,可以轻松自如地把菜肴装进输送带送来的容器内也是一种才华。曜子在便当工厂只上了四天班,就因为失误连连而频频挨骂。

曜子终于发现,自己天生所具备的,而且经过长期磨炼的才华就是杀人。

再出一次任务。如此一来，所有的问题都解决了。

珠纪可以继续就读好不容易和同学相处愉快的学校，同时，也可以顺利进入虽然不好意思向曜子他们启口，但内心十分向往的网球社。

秀太可以继续参加游泳学校。即使无法参加北京奥运，以后的事，谁都不知道。秀太那么喜欢游泳，或许上帝赐给他的才能就是游泳。

孝平也不会日夜工作而产生黑眼圈，可以畅饮啤酒，更可以发挥自己的专长，找到理想的工作。

至于曜子自己——她没有考虑过自己的未来。自己有未来吗？曜子只看到一片漆黑，宛如没有星星的夜晚。

就让一切都结束吧。这是曜子内心唯一的希望。让一切都结束。

过了十分钟。虽然没有看时钟，曜子的体内时钟这么告诉她。

房间的空气似乎颤动了一下子。几分之一秒后，铃声响了起来。曜子从椅子上站了起来，似乎一切都在她的掌控之中。

——达姆．尼．尼杰多．科里可．玛吉。

听到K的暗号，曜子机械地回答。"嗯多多．瓦．鸟卡．尼．鸟卡。"

——嗯。

听到曜子顺从地回答，K发出满足的声音，又像是安心的叹息。

——今天你在家。最近经常外出,每天都去参加派对吗?

"是啊,差不多啦。"

一下子把配菜的烧卖掉在地上,一下子忘了把可乐饼掉在地上,一下子又打翻装了牛蒡的容器,真是很棒的派对。

——你还记得上次送披萨的事吗?

曜子故意表现得很冷淡,以免K发现她一直在等他的电话。

"只知道大致情况。"

——那我再说一次,你应该愿意听吧?

"对,请说吧。"

——首先是地点。

原以为他会用暧昧的方式,含糊其辞地传达联络方式,没想到K一下子就说出了地名。他可能很担心曜子会突然挂电话,所以也顾不得那么多了。"任务"的地点在东京郊区,距离曜子居住的地方并不太远。

——送货地点在医院。

"医院?"

他上次不是说,这次的任务根本就是鹿主动跑到准备打鹿的枪口前。现在听起来,或许比上次里亚顿时更加困难。

K似乎看透了曜子的心思,立刻继续说道。

——对你来说,应该易如反掌。虽说是医院,但可以自由送货,周围的环境也没有问题。

他的意思是说,那是很容易狙击的地方,不必担心。

——你需要新的手机。你之前的手机好像已经没在用了,这一次要和什么一起送?如果再送美国龙虾就不好玩了,你有没有喜欢的东西?

"Mountain oyster。"

听到曜子的话,K扑哧一声笑了起来。

——Mountain oyster!你是说真的吗?

Mountain oyster并不是牡蛎,而是牛的睾丸。俄克拉荷马并不靠海,但经营牧场的人都会煮这道家庭料理。

为了使公牛性情温驯,改善肉质,牧场都会帮它们去势,把睾丸拿来做料理。通常都炸来吃或是稍微煎一下,但艾德喜欢煮成白咖喱。不知道美国其他地方是否有相同的饮食习惯,即使在俄克拉荷马的餐厅菜单上,也很少看到这道料理。

刚去美国的那年秋天,曜子第一次吃牛睾丸白咖喱。那是为春天出生的小牛进行残酷仪式的季节。

由于实在太好吃了,曜子吃了第二碗。当曜子问:"这是什么肉"时,艾德干咳了一下,一脸困惑地说:"是牛的内脏。"

后来,曜子问牧童杰斯:"Mountain oyster是什么?"

"就是这里,小姐。"

杰斯笑着把一只手放在自己的双腿之间,用另一只手拍了一下。所以,曜子八岁以前在牧场帮忙前,都一直以为mountain oyster是牛的手。其实想一下就知道,牛根本没有手。

那是令人害羞，也是令人怀念的味道。

"我是开玩笑的。"

曜子后悔自己的失言，但K心情愉快地继续笑着，不想放弃好不容易把握的谈话契机。

——要不要鲶鱼？这是本店的私房菜，Bon Appetit（请尽情享用）。

故意说了一句法语，好像在炫耀自己的语言能力。之前两次任务时，他的小心谨慎简直到了偏执的程度，但这次却毫无戒备。他在说话时毫无防备。或许是没有把这次顺便捡到的工作放在眼里。"听好了，小女孩，不要小看大人的工作。"二十五年前，当曜子不听他的叮咛，带了备用的枪支时，K曾经这么斥责她。曜子倒觉得不应该太小看这次的任务。

"鲶鱼也可以。即使送鲶鱼来，我们家也不吃。"

——曜子，你今天心情好像很不错，你应该会答应吧？

开什么玩笑，接受杀人的工作，怎么可能心情好？曜子故意扯尖了嗓子说："你还有事情没说。"

——什么事？鲶鱼的煮法吗？

曜子不理会K的冷笑话，直截了当地问："报酬。"

到底要不要接这份工作，必须视金额而定。上次，当曜子拒绝时，K说了一个很大方的数目。

如果说的数目比上次少，曜子就打算拜托工厂主任，让她回去上早班。

面对曜子的犀利问题，K的回答也不含糊。

——二十万美金。

他说出的金额仿佛知道福田家的情况。

K沉默片刻，似乎在评估数字的效果，然后，用早就知道答案的口吻问：

——你愿意接这次的任务吗？

曜子试图假装犹豫一下，却失败了，她迫不及待地回答说："Yes。"

——太好了，曜子。

K很难得地，发自内心地这么说道。也许K和曜子一样，即使时代改变了，仍然无法摆脱原来的生活方式，只能活在旧皮袋中。

K没有提到预付金的问题。曜子也不打算问。因为，即使拿了三分之一也没有意义。这次的任务是"all or nothing"，成功或是失败，决定了拥有一切或是失去一切。

人生就像硬币的正反面。如果借用艾德的口头禅，那么，曜子已经把硬币丢向空中。

K似乎还有话想说，曜子向他道别后，把电话从耳边移开。然后，扪心自问，这样真的好吗？

她的犹豫在挂上电话的那一刻就结束了。

答案是"Yes"。没错，就这样。我是一个可以为了孩子，为了家人而不惜杀人的女人。

23

四月过了一半,曜子的庭院一派生机勃勃。最近,曜子疏于照顾这些花花草草,但植物的生命力实在太旺盛了。五色缤纷的花朵似乎在说,不管曜子准备做什么,它们都会自行生长。

早晨的雨停了,曜子来到已经好几天没有露脸的阳光照射的午后庭院内。

香雪球开着白色的小花,好像撒了一层白砂糖,点缀着花圃四周。后方的三色堇开了花,红菊和黄金菊也开始炫耀着和太阳相似的颜色。

花开是花落的预兆,差不多该准备新的花了。现在是为夏季的花播种的最佳季节,今年,曜子打算种波斯菊和熏衣草。波斯菊是珠纪喜欢的花,熏衣草是孝平故乡的花。

她把泥土放进特地为此留下的保丽龙盒子,好像撒辛香料般播下种子。

玄关传来机车停止的声音。曜子探头一看,发现一个戴着安全帽的男人抱着一个大箱子,正准备走进大门。

曜子把手上的移植铲当做刀子握在手上。难道是K的手下？

停在门口的不是机车，而是一辆红色小绵羊。男人穿着深蓝色制服，应该是邮递员。是孝平老家寄东西来吗？婆婆昌枝每次都用邮包寄蔬菜来。

男人发现曜子正在观察他，便慢条斯理地问："请问是福田太太吗？有你家的快捷包裹。"

男人交给曜子的包裹必须用双手才能抱住，分量却很轻。即使是芦笋也不可能这么轻。

邮递员又顺便交给她一封信。那是一个大信封。

回到家里，打开没有寄件人姓名的包裹，里面是一个用大量薄纸包住的布娃娃牛。

布娃娃牛像人一样坐着，戴着牛仔帽。那是K寄来的。真是一个不好笑的玩笑。

曜子从厨房柜子里拿出刀子，刺进牛屁股的缝合部分，以切鱼的要领割开，在睾丸的位置把手机取了下来。和上次的机种相同，这次是浅紫色。红色不是我的颜色。曜子思考着自己到底有没有对K说过这句话，却怎么也想不起来。

信封上印着一家没听过的医院名称，里面有一份广告小册子。用高级的纸张印制的广告十分精美。封面上印着这样的文字："圣罗莎丽娜医院，安宁之乡"。

乍看之下，是普通的广告小册子，上面刊登着介绍属于安宁病房设施的文章和图片。应该是针对有钱人的生意。从第一页所刊登的外观照片来看，根本不像是医疗用建筑物，简直和白宫没什么两样。

下一页所介绍的病房，也和曜子所了解的医院相去甚远。房间内放着一组沙发，天花板上挂着水晶灯，以及铺得一丝不苟的病床，看起来和饭店没什么两样。

在介绍周边图的最后一页，附了一封信，那是用文字处理机打的简短英文信，翻译成日文后，内容如下：

圣罗莎丽娜医院"安宁之乡"，可以缓和末期病患和家属在肉体和精神上的痛苦，度过人生的最后关头。自前年开设以来，曾经迎接了众多有缘人。

为了让社会大众更了解"安宁之乡"的意义和理念，将举行一场说明会，敬请参加。

四月二十一日星期六，下午两点开始。

地点在一〇四号室。

这就是K的指示。

也就是说，任务将在星期六执行。就是后天。太匆促了。根本没有时间去勘察场地。明天，孝平请假，他要去职业介绍所。最早十点多才能出门，下午是游泳学校的晋级考试。而且，星期六幼稚园不上课，秀太在家。

不能更改日期吗？曜子等待K的电话，但或许是因为已经接近傍晚的关系，曜子等了很久，手机仍然保持沉默。

该怎么办才好？后天，让秀太去力也家玩吧。

送秀太去游泳学校后，自己不在一旁观看，直接去勘察场地就好。不，虽然距离很近，但从这里到安宁之乡，光是来回就要超过一个小时，根本没时间仔细观察。曜子根本没有自信可以想出妥善的借口，连续两天外出。

而且，曜子很想看秀太晋级的那一刻。继上个月之后，这次他准备晋级到十六级。想到花了整整三个月才从十八级晋级到十七级，这次的晋级显然十分惊人。无论如何，曜子想亲眼确认他的成果。

虽然不安，但只能在不勘察现场的情况下直接执行任务了。曜子轮流看着广告简介上的馆内图和周边地点。

一〇四号室面向宽敞的中庭，在医院外，有好几个可以成为狙击点的地方。正如K所说的，环境并不差，只希望那里的情况一切如地图上所示。

好，就这么办。曜子把广告和英文信放进手提包里，用包装纸把布娃娃牛包起后，准备丢进垃圾袋，却又临时改变了主意，放在客厅的架子上。等一下用线缝补一下，送给珠纪当做礼物吧。

曜子把手机放进围裙口袋，回到了庭院。

继续播完暂时中断的种子后，曜子将种在培植箱里的三色堇移到了圆花盆里。

"对不起,又要搬家了,这里太小了。"

种完三色堇后,只剩下泥土的长方形培植箱是曜子所有花盆中最大的。她把培植箱搬进了车库。

她在地上铺好报纸,把培植箱里的泥土倒了出来。里面只有一半的泥土,因为,箱底放了一个用好几层塑料袋小心翼翼包好的包裹。

曜子把泥土倒在庭院,用报纸包好包裹后,走进家里。

把广告纸在餐桌上铺好后,曜子拿出了金属锉刀。那是以前自己在修理管线时,在家庭用品卖场买的。

看到馆内图和周边图时,她就已经研拟出适当的计划。

这是最后一次。曜子已经决定了。这真的是最后一次。

她从包裹中拿出Remington的枪身。

她用手指当尺,放在枪身上。曜子的中指差不多四英寸出头,她用锉刀在大致的位置做了一个记号。她要把枪管截短八英寸,使枪身变短。

她为艾德简短地祈祷后,再度拿起锉刀。

她只需要使用剩下的六英寸。枪身变短,也会影响命中率。不过,这点距离对曜子来说,并不是问题。

曜子觉得破坏外公唯一的遗物Remington长枪,就好像在伤害外公。她在心里呢喃:"外公,对不起。"

金属锉刀的摩擦声音听起来像是人发出的惨叫。

24

星期六一大早，曜子把秀太送去力也家后，立刻去了花店。力也还在睡觉，力也的妈妈相信了曜子说要去医院探视老朋友的谎言，像往常一样一口答应。

"你儿子在我手上，你不必付赎款，不过，下星期三晚上，力也可不可以住你家？我要去约会，也许会有余兴节目。如果我垂头丧气地来接力也回家，你再好好地嘲笑我吧。可以吗？"

"嗯，我会为你的成功祈祷。我这里没问题。"应该吧。

最近的花店或是家庭用品中心的园艺区，即使在冬天，也可以看到各式各样的鲜花，不知道是在哪里种植的。如今，正值春暖花开，花店内更是热闹非凡。如果今天不是执行"任务"的日子，曜子很想好好观赏一下，此刻却没有时间磨蹭。

曜子快速选好花，请店员帮忙做成花束。她买了红色玫瑰、黄色水芋和满天星。虽然这样的搭配并不理想，但也只能这么办了。

"我觉得把花茎剪短一点比较好看。"曜子摇摇头，拒绝了店员的忠告，留下了长长的花茎。

回家后，曜子重新包装刚买回来的花。花店的塑料纸太短了，而且是半透明的。曜子事先准备的包装纸既厚实，又牢固，宽度超过一公尺。

放在最里面的不是玫瑰，也不是水芋，而是Remington枪。Remington枪的枪身已经截短，枪托也拿了下来，但仍然有大约六十公分的长度。为了隐藏枪身，曜子使用了大量长茎的玫瑰，再用满天星盖住。

绑好缎带，单手拿起花束。枪身变短，以及少了准备在使用时装上的枪托后，虽然变轻了不少，但如果要假装拿得很轻巧，还是需要一点努力。

射程距离并不远，为了安全起见，曜子仍然打算安装瞄准器。

即使考虑到万一的情况，所需的子弹应该也不会超过两发以上，但她还是准备了三发。当然都是艾德的手工子弹。

她拿起没有枪托的狙击枪瞄准。虽然没有试射，但近距离应该没有问题。嗯，没问题，一定可以成功。她瞄准了飞过窗外的白纹鸟。

就在这时，门铃响了。

扭开门锁，打开一看，发现刚才送去力也家的秀太站在门口。

"……怎么了？"曜子努力掩饰自己的不安，但声音还是沙哑起来。

"力也生病了,发高烧。力也妈妈说,可能是腮腺炎。她说如果传染给我就惨了,所以叫我先回来。"

什么?那该怎么办?

——对不起。我知道你有事要出门,也知道你不想把秀太一个人留在家里。不然,我介绍我们店里的女孩子给你,请她们帮忙照顾一下秀太。

力也妈妈在电话中不停地道歉,反而让曜子觉得很不好意思。

力也发烧到三十八度三。今天早晨,他的脸颊突然肿了起来。曜子这才想起,幼儿园"向日葵留言"上曾经提醒,目前正是腮腺炎的好发季节,请家长多加注意。

"没关系,你别担心。你好好照顾力也,万一更严重就伤脑筋了。"

珠纪罹患腮腺炎时也曾经把家里搞得鸡飞狗跳。那时候,她才刚学会走路,竟然发烧超过了四十度。曜子第一次知道,体温计上的数字事先设定了"4"这个数字。

"没关系,你真的别放在心上,我再拜托其他朋友看看。"

话虽这么说,但曜子根本没有其他的"朋友"。如果突然拜托那些去幼儿园接送孩子时遇到的妈妈,请她们帮忙照顾一下孩子,就好像莫名其妙地要求对方购买天然材料的洗碗精,参加环保活动一样。曜子虽然很不放心,但似乎也只能把秀太一个人留在家里了。

——等一下我要带他去看医生。这么看来,我下个星期的约会要泡汤了。小孩子都很奇怪,总是在大人有事的时候发烧。其实,力也看过我男朋友,他们相处也很融洽,但一定是他的身体出现了拒绝妈妈新恋情的反应。

力也妈妈闲聊了半天,终于挂了电话。小孩子真的是这样,我家的孩子也差不多,上次我去横滨的前一天,珠纪也……

不会吧?曜子忍不住摸了秀太的额头。应该没问题,昨天,秀太顺利通过了游泳学校的晋级考试,今天早晨也很活泼,好像电视上的体操哥哥一样翻筋斗。

"哇噢,妈妈,你的手好冰。"秀太张大眼睛,张开乳牙开始掉落的嘴巴叫道,露出一口参差不齐的牙齿。然后,看着曜子的脸。

"妈妈,你怎么了?你眉毛旁边一抖一抖的。"

秀太的额头发烫。他的脸颊本来就是圆圆的,所以曜子没有注意到他的耳朵下方鼓了起来。测量体温后,发现竟然有三十八度三。和力也一样。最近,他们两个人经常在一起玩,一定是同时受到了感染。

"秀太,你会不会觉得身体很疲倦?"

秀太偏着头,似乎在问,疲倦是什么意思。

"没有,不会啊。"

"喉咙呢?会不会痛?"

秀太用双手压着喉咙,看着天花板。"没事,没事。"

"食欲呢?肚子饿不饿?要不要吃巧克力小泡芙?"

曜子说出了秀太的最爱,但平时很少给他吃的点心名字。

"现在不要。"

惨了,情况很严重。怎么办?曜子咬着特地为今天细心修过的指甲。

即使秀太没有生病,把他独自留在家里也很危险。有时候稍不留神,他就会把发尖插进电源插头或是自己的鼻孔。上次,曜子去较远的超市买菜时,秀太竟然在浴缸里装满水,自得其乐地练习海豚踢腿。所以,曜子平时都避免让他一个人长时间留在家里。

秀太会乖乖在家里睡觉吗?曜子思考了两秒,就摇了摇头,再度咬着指甲。

秀太并不是不听话的孩子,只是一下子就会把大人交代的事抛在脑后。曜子不希望自己成为过度保护孩子的家长,但面对孩子的事,她实在无法保持乐观的态度。万一参加游泳学校后有所改善的哮喘突然发作怎么办?她的脑海中浮现出秀太背朝上地浮在浴缸中的画面。已经到了这个地步,她更不能对秀太弃之不顾。

即使秀太发烧——不,正因为发烧了,才更不能不陪在他身旁。曜子在心里想道。虽然把孩子带到"任务"现场很可怕,但把他独自留在家里更加可怕。

"秀太，要不要和妈妈一起出去？"

"嗯。"秀太鼓着红彤彤的脸笑了起来。

从曜子家出发，搭电车大约四五十分钟就可以到达离圣罗莎丽娜医院"安宁之乡"最近的车站，开车可以节省时间，福田家的RV车也可以直接成为狙击地点，但曜子不想无照驾驶上路。况且，万一被警察拦下来临检就惨了。不仅会逮到她无照驾驶，更会发现她非法持有枪械。

如果是非假日的这个时段，车内通常没什么人，但因为今天是星期六的关系，电车上座无虚席。

曜子抱着花束站在门旁。这是她有生以来拿过的最大花束。

三十支红玫瑰，再加上大量满天星，还有淡黄色的水芋，以及少许绿叶。去医院探视病人，根本用不到这么大的花束，而且，这些花的价格也贵得惊人。但Remington M700在截短枪身，拆下枪托后，仍然超过六十公分，因此，只有这么大的花束才能掩饰。曜子并不喜欢的淡黄色水芋刚好可以遮住枪口。

或许是因为手上的豪华花束和曜子身上素雅的衣服格格不入的关系，车上的乘客不时向她投以好奇的目光。

曜子穿着一件灰色开襟衫和丹宁布裙子，脚上穿了一双平底拖鞋。或许是因为这段时间没有锻炼的关系，假装轻巧地抱着重达三公斤的花束变得有点吃力。

曜子并不担心有人跟踪她。即使有人怀疑曜子而在监视她，也会觉得她不可能带着孩子去执行"任务"。通常，为人父母都不会冒这种险,然而,曜子却打算这么做。

秀太像往常搭电车时一样,趴在车门上看车外的风景。他好不容易才长到站着可以看到窗外风景的高度,因此显得兴奋不已。

"妈妈,你看你看,那里有烟囱,好长的烟囱。"

他瞪大眼睛,回头看着曜子。果然不应该带他一起来。虽然为时已晚,但曜子开始后悔。看到这张可爱的小脸后,自己能够动手杀人吗?

"妈妈,你看,那幢房子好大。那幢房子大,还是我们家大?"

"嗯,你说呢?"

但是,自己已经没有其他选择了。在这个孩子了解残酷的现实之前,必须解决目前的状况。曜子勉强挤出笑容,对秀太说:"当然是我们家大,世界上找不到比我们家更大的房子了。"

从车站搭巴士坐了三站。在巴士停车以前,曜子已经看到了圣罗莎丽娜医院。

在周围只有民房和低矮大楼中,像白宫加盖了希腊神殿入口的外观无法不吸引别人的注意力。

围篱上的杜鹃花修剪得一丝不苟到几乎有点神经质的程度,从拱门到玄关入口,用彩色的瓷砖铺成一条马赛克画小径。建筑物的大门丝毫不比大饭店逊色,在这里一天的住院费应该也和住高级饭店不相上下吧。

曜子先在附近走了一下。狙击地点安宁之乡位在医院的角落，但曜子决定先绕医院一周，最后再去勘察安宁之乡。如此一来，就可以大致掌握周围的环境。就好像要拍一拍南瓜，才能了解里面的好坏。

如果是业务员，或是想开店的人，也会观察周围环境中哪里有哪些人，以及人潮的多寡等等情况，但曜子和他们完全相反，她必须事先确认没有哪些人，哪里几乎没有人潮，就可以因应意料之外的状况。

医院的左侧和后方是一片漂亮的新兴住宅区，周末的上午，住宅区内几乎没什么人影，四周一片静悄悄的。

秀太看起来精神很不错。可能是出门前吃的退烧药发挥了作用。

"我想要拿花。"

"不行，不行。"

曜子严词拒绝，秀太又试图把身体吊在她的手臂上。

"可以玩荡秋千吗？"

"不可以喔。"

不久之前，只要曜子稍微弯一下手肘，就可以让秀太吊在她手臂上荡秋千。虽然曜子的力气够大，但秀太读幼儿园后，她就已经无法支撑他的体重了。秀太比平时更黏人了，仿佛他已经有所察觉，试图加以阻止。

圣罗莎丽娜医院的占地面积很大，从正门往左绕到安宁之乡所在的右侧，花了将近十分钟。当然，这也是因为秀太一路上都吵着要在曜子的手臂上荡秋千的关系。

之前就已经预料到，除了正面是种植了低矮围篱的开放空间以外，其他三面都筑起了高高的水泥围墙，如果不走进医院，很难从平地进行狙击。

根据广告简章的介绍，安宁之乡是一幢二层楼的设施，有一条回廊通往医院。整个设施内都是单人病房，同时，还为住院的病患准备了餐厅和谈话室。

安宁之乡位在医院的东侧。接近傍晚时，太阳会出现在正面。从K在邀请函中所传达的意思来看，狙击时间应该在两点以后。虽然没有指定明确的时间，但最好不要太晚。

安宁之乡的前方是一条狭窄的车道，比之前的路上更多人。正对面是公园，对面的右侧是一家芳邻餐厅，左侧是一幢老旧欧式公寓。由于附近是医院的关系，即使曜子捧着一大束花，谁都没有多看她一眼。

由于无法来现场勘察地形，曜子在之前买菜时，顺便去了图书馆，从一份连附近民房屋主名字也详加记载的住宅地图了解了这一带的状况，但右侧的芳邻餐厅令她大感意外。虽然是郊区，但东京的变化太大了。曜子确认过那份地图是去年出版的，但周围的建筑物已经变了样。

地图上显示，那里应该是立体停车场。因此，曜子原先将那里设定为最优先考虑的狙击地点。

必须修改作战方案。虽然公园是最理想的位置，但总不能在众目睽睽之下开枪，更不可能站在体能攀爬架上开枪。曜子看到了入口旁，被树木围起的管理办公室。如果爬到管理办公室上，就几乎位在一〇四室正对面的位置。

旁边那幢三层楼的欧式公寓顶楼露台，晾晒了很多衣服。这就意味着可以自由出入顶楼的露台。然而，那里的位置并不是太理想。

也可以走进医院内，从近距离的位置进行狙击。虽然不失为一种方法，但太勉强，也太冒险。除非万不得已，否则，她并不想用这种方法。

芳邻餐厅下面是停车场，二楼是商店。只有车流量较多的大马路旁竖了招牌，曜子站在这里所看到的是侧面，只有一扇小窗户开着。可能是厕所吧。

"秀太，虽然时间有点早，我们去吃午餐好吗？"

"嗯。"如果在平时，秀太都会高兴得跳起来，但此刻的反应，好像听到曜子叫他去刷牙时的回答。曜子摸了一下他的额头。退烧药的药效已经快过了，他的额头又开始发烫。

"你还好吗？会不会不舒服？"

"没事，没事。"

情况似乎并非如此，秀太因为发烧的关系，眼眶都湿润了。

点完餐，曜子为秀太点了冰淇淋。必须帮他降温。而且，香草冰淇淋很有营养，曜子对女服务生说："请你在餐前先送上来。"

当冰淇淋比料理更早送上桌时,曜子去了厕所。

男女共享的厕所内充满了比冰淇淋更甜的芳香剂味道。曜子锁好门,打开正面的窗户。窗户只能斜斜地打开一半,但曜子立刻知道,这里是绝佳的狙击位置。

右侧就是安宁之乡。在草皮围绕的圆形花圃前方,有两栋细长形的二层楼砖瓦房,感觉不像是医院,倒像是度假设施。

简介上的馆内图早就已经烙在曜子的脑海中,她立刻找到了一〇四室的位置。就在前面那一栋一楼最后方的位置。

一〇四号房有一扇及腰高度的大窗户,拉着蕾丝窗帘,目前看不清里面的情况,但似乎没有人。

可以从这个窗户下手。就在这家餐厅坐到两点,到时候再拿着花束进来厕所。虽然装了消音器后,仍然可以听到枪声,但只要前一刻冲马桶,应该不会有问题。

对,没有任何问题。然而,曜子还是无法下决心。秀太就在门外十公尺的地方。她不想在离秀太这么近的地方杀人。无论如何,她不想这么做。而且,她也无法在夺走他人生命的一两分钟后,一脸若无其事地回到秀太身旁。

回到餐桌时,点的料理已经送了上来。秀太没有吃,坐在那里等她。平时在家的时候,曜子常常叮咛小孩子,一定要等所有人到齐后才能开动。秀太遵守了她的吩咐。

"妈妈,花好重。"秀太突然说道。

"……你拿了吗？"曜子忍不住大声问道。隔壁桌的客人看了过来。曜子低头看着秀太的脸，想要知道他是否发现了什么。秀太以为自己做了什么很不乖的事，嘴唇不停地发抖。

"只拿了一下……对不起，我下次不敢了。"

一根无形的刺刺进胸口。如果曜子真的是来医院探病的普通家庭主妇，根本不会为这种事训斥小孩。自己身为母亲，竟然试图从小孩子的表情中，观察他是否怀疑自己的行为。

"对不起，是妈妈不好。并不是你不能拿花，只是今天有一些特殊的理由。"

都是以自我为中心的理由，秀太毫无过错。虽然即将执行"任务"，但曜子的心却无法平静下来。

秀太每次都点相同的餐。他喜欢吃蛋包饭。不同于住家附近的芳邻餐厅，这里的配菜放了绿花椰菜，秀太有点不太高兴。

曜子点了三明治，却食而无味，好像在咬硬纸板。然而，不吃不行。她以往的经验告诉她，必须吃点东西。第一次执行任务时，她从前一天晚上就食不下咽，结果浑身无力，觉得那把Colt SAA Peacemaker枪比平时重了好几倍。幸好那次是在很近的距离开枪，如果要用步枪狙击，后果不堪设想。

早知道，当时不要打中就好了。如此一来，现在就不会这么痛苦。

平时，秀太的食量和成人差不多，今天不仅没吃绿花椰菜，连蛋包饭也剩下了。曜子越来越无法将注意力集中在工作上，连附餐的咖啡也没喝，就离开了餐厅。

怎么办？如果不是两只手分别被秀太的手和花束占满了，她很想咬手指。她需要做出选择。要在公园？还是欧式公寓？或者干脆闯进医院？

"冰淇淋很好吃，下次再来好不好？"秀太不知道这里离家很远，对曜子说道。他的小手很烫，体温应该超过三十七度。

不行。握着秀太的手，什么都想不出来。

"秀太，时间还早，要不要去公园玩？"

公园的入口不大，里面却很大。除了有滑梯、秋千等常见的游乐器材以外，还有用圆木做成的健身器材和附有水泥隧道的沙坑，看到比幼儿园更大的沙坑时，秀太双眼发亮，好像找到了游泳池。

曜子把事先准备好的退烧贴贴在秀太的额头上。眼前就有医院，竟然无法带秀太进去就诊。自己做的真是作孽的工作。

"你去玩吧。"

秀太跑向沙坑的方向。他一定会跳进沙坑，开始练习自由式。然而，秀太却坐在沙坑旁，开始挖坑，不时将贴着退烧贴的脸转向曜子的方向，一脸得意的表情，好像在说："我有想到别人，没有增加别人的困扰喔。"

星期六的公园里有不少人。曜子看了一眼管理办公室。没有窗户，从曜子的位置观察，里面似乎没有太多人。可以从外侧楼梯走去屋顶，屋顶围着高高的水泥围墙。

那里吗？她立刻发现不行。这个公园恐龙形状的滑梯有二层楼那么高，如果在那里射击，很可能被爬上滑梯的人看到。

她考虑独自回到芳邻餐厅，点一杯咖啡，带着花束走进厕所。

如果带着小孩子离开的客人在一小时不到的时间内再度回到店里，很容易让店员留下深刻印象。

算了，没关系，反正这是最后一次了，即使遭到怀疑也没有关系。

然而，她最后还是改变了主意。K指定的时间并不是两点整，而是两点以后。所以，很可能需要等一段时间，目标才会出现。目前是餐厅最忙碌的时间，最多霸占只能容纳一个人的厕所二三十分钟。一直耗在厕所里，店员一定会来敲门。

如果在医院内狙击，中庭无疑是最佳地点。据K说，当事人知道暗杀者会出现，但如果去病房开枪，等于宣布自己就是凶手。况且，曜子不想近距离开枪杀人。二十五年前，科内里斯的血腥味至今仍然残留在她的鼻子深处。

隔在中庭周围的栅栏可以轻松跨越，出入并不困难，但还是很危险，根本没有藏身之处。安宁之乡的每个房间都是把病床安置在窗边，当窗帘拉开时，可以从窗户看到外面的人。当只有草皮和花圃的庭院中，如果有一个女人扛着一大束花，无所事事的病人一定会好奇地探头张望。

所以说——只剩下唯一的选择。那就是公寓的屋顶。

曜子坐在秋千上看着秀太,感觉一切都好像在做梦。无论自己现在拿着狙击枪,准备去枪杀别人;还是自己已经结婚生子,正看着小孩子的背影;和圣克劳德市的夜晚、横滨发生的事;以及曾经在美国和艾德一起生活,学会开枪,并持续训练的事,一切的一切,都恍如梦境。

曜子不知不觉中,回到了六岁的时光。刚到俄克拉荷马不久,艾德在庭院的大橡树下,为曜子做了一个秋千。那是一个小马车形状的游乐器材,左右两侧都有座位。但由于是两人座,一个人无法荡起来。

曜子坐在很快就静止下来的秋千的一端,想象着母亲就坐在她的对面。

她经常在想象中,用已经不再使用的日语和母亲说话。曜子告诉母亲自己在美国的生活,母亲则告诉她有关日本的回忆。"今天,外公第一次让我开枪。"当她这么说时,母亲华莲微微皱了皱眉头。

当彼此无话可说时,华莲就会唱催眠曲给她听。那是日本古老的歌曲,曜子只隐约记得一些而已。"月亮几岁了,十三加七岁。"

曜子摇着秋千,一遍又一遍地哼唱着相同的旋律和歌词。"月亮几岁了,十三加七岁。"

犹豫的心终于下了决心。好,走吧。

"秀太。"秀太转过头,跑向曜子坐着的长椅。他的脚步比平时更加沉重。

"妈妈差不多要走了。"

"你要去看病人吗？"

曜子对孝平说，今天要去探望上次在同学会（其实根本没有那回事）重逢的高中时代的恩师。

"是对妈妈很重要的人。"

"我也要去。"

"不行，你在这里等我一下。"

秀太一脸不安，曜子把自己的手机交到他手上。

K送来的手机没有开机，藏在皮包里。

"这个给你。"

自从上次把孝平的手机放进杯子后，就被勒令不允许碰家人手机的秀太十分高兴。

"什么？可以吗？"

"不能把手机埋进沙子里。"

曜子教秀太如何重拨的简单操作方法。

"这样就可以和妈妈说话吗？"

"不是，是找爸爸。这样的话，你就可以和爸爸说话了。记住，先按这个，然后按这里。"

重拨的第一个号码就是孝平的手机号码。秀太抖动着头发用力点头，但曜子还是重复示范了好几次，也让他重复练习了好几次。

"万一发生什么状况,你就去刚才那个像城堡的医院,然后打电话给爸爸,说你在大医院。"

"什么是万一的状况?"

曜子凝视着秀太的脸好久,终于挤出声音说:"如果妈妈一直没有回来。"

一点半。还没有到K指定的时间,但曜子还是把秀太留在公园出发了。她头也不回地走向右侧的公寓。

或许是因为连续下了好几天雨的关系,晒在屋顶的衣服好像点缀这幢建筑物的万国旗。虽然明知道不需要在这种日子晒被子,但曜子还是发挥了被阴雨闷了好几天的家庭主妇的习性,在出门的时候,把被子晒了出去。

当从公寓外侧的楼梯来到二楼时,刚开机不久的K的手机响起了来电铃声。这次也是《雨中节奏》。看来K真的很喜欢这首曲子。

——曜子,我打了好几次,你都没接,害我好紧张。

"日本人在搭电车的时候都会关机,这是日本人的一种美德。"

K轻轻笑了起来。看来,他已经对日本的情况知之甚详了。

——这么说,你已经到了。现场的情况怎么样?

"好漂亮的地方,真想搬来住。公园很大,又有一个大医院,治安也很好。当然,除了我以外。"

太好了。曜子也有话要对K说。"我有一件事要拜托你。"

——什么事？该不会是你忘了带防晒霜，要我帮你送去吧。

曜子无视他的冷笑话，自顾自地说："有关这次报酬的事，我希望可以汇到银行的账号。"

——为什么？现金不行吗？

"如果可以的话。"

——不好意思，我已经安排好了，无法更改。明天应该会送到。当然必须以你成功为前提。

"怎么送来？用什么方法？"

——这一次，我装在牛睾丸里。

"拜托你不要这样。"

——你不要生气，我和你开玩笑的。现在，美国的牛肉不能进口到日本，我总不能把日本政治家和农林水产省的公务员都干掉。我会藏在五谷杂粮中寄给你。

五谷杂粮。曜子想了一下，回答说："好吧。"

——你应该已经决定地点了吧。你到那里了吗？

"再等一下。"

——好，那我先挂断，等一下再打给你。

上一次明明失败了，这一次，他似乎也打算向曜子发出指示。他到底要把我当小女孩到什么时候？老实说，曜子觉得很困扰。坐在沙发上的人，怎么可能对在森林里追鹿的人发出指示？在现场时，最重要的是绵密的计划和狙击手的嗅觉。

曜子看着公寓入口旁的垃圾站。不知道是有人乱丢垃圾，还是错过了收垃圾的时间，竟然放着好几袋垃圾。如果曜子住家附近发生这种事，那些长舌的资深家庭主妇绝对不会善罢甘休。这代表这里的住户彼此很少接触，万一在屋顶上看到，也不必担心会引起怀疑。

屋顶上放了好几个晒衣架，全都晒满了衣物。曜子之前所住的公寓禁止住户去顶楼，所以，不禁令她有点羡慕。不过，这里似乎也有这里的苦衷，屋顶露台的门上和扶手上贴了不少贴纸和手写的板子。

"衣服要晾在固定的地方！""晒衣服时，请用自己的晒衣夹！"

还有的手写板挂在晒衣架的一端，不知道到底给谁看。"禁止晒棉被！不要把别人晒的衣物推到阴暗处！"日本人真的很喜欢这一套。如果是美国人，一定会说："如果有意见，就来敲我家的门。"

曜子刚回到日本时，也曾经这么说。她不仅有话直说，也会请教对方的意见，然而，也因此无法顺利地和别人交朋友，在好几个职场都受到排挤，甚至遭到开除。当时的她，和如今完全判若两人。

环境可以改变一个人。艾德谈到曜子的母亲时，经常这么说："以前的华莲，就像是盛夏的太阳，但和日本人结婚后，完全变了样。那个王八蛋是遮盖太阳的乌云。"

然而，如果问曜子是否喜欢美国，恐怕也不是这么一回事。

在那里，每个人为了保护自己和家人的生命和财产，随时都紧绷神经。因为那个国家的太阳太炽烈了，所以无论走到哪里，都太干燥了。

屋顶上没有人。曜子早就猜到了，所以，才会决定在这里狙击。

虽然放晴了，但今天的阳光并不会太强烈。以现在的季节，即使是早上晒的衣服，那些主妇也要等晚一点才会上来收衣服。曜子试着摸了一下附近的衣物，果然湿湿的。

她走去最靠近安宁之乡的位置。那里刚好是建筑物的角落，女儿墙差不多到曜子胸口的位置。

站在这个位置时，一〇四号室位在左侧，距离大约一百公尺左右。连花圃内花茎很细的三色堇也没有晃动，所以，曜子知道现在几乎没有风。

她注视着一〇四号室。窗边放了一张病床，病床固定在上半身可以坐起的角度，房间的另一端放了一套沙发组合。如果没有病床上的那些医疗仪器，根本看不出这里是病房，反而很像饭店的房间。站在斜上方的这个位置只能看到这些，无法了解房间内部的情况。

然而，曜子觉得不必担心。如果目标会在K指定的两点以后回到房间，既然对方是病人，就会出现在病床上。

曜子再度确认屋顶上没人后，移动了晒衣架。其中一个晒衣架晒了两条床单，她移到了女儿墙附近。她要把枪身从床单之间伸出去。

另一个晒衣架上肆无忌惮地晒着照理说受到禁止的棉被。曜子把它放在身后，避免有人上来屋顶时会看到自己。

然后，她把花束放在地上，从皮包底拿出用春天的薄质围巾包起的枪托和螺丝起子。

她把包着花束的包装纸底部稍微撕开一点，把枪托装了上去，并让事先已经装好的瞄准器从包装纸中间部分露了出来。然后，再用围巾包住枪托。她一边利落地进行这些作业，脑子里想好了三个借口，即使有人突然出现在屋顶，也不会怀疑她的行为。

曜子拿出化妆包寻找着。里面有四支口红。其中只有一支是曜子平时使用的口红，其他的三支口红里装的是子弹。

她把其中的两发装进枪里，举起隐藏了Remington枪的花束。然后，折断挡住视野的满天星，从瞄准器中观察一〇四号室。

房间不知道什么时候拉开了窗帘，里面有一个人影。那个人没有穿病人的衣服，而是穿着普通的居家服，坐在床边。他应该就是目标吧？

男人用撑在膝盖上的手托着头，这里只能看到他的侧面。虽然头已经秃了，但以病人来说，身体还很结实，感觉很健康。他的脚边放了一个铁筒，附有轮子，可能是移动式的氧气筒吧？

手机响了。

——你现在在哪里？已经就位了吗？

电话一放到耳边，就听到K的声音。早知道应该关机的。不过，必须先确认目标是否就是目前看到的那个男人。无奈之下，曜子只能回答。

"对，我已经在可以看到房间的位置了。滴奇滴奇就是我现在看到的男人吗？"

——你可不可以告诉我，他长什么样子？

"七十多岁，头已经秃了，个子很高大。"

——帅吗？

"那我就不知道了，我只看到他的侧脸。"

以侧面的印象来说，并没有什么明显的特征。

——你等一下，我现在和他交涉一下，让你可以看到他的脸。

K说了一句很奇怪的话。

——我和他认识很多年了，即使是现在，他多少还愿意听我的话。

他还没有说话，男人已经转过头了。交涉？男人并没有托着头，而是拿着手机。

——这样看得到吗？

当这么说时，一〇四号室的老人嘴巴也动了，好像在问："You see（这样看得到吗）？"

那一刹那，曜子以为自己的脑筋错乱了。就像听到连续剧里的电话铃声，情不自禁地接起家里的电话时的感觉差不多。

"难道滴奇滴奇是——"

曜子说到这里,目标举起一只手。

——对,就是我。我生下来时,身体就是这副德性。以前,身体还比较听使唤。

K站了起来,走到窗边。他走路时,双脚好像灌了铅般的沉重。

窗户大大地敞开了,露出一张脸,鼻子上插着联结氧气筒的管子。

曜子一直以为是白人。因为,他一直用白人的南部口音说话。如今,从瞄准器中所看到的,却是在这个国家的任何地方遇到,都不会多看他一眼的老人。

然而,曜子有一种似曾相识的感觉。我以前看过这张脸。她从记忆的抽屉里一一翻找着。

是婚礼时见过的孝平的亲戚?以前职场的上司?还是高中时代的老师?

不,不对,都不是。当男人刺眼地眯起眼睛的那一刻,曜子想起来了。曜子用好像从喉咙挤出空弹壳般的声音问:"原来是你?"

K对她挥了挥手。

——很高兴你还记得我。你在哪里?让我看看你。

K把一只手放在额头上,伸长脖子张望着。他毫不犹豫地看着公寓屋顶的位置,好像早就知道曜子选择的位置。

——啊哟,你果然在那里。

不知道他是否看到了从床单之间露出的花束，他笑了笑，似乎在说："及格。"

——好久不见，我们多少年没见面了。

二十五年。虽然他的发际后退，脸上的皱纹增加了，但那张四方脸和细长的眼睛依然没变，还有曾经轻松地举起炒菜锅的粗壮手臂也一样。

K就是Kwan的第一个字母。站在病房的，就是古老龙的厨师关先生。

"……为什么？为什么是你？"

——你问我为什么，我也不知道该怎么回答。

"你不是不太会说英语吗？"

——在美国做生意的中国人，必须说带中国口音的英语才能成功。我是在美国出生的，我的英语说得比广东话更流利。但因为我在很多地方讨生活，所以，无论南部口音、东部口音，还是黑人腔、白人腔都难不倒我。另外，中国人想要在美国快速成功，加入中国黑道是最好的方法。雇用艾德的那些人是我们的老朋友。

说到这里，关先生，不，K咳嗽起来。他痛苦地喘息着，用一只手抓着插在鼻子的管子甩给曜子看。

——真对不起。因为生病的关系，现在已经离不开这个了。如果没有它，我的呼吸就会停止。不久之前，我还能开车，也可以走路。

虽然难以相信，但曜子从K的话中发现了一件事。

"难道是你送东西到我家来吗？"

——对，我只能趁身体状况好的时候出远门，一定让你担心了，真抱歉。

怎么会这样？

——里亚顿的时候，我就在你隔壁的房间。应该敲一下墙壁的。

K独自为不好笑的笑话发笑，然后又开始咳嗽。

"原来你根本没有手下？"

——自从我失败后，就没有了。你知道三年前在土库曼斯坦发生的暗杀总统未遂事件吗？

"不知道。"

——我失去了一切，失去了信用和金钱。里亚顿是我最后的机会，可以让我优雅地度过所剩不多的余生。但那些人背叛了我，在他们眼里，我只是一个又老又孤独的经纪人，根本没必要支付约定的钱。这一次，我付给你的报酬是我所有的财产，这里的住院费也很快就见底了。

就好像有东西突然出现在眼前时，无法顺利集中焦点一样，曜子的思考也无法顺利聚焦。为什么关先生就是K？为什么他要委托我任务？浮现在她脑海的，都是关先生在厨房秀给她看的各种妙技，以及抚摸着曜子的头时，露出如同放在古老龙的佛像般的笑容。

曜子哑口无言，K继续喋喋不休着。他的声音很痛苦，看到他鼻孔插着管子的样子，越发这么觉得。也许就是因为这个原因，让相隔二十五年后所听到的K的声音变得格外嘶哑。

——我去年来到日本，一直寻找你的下落。在得知你的下落后，曾经去看过你好几次。那时候，我的身体还不错。你的一双儿女很可爱，但老公好像不太能依靠。我一直很关心你。你很喜欢种花，有时候会听美国老歌，还会听我以前教你的歌，我真的很高兴。

K教我的歌？不好意思，我根本不记得了。因为，古老龙是艾德常去的餐厅，曜子从六岁开始，就经常出入那里。

虽然K应该看不到这里，眼睛却一直盯着曜子的方向。

"你到底要我做什么？要我向你开枪吗？关先生？"

——如果你这么做，就是帮了我的大忙。我不想死得很凄惨。

这算什么理由。那么，在你的命令下，被我杀死的那两个人呢？他们才是死得很惨吧？如今，他只想自己轻松地死，未免太一厢情愿了。就连我也早就做好了心理准备，要面对凄惨的死亡。

"你活下去吧。继续活下去，承受痛苦的折磨，如果你想死，就自己下手。"

——其实，我试了很多次。我以为只要拔掉塞在鼻孔里的这个讨厌的东西，就可以一命呜呼了，却没有成功。这种方法无法让我死得很彻底，虽然生命力已经所剩不多了，老化的肺却拼命呼吸。结果，好几次都在昏倒的时候被人发现，每次醒来，都发现自己躺在床上。

"不妨再试一次。"

——老实说，我很害怕。

大家都一样。奥斯卡·科内里斯被曜子用Colt SAA Peacemaker枪指着的那一刹那，以及克雷格·里亚顿还剩下不知道几分之一秒的意识时，都曾经感到害怕。

——死就是空，一片黑暗。只要想到伸手不见五指的黑暗，和无法听到任何声音的寂静，我就快要发疯了。那些被我暗杀的人，会出现在我眼前，低声地告诉我：死亡好可怕，你也赶快来体会一下。

看来，K也和曜子一样，深受被自己导向死亡的那些人的幻影所苦。

原来，科内里斯和里亚顿会在不久的将来对自己呢喃。难怪最近奥斯卡·科内里斯的幻影离我越来越近，以前，他就像一只胆小的狗，不敢靠近到我伸手可及的距离，但最近醒来的时候，常常发现他就坐在枕头旁，看着我。对了，之前总是侧着脸的克雷格·里亚顿的幻影也好像渐渐把头转向正面了。他们想对我说什么？

以生物学的角度来说，死亡只是肉体活动的停止而已。当一个人死亡后，会对周围人的精神产生影响。比方说，给人带来悲伤、愤怒、不安、空虚和失落，还有其他各式各样的情绪。

即使是杀了他的人，也会因为他的死而受到影响。当为他人带来死亡时，就必须背负他的死亡。如今，曜子很清楚地了解这一点。杀人者会让自己慢慢走向死亡。

——如果我去了死后的世界，不知道会怎么样。会不会像进入州立监狱一样，被警官凌虐？曜子，你觉得呢？被我杀掉的人不可能喜欢我，因为，他们常常在我面前现身，最近几乎每日每夜都纠缠我。如今，我的房间也变成了他们的派对会场。

K用一只手捂住脸，他的声音发抖，和平时的K判若两人。但平时和K说话，好像是在听事先录好的录音带。如今，终于可以感觉到他也是一个有血有肉的人。他一定很孤独，相信他从来没有对曜子以外的人说过刚才那番话。曜子像是很有耐心的心理医生，静静倾听着他的诉说。

——我以为这是职业病，只要习惯就好。然而，我努力了好几年、好几十年，仍然无法克服。虽然明知道是幻觉，却害怕得不能自已，好像看到了自己的将来。

曜子觉得好像听到了自己的心声，只是经过了变声机，变成了男人的声音。

K似乎为自己的慌乱感到不好意思，沉默片刻后，恢复了往常的态度，竖起了食指。他好像隐约露出了笑容，但即使靠八倍率的瞄准器和曜子2.0的视力，也无法看清楚。

——还有另一个理由。我希望死在你手上。

"你别一相情愿了,为什么要找我——?"

K突然开了口,打断了曜子的话。

——达姆．尼．尼杰多．科里可．玛吉。

不知道为什么,他突然说了那句斯瓦希里语的咒语。

——你不想知道这句话的意思吗?如今时代已经不同了,即使在肯尼亚的森林中,也可以用手机。老实说,现在不是二十五年前,已经不适合使用斯瓦希里语的暗号了,或许应该改用缅甸的克钦族的丹波语或是非洲喀拉哈利沙漠的原住民语言。不过,我还是希望和你用以前的暗号。因为,这是我特别为你设计的。

或许是说太多话了,K再度咳嗽起来。这次咳得比较久。

——啊,对不起。这句话的意思是"血浓于水"。

他到底想说什么?

——嗯多多．瓦．鸟卡．尼．鸟卡。这句话的意思是,"虎父无犬女"。

曜子有点了解他的意思,但决定不去深思。

——曜子,你应该感到高兴。我已经收拾了那个把你和华莲从我身边抢走的那个日本王八蛋。你去看看今年二月的报纸就知道了。

瞄准器十字中央所捕捉到的K的身影轻轻摇晃起来。太过分了。为什么事到如今,要提这种事?而且是在这种时候,这种地方。太过分了。

——我对让华莲孤单一人深感抱歉,但在四十一年前,我没有其他的办法。经纪人不可能成为自己监视的杀手的女婿。

"闭嘴！"

——你可不可以先听我说？

曜子不想继续听下去。她已经没有任何理由枪杀了，但仍然用Remington M700瞄准了好像在祈祷般地摊着手、闭上双眼的K的额头。

God。

——曜子，你听到我说话吗？

Bless。她把手指放在扳机上，放在只差百分之一英寸，就可以开枪的位置。一切都如同艾德所教她的。

——快让我解脱吧。

她的手指在只剩下百分之一英寸的位置无法动弹。

——拜托你。

她无法继续瞄准K。

曜子陷入了混乱。来这里时就已经乱成一团的思绪，如今好像有几百种食材放在果汁机里搅拌。

——曜子，你在听吗？

曜子关掉脑海中的果汁机开关，把里面的东西统统丢弃。她让头脑变得一片空白，使自己的身体和Remington M700合而为一。这把狙击枪会告诉她答案，会告诉她到底该怎么做。

——曜子，曜子。

瞄准器的十字对准了氧气筒。就在联结管子的部分。

——曜子，曜子。

扳机对曜子的手指下达了命令。

曜子服从了这个命令，说出最后一句咒语。

You。

上帝保佑你。如果有上帝的话。

在子弹发射的那一刹那，冲击力使满天星像雪花般摇晃起来。玫瑰花瓣掉落，把瞄准器染红的短暂的瞬间，飘落向马路。

运气好的话，这样应该可以送你上西天。Good luck，K。

手机里仍然传来呼唤曜子的声音。但声音越来越弱，渐渐地，只剩下呼吸声，最后终于停止了。

不知不觉中，曜子的泪水滑落脸庞。

当她捡起弹壳站起来时，眼前出现一个人影，Remington差一点从她的手上滑落。

有两个人影。不是这幢公寓的家庭主妇来收衣服，而是两个男人。奥斯卡·科内里斯缺了角的头仍然喷着脑浆；靠在一旁的女儿墙上，对着根本不存在的手机说话的是克雷格·里亚顿。

"原来是你们，不要吓我。"

虽然她比平时的语气更强硬，却对他们比平时更加靠近心生害怕。当他们下次出现时，会不会开始小声地在曜子耳边发泄愤恨？

"我现在很忙，不要来烦我。"

曜子没有走向出口，而是从位于屋顶另一端的水塔往下走。

然后，在那里再度蹲了下来。

她将身体靠在水塔水泥侧墙上，拿着Remington的花束。她握住的是和平时不同的枪身。

曜子把枪托顶在水泥上，使枪倾斜着。

脱下拖鞋，她这才发现，今天之所以会挑选不需要穿丝袜的衣服，就是心灵的某个角落知道会有这样的结果。

曜子光着脚，用大脚趾扣在扳机上。方法和多丽丝自杀时相同。就是令艾德在临死前叹息不该送多丽丝短枪的那种方法。

她身体的动作很利落。因为，这幅场景曾经在她的脑海中描绘了无数次。

自从杀了里亚顿的那天晚上之后，她始终犹豫不决。无论是今天出门的时候，还是在公园看着秀太背影的时候，甚至是现在，她都十分犹豫。然而，她仍然觉得这是杀手唯一的下场。

她含着枪口，顿时闻到一股刺鼻的铁味和硝烟味。

好怀念的味道。将近三十年前，曜子也做过相同的事，枪的味道一如往昔。这种方法比对着自己的脑门更有效。

杀人这个沉重的事实将会纠缠自己一辈子，记忆不会模糊，罪恶感也不会淡薄。不仅如此，就像百合的球根一样，会随着年岁的增长越来越大。

虽然死在这里，等于坦诚了自己犯下的罪行，如果就这么默默地死去，孝平、珠纪和秀太会搞不清怎么回事而陷入混乱，甚至会产生自责。然而，曜子不希望成为他们的心理负担，所以，必须趁现在、在这里解决。

她的眼前浮现出孝平的脸。虽然他很没出息,也很不值得依靠,一不小心,就会穿着昨天穿过的袜子出门,但他是个好人。他不曾追究我的过去,也相信我编的各种谎言。无论别人说什么,对我而言,他都是无可取代的人。谢谢你和我结婚。五谷杂粮里藏着钱,你务必要发现。

珠纪的脸出现在眼前。她的圆脸慢慢变尖了,增加了成熟的味道,让人感受到在肉眼看不到的地方,已经变得十分坚强。珠纪,你已经长大了,即使没有我,你也可以坚强地活下去。谢谢你降临人世,成为我的女儿。我把被子晒在外面,要记得收进来。

然后是秀太。他双手吊在曜子的一只手上,微微张开乳牙掉落的嘴巴笑着。对不起,妈妈只陪了你六年。你一定有别人所没有的独特优点,要好好珍惜自己的这些优点。不用担心,妈妈已经教珠纪怎么做你最爱的蛋包饭。记得打电话给爸爸,不知道你能不能说出医院的名字。

艾德的脸也浮现在眼前。那是他让六岁的曜子坐在小货车的副驾驶座,用曜子无法理解的话对她说话时的可怕表情;当曜子第一次拿枪时,笑着对她说:"不愧是我的外孙女,我的小公主。"还有回忆母亲和外祖母的夜晚时,所露出的悲伤表情;还有让曜子发现"我很快就会好起来。等我出院,我们一起去打鹿"是谎言时,脸颊不断抽搐的微笑。

人生就像硬币的正反面。的确是这样。艾德的话通常都很正确，但有时候丢出去的硬币不知道滚去哪里，找不到了。外公，这种时候该怎么办？

她想起了母亲华莲。母亲用像长笛般的声音，为曜子唱日本和美国的摇篮曲。当曜子在夜晚咳嗽时，轻轻抚摸她背的那双温暖的手。然而，母亲的面容已经变得很模糊。母亲在曜子记忆中所留下的最后表情，就是躺在被鲜花包围的棺材中的脸。"她好像在微笑。"记得有人这么说，曜子却不这么认为。即使被日本人的继父殴打时，她的表情也像是落寞的微笑。

曜子的眼前只出现这些面容。因为，这就是她所有的人生。

好了，让一切做个了断吧。曜子的脚趾慢慢用力。

"妈妈——"不知道哪里传来秀太的声音。声音很近。她探头往下一看，发现秀太正跑在正下方的路上，手上拿着手机。他大声哭喊着："喂，妈妈，你可以听到吗？妈妈，妈妈，喂？喂？"

声声呼唤的秀太好像呜咽般地咳嗽着。他的腮腺炎可能更严重了。

眼前的满天星变得模糊起来，渐渐膨胀得像雪球那么大。

我的泪腺明明已经用扭力扳手用力锁住了，这一阵子好像出了问题。

快，赶快扣下扳机。

曜子等待艾德像以前那样出现在她的背后，助她一臂之力。

然而，艾德始终没有出现。

原来是这样，艾德并没有教我用枪打自己的方法。也许，他并不喜欢我采取和多丽丝相同的方法，所以，他要我自己处理。

她的脚趾再度用力。秀太的声音仍然不绝于耳。

"喂？喂？喂？"

秀太是个健忘的孩子。仔细思考一下后发现，秀太根本不可能学会怎么打手机。他一定想打电话给我，结果乱按按键，却一直打不通，才会开始感到不安。秀太在对无法打通的电话声声呼唤。

曜子捂住耳朵，不想听到这个声音，在心里念着咒语。比点火柴更轻松，却可以置人于死地的咒语。然而，不同以往的是，这次是为自己。

God Bless Y……Yo……

不行。枪杀别人那么不费吹灰之力，枪口对准自己时，却是如此困难。

曜子深深地叹了一口气，把体内的空气完全挤出来后，缓缓站了起来。

人影不知道什么时候变成了三个。K在科内里斯和里亚顿的旁边。K头发很浓密，也看不到皱纹。那是曜子还不知道他就是K的关先生，也许是他认识母亲华莲时的样子。

"你好，很高兴又见到你。"

不知道是不是因为新成员而有所顾忌，K在比另外两个人更远的位置。曜子向他打着招呼，然后，轮流看着三个幻影问道："可不可以告诉我，我活下去不行吗？"

泪水不知道什么时候停止了。"告诉我，即使我不死，你们也愿意原谅我吗？"

曜子对着明知道其实根本没有人的空间一遍又一遍地问道。

"如果我把枪丢掉就OK吗？"

三个死亡的影子静静地站在那里，没有回答一个字。

除了秀太的哭声以外，还传来了大人说话的声音，可能是有人发现了他，担心地问他什么吧。

然而，秀太还是大声叫着。"喂喂喂喂喂喂喂喂？"

曜子把花束朝向天空，瞄准天上的某某。然后，对看不见的目标扳下了扳机。

God Bless You。

上帝也保佑你。因为，没有人会对她说这句话。

玫瑰的红色花瓣散开，飘落在曜子的脸上。

"对不起。我已经决定了，我还是要活下去。"

她知道自己无法轻易赎罪。所以，她已经决定，即使人生总是像硬币的背面，她也要忍耐地活下去。

幻影没有点头，但也没有摇头。那就是OK啰？

曜子转身走向出口。"各位，我们走吧。"她头也不回地向他们打招呼。

当曜子迈开步伐，死亡的影子也不出声地跟上了她的脚步。